Eliza Orzeszkowa

Marta

ELIZA ORZESZKOWA

Marta

TRADUIT DU POLONAIS ET ANNOTE
PAR RICHARD WOJNAROWSKI

Ouvrages du même auteur et / ou traducteur :

Aux Editions Complicités

Stefan Żeromski
- Histoire d'un péché (Dzieje grzechu) *ISBN 9782351202067*

Aux Editions BoD

Richard Wojnarowski
- Du néant à la physique, Nouvelle édition 2017
  ISBN 9782322081714
- Quelques commentaires au De Rerum Natura de Lucrèce
  ISBN 9782322208425

Adam Mickiewicz
- Messire Thaddée (Pan Tadeusz) *ISBN 9782322252756*

Władysław Stanisław Reymont
- La Comédienne (Komediantka) *ISBN 9782322155712*
- La Révolte (Bunt) *ISBN 9782322377695*

Bolesław Prus
- Les Enfants (Dzieci) *ISBN 9782322400492*

Virgile
- L'Enéide, Première partie (Chants I à VI), Edition bilingue
  ISBN 9782322398591
- L'Enéide, Deuxième partie (Chants VII à XII), Edition bilingue
  ISBN 9782322423064

Józef Ignacy Kraszewski
- Morituri *ISBN 9782322481736*
- La Rome sous Néron (Rzym za Nerona) *ISBN 9782322505050*

Stefan Żeromski
- Le Pré-printemps (Przedwiośnie) *ISBN 9782322506514*

Ksawery Pruszyński
- La Palestine pour la troisième fois (Palestyna po raz trzeci)
  ISBN 9782322524563
- Ecrits choisis (1939-1946) *ISBN 9782322341898*

Kondraty Ryleyev
- Voynarovsky, Edition bilingue *ISBN 9782322539711*

© Richard Wojnarowski

**Eliza Orzeszkowa,** née Pawłowska, voit le jour en 1841 dans un village de la région de Grodno, aujourd'hui en Biélorussie, au sein d'une famille de la noblesse polonaise libérale et cultivée où l'on parle couramment le français. Elle perd son père dès l'âge de deux ans et est élevée dans un milieu exclusivement féminin, notamment chez les sœurs du Saint-Sacrement à Varsovie, où elle fait la connaissance de Maria Konopnicka, qui deviendra comme elle une grande écrivaine de l'époque du positivisme polonais.

Sa mère la marie à l'âge de seize ans à Piotr Orzeszko deux fois plus âgé qu'elle. Suivent quelques années d'une vie insouciante et frivole s'accordant mal à son caractère ; elle compense les déboires de son ménage par une activité sociale au profit des paysans du domaine marital. Un séjour à Varsovie en 1862 la sensibilise au problème de l'assimilation des Juifs polonais.

Son patriotisme se manifeste lors de l'insurrection de 1863, au cours de laquelle elle aide les insurgés, notamment en cachant leur chef dans la propriété de son mari. Celui-ci en subit les conséquences et est déporté en Sibérie après l'échec de l'insurrection, ses terres sont confisquées, tandis qu'Eliza, refusant de le suivre, revient seule sur les terres du domaine paternel. Incapable de gérer celui-ci, elle se trouve par ailleurs confrontée aux difficultés économiques consécutives à l'abolition du servage en 1861 et aux rétorsions exercées par le pouvoir tsariste.

Elle engage une procédure de divorce qui aboutira à l'annulation de son mariage en 1869, après le retour d'exil de son mari. A l'occasion de la mise en vente du domaine paternel en faillite elle se lie avec son conseil, l'avocat et activiste social Stanislaw Nahorski, homme marié qu'elle épousera en 1894 après la mort de son épouse.

A partir de 1869 Eliza vit à Grodno, qu'elle quitte rarement et où elle mourra en 1910. Elle effectuera cependant en 1899 un voyage de quelques semaines en Suisse et en Allemagne.

N'ayant pas eu d'enfants, elle entretient une abondante correspondance et déploie une intense activité philanthropique et pédagogique à l'intention d'adolescents et surtout d'adolescentes, en vue de les préparer à une vie autonome.

Elle entame sa riche carrière littéraire (quelque cent cinquante romans et nouvelles) en 1866, dénonçant les préjugés et injustices dont sont victimes les paysans (*Cham*, Le Rustre), les Juifs (*Eli Makower, Meir Ezofowicz*), les femmes (*Marta, Pan Graba, Maria*). Ses préoccupations sociales et son patriotisme lui inspirent son roman le plus connu, *Nad Niemnem* (Sur les rives du Niémen). Quel qu'en soit le thème ou la thèse, ces œuvres mettent en scène des personnages aux profils psychologiques très divers, parfois pathologiques, sur lesquels Orzeszkowa pose un regard lucide, plein de sensibilité et de pudique mélancolie. En 1905 elle est nominée pour le prix Nobel de littérature, qui cependant échoira à son compatriote Henryk Sienkiewicz.

Le roman *Marta* (Marthe) fut publié en 1873, d'abord en feuilleton dans le magazine féminin *Tygodnik Mód i Powieści* (Hebdomadaire de la Mode et du Roman), puis sous forme de livre. Il se nourrit sans doute de souvenirs d'Eliza « montée » à Varsovie pour y rechercher, vainement, du travail après ses déboires patrimoniaux.

En couverture : portrait d'Eliza Orzeszkowa par Kazimierz Pochwalski, 1879, Musée de la Littérature de Varsovie

Je dédie cette traduction à mes petites-filles

La vie d'une femme est une flamme d'amour éternellement ardente — disent certains.
La vie d'une femme est abnégation — affirment d'autres.
La vie d'une femme est maternité — proclament ceux-là.
La vie d'une femme est amusement — disent encore d'autres plaisantins.
La vertu d'une femme est aveugle croyance — proclament tous en chœur.
Les femmes croient aveuglément ; aiment, se sacrifient, élèvent des enfants, s'amusent... et donc accomplissent tout ce que le monde leur commande d'accomplir, et pourtant ce monde les regarde quelque part de travers et de temps en temps se manifeste en leur adressant comme un reproche ou une mise en garde :
— Vous êtes en train de mal tourner !
Les plus perspicaces des femmes, les plus raisonnables ou malheureuses, s'introspectant ou examinant leur entourage, répètent :
— Nous sommes en train de mal tourner !
A tout mal remède est nécessaire ; les uns le voient en ceci, les autres en cela, mais la maladie résiste au traitement.
Récemment, un des écrivains les plus estimés, à juste titre, de notre pays (monsieur Zachariasiewicz[1] dans son roman intitulé *Albina*) a révélé au public que les femmes souffrent de maladies physiques et morales parce qu'il leur manque un grand amour (pour un homme, naturellement).
Grands dieux ! Quelle insigne injustice !
Puisse le petit dieu rose Eros descendre à notre secours et

---

[1] Jan Zachariasiewicz (1823-1906) est un écrivain et journaliste polonais d'origine arménienne, de tendance progressiste, appartenant au courant positiviste. Sa participation aux mouvements patriotiques de 1848 lui valut plusieurs années d'emprisonnement sous les Habsbourg.

témoigner que notre vie entière n'est rien d'autre que son continuel encensement !

A peine hautes comme trois pommes nous nous entendons déjà dire que nous sommes prédestinées à aimer un des seigneurs de la création ; adolescentes, nous rêvons de ce seigneur et maître tous les soirs lorsqu'au firmament brille la lune ou scintillent les étoiles, tous les matins lorsque les lys couleur de neige épanouissent au soleil leurs calices odorants, nous rêvons et soupirons. Nous soupirons jusqu'au moment où il nous sera permis, comme les lys vers le soleil, de nous tourner vers celui qui, de la brume des nuées matinales ou des flots de lumière de la lune, émerge devant notre imagination sous la forme d'un mystérieux Adonis endormi… Ensuite… ensuite quoi ?... Adonis descend des nuées, s'incarne, nous échangeons nos anneaux et nous marions… Cela aussi est un acte d'amour, bien que l'écrivain susmentionné, dans ses romans d'ailleurs fort beaux, prétende que ce n'est toujours et invariablement qu'un acte de calcul, ce en quoi nous ne sommes pas d'accord avec lui. Acte de calcul dans des milieux et des contextes exceptionnels, cela reste en général un acte d'amour. De quel amour ? C'est là une tout autre question, éminemment subtile et exigeant de longs développements, mais c'est assez que, vêtues de mousselines blanches et dissimulant notre visage pudique sous des drapés de tulle lorsque nous avançons vers l'autel, le mignon Eros nous précède en volant, agitant au-dessus de notre tête son flambeau aux flammèches rosées.

Et ensuite ? Ensuite quoi ? Nous continuons à aimer… Si ce n'est plus l'un de ces seigneurs de la création qui se manifestait en rêve à l'adolescente et avait passé la bague au doigt à la vierge — c'est du moins un autre, et si du reste nous n'en aimons aucun, nous désirons aimer… nous nous étiolons, devenons phtisiques, nous transformant fréquemment en mégères par désir d'aimer…

Et quelle est la conséquence de tout cela ? Certaines d'entre nous, blotties entre les ailes du petit dieu de l'amour, traversent certes toute la vie dans la probité, la vertu et le bonheur, mais d'autres, plus nombreuses, beaucoup plus nombreuses, foulent la terre de leurs pas ensanglantés, luttant pour leur pitance, leur paix, leur vertu, versant d'abondantes larmes, souffrant atrocement, horribles pécheresses tombées dans l'abîme de la honte, mourant de faim...

C'est que le traitement se bornant au mot « *aimez !* » ne convient pas à toutes les maladies. On pourrait peut-être lui ajouter un ingrédient supplémentaire, pour le rendre plus efficace.

Lequel ?

Peut-être qu'un épisode arraché à la vie d'une femme nous le dira...

***

La rue Graniczna[2] fait partie de ces rues passablement animées de Varsovie. Il y a quelques années de cela, par un très beau jour d'automne, il y circulait une foule de gens à pied ou en voiture, se hâtant soit vers leurs affaires, soit vers leurs plaisirs ; aucun d'eux ne regardait ni à gauche, ni à droite, ignorant du tout au tout ce qui se passait au fond de l'une des cours donnant sur la rue.

Une cour propre, assez vaste, entourée sur ses quatre côtés de bâtiments en brique de grande hauteur. Le bâtiment du fond était le plus petit mais, à ses grandes fenêtres, à son entrée spacieuse agrémentée d'un beau porche, on pouvait se douter qu'il abritait des appartements confortables et joliment agencés.

Devant le porche se tenait une jeune femme en robe de deuil, au visage très pâle. Une petite fille de quatre ans, elle aussi pâle et vêtue de deuil, s'accrochait à ses mains, lesquelles, sans pour autant trahir l'abattement, pendaient inertes, conférant à la femme un air très triste et affligé.

De l'escalier propre et large menant à l'étage supérieur du bâtiment descendaient sans arrêt des gens grossièrement vêtus et chaussés de godillots recouverts de poussière. C'étaient des porteurs coltinant

---

[2] Petite rue du centre-ville de Varsovie, à proximité du parc Saski.

toutes sortes de meubles qui, au vu de leur nombre et de leur belle facture, ne pouvaient équiper qu'un appartement, sinon très spacieux et luxueux, mais du moins aménagé confortablement et avec goût. Il y avait là des lits en acajou, des canapés et des fauteuils tapissés de laine damassée rouge vif, de jolies armoires et commodes, quelques petites consoles ayant même des dessus en marbre, quelques miroirs de taille conséquente, deux grands lauriers-roses en pot et un datura[3] sur les branches duquel pendaient encore quelques calices de fleurs blanches défraîchies.

Les porteurs descendaient tous ces objets par l'escalier et, croisant la femme qui se tenait devant le porche, les déposaient sur les pavés de la cour, ou bien les chargeaient sur deux charrettes stationnées à proximité de la porte cochère, ou encore les sortaient dans la rue. La femme se tenait immobile et suivait des yeux chaque objet emporté. On voyait que ces objets, dont visiblement elle se séparait, possédaient pour elle une valeur pas seulement matérielle ; elle s'en séparait comme on se sépare de signes tangibles, visibles jalons de l'histoire d'un passé irrémédiablement révolu, comme on se sépare de témoins muets d'un bonheur perdu. La pâle enfant aux yeux noirs tira plus fortement sur la robe de sa mère.

— Maman ! — chuchota la petite fille. — Regarde ! Le bureau de papa !

Les porteurs descendaient dans l'escalier et déposaient sur une charrette un grand bureau d'homme, recouvert de tissu vert et décoré d'une frise joliment sculptée. La femme en deuil couva d'un long regard le meuble que l'enfant pointait de son petit doigt.

— Maman ! — chuchotait la petite. — Tu vois cette grande tache noire sur le bureau de papa ?... Moi je me rappelle comment c'est arrivé… Papa était assis à son bureau et me tenait sur ses genoux, et toi maman tu es arrivée et as voulu m'enlever à papa. Papa riait, ne voulait pas me lâcher, moi je faisais la folle et j'ai renversé l'encre… Papa ne

---

[3] Plante ornementale, toxique et hallucinogène.

s'est pas fâché. Papa était bon, ne se fâchait jamais, ni après moi, ni après toi…

L'enfant chuchotait ces paroles, cachant sa petite figure dans les plis de la robe de deuil de sa mère, se blottissant de tout son petit corps contre ses genoux. On voyait que sur ce cœur d'enfant aussi les souvenirs faisaient déjà leur effet, l'opprimant d'une inconsciente douleur. Des yeux de la mère, secs jusqu'à présent, coulèrent deux grosses larmes ; ce moment, revenu à sa mémoire avec les paroles de l'enfant, autrefois perdu parmi des millions de moments semblables, quotidiens, sourit alors à la malheureuse avec le charme amer d'un paradis perdu. Peut-être pensa-t-elle aussi que l'insouciance, la gaîté de ce moment s'est payée aujourd'hui par la perte d'un des derniers quignons de pain lui restant à elle et à son enfant, et se paiera demain — par la faim ; la tache d'encre, née au milieu des rires de l'enfant et des baisers de ses parents, avait enlevé une douzaine de zlotys à la valeur du meuble.

Après le bureau apparut dans la cour un beau piano « kralowski »[4], mais la femme en deuil lui jeta un regard déjà plus indifférent. Visiblement, ce n'était pas du tout une artiste, l'instrument de musique n'éveillait en elle aucun regret ni souvenir, en revanche le tout petit lit en acajou recouvert d'un dessus tricoté en laine colorée, sorti de la maison et déposé sur la charrette, riva sur lui le regard de la mère et remplit de larmes les yeux de l'enfant.

— Maman, mon petit lit ! — s'écria la fillette. — Ces gens m'enlèvent même mon petit lit et la couverture que tu m'as faite toi-même ! Moi je ne veux pas qu'ils emmènent cela ! Reprends-leur, maman, mon petit lit et la couverture.

Pour toute réponse, la femme pressa plus fortement contre ses genoux la tête de l'enfant en pleurs, ses beaux yeux noirs un peu enfoncés étaient redevenus secs, ses délicates lèvres pâles, serrées et

---

[4] Peut-être un piano de la firme Gebauhr, fondée en 1834 à Królewiec (Königsberg en allemand, aujourd'hui Kaliningrad) ?

silencieuses.

Ce beau petit lit d'enfant était le dernier meuble qu'on avait sorti. On ouvrit en grand la porte cochère, les charrettes chargées du mobilier s'engagèrent dans la belle rue, avec derrière elles les porteurs se coltinant le reste des charges ; derrière les carreaux de quelques fenêtres du voisinage s'effacèrent des visages ayant jusqu'alors observé avec curiosité ce qui se passait dans la cour.

Une jeune fille descendit l'escalier, en manteau et coiffée d'un chapeau, et s'arrêta devant la femme en deuil.

— Madame — dit-elle — j'ai déjà tout arrangé… j'ai réglé à chacun son dû… voici l'argent qui reste…

Ce disant la jeune fille remit à la femme en deuil un petit rouleau de billets de banque.

La femme tourna lentement son visage vers elle.

— Je te remercie, Zosia[5] — dit-elle tout bas. — Tu as été très bonne avec moi.

— C'est vous qui avez toujours été bonne avec moi — s'exclama la jeune fille — j'ai été à votre service pendant quatre années et nulle part je n'ai été et ne serai aussi bien que chez vous.

Ce disant, elle se passa la main sur ses yeux embués, une main sur laquelle se voyaient bien les traces de l'aiguille et du fer à repasser, mais la femme se saisit de cette grosse main et la serra fortement entre les siennes, blanches et délicates.

— Et maintenant, Zosia — dit-elle — porte-toi bien…

— Je vais vous accompagner à votre nouvel appartement — dit la jeune fille. — J'appelle tout de suite un fiacre.

Dans le quart d'heure qui suivit les deux femmes et l'enfant descendaient du fiacre devant un des immeubles de la rue Piwna[6].

C'était un immeuble à la façade étroite mais élevée, à trois étages, vieillot et assez triste d'aspect.

---

[5] Sophie.
[6] Rue de la Vieille-ville de Varsovie.

La petite Jancia[7] regardait avec de grands yeux les murs et les fenêtres du bâtiment.

— Maman, est-ce que nous allons habiter ici ?

— Oui, mon enfant — répondit toujours à voix basse la femme en deuil et, s'adressant au gardien qui se tenait sous la porte cochère :

— Pouvez-vous me donner les clés de l'appartement que j'ai loué il y a deux jours ?

— Ah, sous les toits, certainement ! — répondit le gardien, ajoutant : — Montez, je vais vous ouvrir tout de suite.

Depuis la courette carrée entourée de deux côtés par un mur aveugle de couleur brique et des deux autres par d'anciens chantiers de débitage et stockage de bois, les femmes et l'enfant s'engagèrent dans un escalier étroit, sombre et sale. La jeune fille prit l'enfant dans ses bras et monta la première, la femme en deuil la suivait lentement.

Le gardien ouvrit la porte d'une pièce assez spacieuse, mais basse et sombre ; une seule petite fenêtre, ouvrant sur le toit, l'éclairait médiocrement, le plafond, descendant en ligne oblique, semblait écraser les murs dont se dégageait l'odeur de la chaux humide dont on venait visiblement de les blanchir.

Dans un coin à côté du poêle de simple brique se trouvait une petite cheminée pour cuisiner, en face contre l'un des murs il y avait une petite armoire, un peu plus loin un lit sans dossier, un canapé recouvert d'une percale élimée, une table peinte en noir, et quelques chaises jaunes avec un paillage partiellement déchiré et défoncé.

La femme en deuil s'arrêta un instant sur le pas de porte, parcourut lentement la pièce du regard, et après s'être avancée de quelques pas, se laissa tomber sur le canapé.

L'enfant s'arrêta à côté de sa mère et, immobile, pâle, promena alentour un regard dans lequel se lisaient l'étonnement et l'effroi.

La jeune fille congédia le cocher qui avait porté deux petites malles dans la pièce, et s'employa à ranger les objets sortis de ces malles.

---

[7] Jeannette.

Il y en avait peu, ce qui fit que leur rangement prit peu de temps.

La jeune fille, sans enlever son manteau ni son chapeau, rangea dans l'une des malles quelques petites robes d'enfant et un peu de linge, rangea l'autre, après l'avoir vidée, dans un coin de la pièce, prépara le lit avec deux oreillers et une couverture de laine, posa un rideau blanc à la fenêtre, disposa dans l'armoire quelques assiettes et gobelets, une cruche à eau en terre cuite, ainsi qu'une bassine, un chandelier en laiton et un petit samovar. Une fois toutes ces choses accomplies, elle tira de derrière le poêle un petit fagot et alluma une joyeuse flambée dans la cheminée.

— Voilà — dit-elle en se relevant de sa position agenouillée et tournant vers la femme immobile son visage rougi d'avoir attisé les flammes — j'ai allumé le feu et vous aurez tout de suite plus chaud et il fera plus clair. Vous trouverez du bois de chauffe derrière le poêle, il y en aura certainement assez pour quelque deux semaines, les vêtements et le linge sont dans la malle, les ustensiles de cuisine et la vaisselle dans l'armoire, ainsi que le chandelier avec une bougie dedans.

Ce disant, la brave domestique se forçait visiblement pour adopter un ton joyeux, mais son sourire s'estompait de ses lèvres et ses yeux s'embrumaient.

— Et maintenant — dit-elle plus bas en joignant les mains — et maintenant, chère madame, il me faut y aller !

La femme en deuil leva la tête.

— Il te faut déjà y aller, Zosia — répéta-t-elle — c'est vrai — ajouta-t-elle en jetant un coup d'œil à la fenêtre. — Il commence déjà à faire noir… ce sera terrible pour toi de traverser la ville le soir.

— Oh, ce n'est pas ça, chère madame ! — s'exclama la jeune fille. — Moi pour vous j'irais jusqu'au bout du monde dans la nuit la plus noire... mais… mes nouveaux maîtres quittent Varsovie demain matin très tôt, et m'ont dit de venir avant la tombée de la nuit. Je dois y aller, car ils auront besoin de moi encore aujourd'hui…

Sur ces dernières paroles la jeune domestique se pencha et, prenant la main blanche de la femme, voulut la porter à ses lèvres. Mais la femme se souleva soudain et entoura de ses deux bras le cou de la jeune fille. Toutes les deux pleuraient, l'enfant également fondit en larmes et de ses deux petites mains saisit le manteau de toile de la servante.

— Ne pars pas, Zosia ! — criait Jancia. — Ne pars pas ! Ici ça fait si peur, c'est si triste !

La jeune fille baisait les bras et les mains de son ancienne patronne, pressait sur sa poitrine l'enfant en pleurs.

— Je dois y aller, il le faut ! — répétait-elle en sanglotant. — J'ai une pauvre mère et de petites sœurs, je suis obligée de travailler pour elles…

La femme en deuil leva son visage pâle et redressa sa frêle silhouette.

— Moi aussi, Zosia, je vais travailler — prononça-t-elle d'une voix plus assurée que celle qu'elle avait jusqu'à présent. — Moi aussi j'ai un enfant pour lequel il me faudra travailler…

— Que le Seigneur ne vous abandonne pas et vous bénisse, ma bonne, chère maîtresse ! — s'exclama la jeune domestique et, baisant une fois de plus les mains de la mère et le minois éploré de l'enfant, sans se retourner, sortit précipitamment de la pièce.

La jeune fille sortie, un grand silence se fit dans la pièce, interrompu seulement par le crépitement du feu dans la cheminée et le vacarme de la rue parvenant, assourdi et indistinct, jusque là-haut sous les toits. La femme en deuil restait assise sur le canapé, l'enfant pleura un moment puis, se blottissant contre la poitrine de sa mère, se calma et, fatiguée, s'endormit. La femme, la tête appuyée sur un coude, passa un bras autour du frêle corps de son enfant endormie sur ses genoux et, le regard fixe, contemplait l'éclat dansant des flammes. Sa fidèle et dévouée servante partie, la quittaient le dernier visage humain témoin de son passé, le dernier appui lui restant après la disparition de tout ce qui auparavant lui apportait soutien, aide et assistance. Elle restait seule à présent, à la merci du sort, des épreuves d'une existence solitaire, de l'énergie de ses propres bras et de sa tête, et ne l'accompagnait que ce petit être faible ne pouvant trouver de repos que contre sa poitrine, exiger de tendresse que de sa bouche, attendre de nourriture que de sa main. Sa maison, autrefois amoureusement aménagée pour elle par les soins de son mari, abandonnée par elle, accueillait à présent entre ses murs de nouveaux occupants ; l'homme bon, chéri, qui jusqu'alors lui avait prodigué amour et bien-être, depuis quelques jours reposait dans sa tombe...

Tout avait passé... l'amour, le bien-être, la tranquillité et la sérénité de la vie et, seuls vestiges d'un passé disparu comme un rêve, restaient à la pauvre femme ses douloureux souvenirs et cet enfant pâle, fragile, qui maintenant, rouvrant les yeux après un sommeil passager, lui entourait le cou de ses petits bras et, pressant sa petite bouche sur son visage, susurrait :

— Maman ! Donne-moi à manger !

Pour aujourd'hui, cette demande ne revêtait encore aucun caractère de nature à éveiller crainte ou tristesse dans le cœur de sa mère. La veuve fouilla dans sa poche et en retira un portefeuille contenant quelques billets — toute sa fortune à elle et à sa fille.

Elle passa un châle sur ses épaules et, disant à l'enfant d'attendre tranquillement son retour, sortit de la pièce.

A mi-descente de l'escalier elle tomba sur le gardien amenant un fagot à l'un des appartements du premier étage.

— Mon bon monsieur — dit la veuve aimablement et un peu timidement — pourriez-vous m'apporter d'une épicerie voisine du lait et des petits pains pour mon enfant ?

Le gardien écouta ces paroles sans s'arrêter, puis tourna la tête et répliqua avec une mauvaise volonté à peine voilée :

— Est-ce que j'ai le temps, moi, d'aller chercher du lait et des petits pains... Je ne suis pas là pour amener à manger aux locataires.

Prononçant ces derniers mots, il disparut derrière un tournant du mur. La veuve continua à descendre.

« Il n'a pas voulu me rendre service — pensa-t-elle — car il se doute que je suis pauvre... A ceux dont il espère obtenir un pourboire il a amené un lourd fagot de bois. »

Elle descendit tout en bas dans la cour et jeta un regard alentour.

— Qu'est-ce que vous avez à regarder comme ça ? — retentit près d'elle une voix féminine, éraillée et désagréable.

La veuve aperçut, debout devant un portillon situé à proximité de la porte cochère, une femme dont elle ne distinguait pas le visage dans l'obscurité, mais dont la jupe courte, la grande coiffe en toile et le châle grossier passé de travers sur les épaules, ainsi que le son de la voix et la façon de parler, annonçaient une femme du peuple. La veuve devina en elle la femme du gardien.

— Ma brave dame — dit-elle — y a-t-il ici quelqu'un qui pourrait m'apporter du lait et des petits pains ?

La femme réfléchit un instant.

— Et vous êtes à quel étage ? — demanda-t-elle. — J'vous connais pas encore.

— J'ai emménagé aujourd'hui dans la mansarde…

— Ah, dans la mansarde ! Pour quoi faire alors vous parlez de vous monter quelque chose là-haut ? Vous pouvez pas y aller vous-même, en ville ?

— Je paierais pour le dérangement — murmura la veuve, mais la femme du gardien n'entendit pas ou fit semblant, s'enveloppa mieux dans son châle et disparut derrière le portillon.

La veuve resta un instant sans bouger, ne sachant visiblement que faire ni à qui s'adresser, soupira et baissa les bras ; le moment d'après, cependant, elle releva la tête et, pénétrant sous le porche, ouvrit la petite porte donnant sur la rue.

Il n'était pas encore très tard, mais il faisait assez sombre, les rares réverbères éclairaient mal la rue étroite et encombrée par une foule de gens ; sur les trottoirs de vastes emplacements étaient presque complètement plongés dans l'ombre. Une rafale de vent froid d'automne s'engouffra sous le porche à travers la petite porte ouverte, cingla le visage de la veuve et rebroussa les extrémités de son châle noir ; le grondement des fiacres et le brouhaha confus des conversations l'assourdirent, les nappes d'ombre sur les trottoirs la terrorisèrent. Elle recula de quelques pas vers l'intérieur de la porte cochère et s'arrêta derechef, tête basse, mais soudain se redressa et repartit de l'avant. Elle se rappela peut-être son enfant attendant sa pitance, ou bien ressentit-elle qu'elle devait conquérir par sa volonté et son courage ce que dorénavant elle aurait à conquérir chaque jour, chaque heure. Elle remonta son châle sur sa tête, et franchit le seuil de la porte. Elle ne savait pas de quel côté chercher une petite épicerie. Elle parcourut une assez grande distance, inspectant soigneusement les vitrines des boutiques, dépassa quelques débits de tabac, un salon de thé, un magasin de soieries et rebroussa chemin. Elle n'osait pas s'enfoncer davantage dans la rue ni se renseigner auprès de quelqu'un. Elle partit dans l'autre direction. Un quart d'heure plus tard elle revenait avec quelques petits pains dans une serviette blanche. Elle ne ramenait pas de lait : il n'y en avait pas dans la boutique où elle avait trouvé les petits pains. Elle ne voulait pas, ne pouvait pas chercher plus longtemps, s'inquiétant pour l'enfant, et rentra rapidement, presqu'en courant. Elle n'était plus qu'à quelques pas de la porte cochère lorsqu'elle entendit juste derrière elle une voix d'homme chantonnant : « Arrête, attends, mon petit cœur ; d'où viens-tu en trottinant ainsi sur tes mignons petons ? ». Elle s'efforçait en son for intérieur de se convaincre que la chanson n'était pas pour elle, accéléra le pas et se trouvait déjà à la porte quand la voix de chantante se fit parlante.

— Où cours-tu si vite ? Où ? La soirée est belle ! On pourrait peut-être faire une petite promenade ?

Hors d'haleine, rendue toute tremblante par la peur et l'affront, la jeune veuve se jeta sous le porche, et reclaqua le porte derrière elle. Quelques minutes plus tard Jancia, voyant sa mère rentrer dans la pièce, se précipita vers elle et se blottit dans ses bras.

— Que tu as été longue, maman ! — s'écria-t-elle, mais soudain se tut et fixa sa mère. — Maman, tu pleures encore et tu as le même air… le même air que quand on a sorti papa de notre appartement dans le cercueil.

En effet, la jeune femme tremblait de tous ses membres, des larmes abondantes coulaient sur ses joues en feu. Ce qu'elle avait vécu pendant le quart d'heure de son expédition en ville, sa lutte contre sa propre peur, sa course rapide dans la rue glissante au milieu de la foule et des froides rafales, et surtout l'affront subi, de la part il est vrai d'un inconnu, mais pour la première fois de sa vie, l'avaient secouée au plus profond de son être. On voyait cependant qu'elle avait résolu de prendre au fur et à mesure le dessus sur elle-même, car elle se calma rapidement, essuya ses larmes, embrassa l'enfant et, ranimant le feu dans la cheminée, dit :

— Je t'ai apporté des petits pains, Jancia, et maintenant je vais installer le samovar et préparer le thé.

Elle sortit de l'armoire la cruche en terre cuite et, recommandant à l'enfant d'être prudente avec le feu, descendit à nouveau dans la cour jusqu'à la fontaine. Elle revint sans tarder, essoufflée et fatiguée, l'épaule ployant sous la charge de la cruche remplie d'eau ; elle ne prit cependant pas le temps de se reposer, mais s'attela aussitôt à l'installation du samovar. Cette opération, qu'elle accomplissait visiblement pour la première fois de sa vie, lui était laborieuse, mais néanmoins à peine une heure plus tard le thé était avalé, Jancia déshabillée et endormie. Le souffle régulier et silencieux de l'enfant annonçait un sommeil tranquille, les traces de larmes, si abondamment versées pendant toute la journée, avaient disparu du pâle minois.

Mais la jeune mère, elle, ne dormait pas ; dans sa robe de deuil, les tresses de ses cheveux noirs dénouées, le visage appuyé sur un coude, elle était assise immobile face au feu qui finissait de s'éteindre, et pensait. Une douleur acerbe commença à dessiner sur son front blanc quelques rides profondes, ses yeux s'embuèrent, de lourds soupirs lui soulevèrent la poitrine. Mais après un moment elle secoua la tête comme pour chasser la foule de regrets et de craintes qui l'assaillaient, se leva, se redressa et dit tout bas :

— Une nouvelle vie !

Oui, cette femme, jeune, belle, aux mains blanches et à la frêle silhouette entrait dans une vie nouvelle pour elle, ce jour devait marquer pour elle le commencement d'un futur non connu.

Quel était donc son passé ?

***

Le passé de Marta Świcka était bref compte tenu de son âge, simple quant à ses vicissitudes.

Marta était née dans une maison de la petite noblesse, ni très huppée ni opulente, mais distinguée et aisée.

La propriété de son père, située à quelques milles à peine de Varsovie, se composait d'une douzaine de *włoka*[8] de terre fertile, d'une prairie florifère s'étendant sur une belle superficie, d'un joli bois de bouleaux pourvoyeur de bois de chauffe l'hiver et de charmantes promenades l'été, d'un vaste verger plein d'arbres fruitiers et d'une belle maison à six fenêtres en façade donnant sur une cour circulaire tapissée d'un gazon ras, avec de pimpantes persiennes vertes, un porche à quatre piliers, sur lesquels s'enroulaient des haricots à fleurs écarlates et des volubilis à gros calices blancs.

A l'époque, au-dessus du berceau de Marta, les rossignols chantaient et les vieux tilleuls agitaient leurs cimes sévères, les roses étaient en fleur et les épis de blé faisaient onduler l'or de leurs vagues. Le beau visage de sa mère, lui aussi, se penchait sur ce berceau, couvrant de chauds baisers la petite tête aux cheveux noirs de l'enfant.

La mère de Marta était une belle femme, pleine de bonté, son père un homme instruit, plein de bonté lui aussi. L'unique enfant de ces parents grandissait dans l'amour et la douceur du bien-être.

La première souffrance à s'abattre sur la vie jusqu'alors sans nuages de la belle, gaie et pétulante jeune fille fut la perte de sa mère. Marta avait alors seize ans, elle connut le désespoir pendant un certain temps, puis resta longtemps affligée, mais la jeunesse appliqua un baume cicatrisant sur la première blessure de son cœur, son visage retrouva ses couleurs, et sa gaîté, ses espoirs et ses rêves s'en revinrent.

Mais d'autres calamités survinrent peu de temps après. Le père de Marta, en partie à cause de sa propre imprévoyance, et surtout en raison des changements économiques intervenus dans le pays, se vit menacé de perdre sa propriété. Sa santé se fit chancelante, il voyait venir

---

[8] Ancienne unité de surface, correspondant à 16,8 hectares.

sa faillite tout comme sa fin proche. Mais l'avenir de Marta semblait déjà assuré à l'époque. Elle aimait et était aimée.

Jan Świcki, jeune fonctionnaire déjà assez haut placé dans un des services du gouvernement à Varsovie, tomba amoureux de la belle jeune fille aux yeux noirs et éveilla en elle les sentiments réciproques de respect et d'amour. Le mariage de Marta précéda de quelques semaines à peine la mort de son père. Le hobereau ruiné, qui jadis avait peut-être rêvé d'un sort plus prestigieux pour sa fille unique, donna sa main avec joie à un homme sans patrimoine, mais travailleur ; jugeant qu'à sa sortie de l'autel Marta avait un avenir suffisamment préservé des souffrances de la solitude et des dangers de l'indigence, il mourut en paix.

Marta pour la deuxième fois de sa vie fut confrontée à une grande souffrance, mais cette fois celle-ci fut apaisée non seulement par sa jeunesse, mais aussi par son amour d'épouse, et plus tard de mère. Sa magnifique propriété familiale fut perdue pour elle à jamais, passant en des mains étrangères, en revanche son mari chéri et aimant lui aménagea, au milieu du vacarme de la ville, un nid douillet, chaud et confortable dans lequel bientôt retentit le cri argentin d'un enfant.

Pour la jeune femme cinq années s'écoulèrent rapidement, dans le bonheur, la joie et les obligations familiales.

Jan Świcki travaillait consciencieusement et avec compétence, percevait un salaire assez conséquent, suffisant pour entourer la femme qu'il aimait de tout ce à quoi elle était habituée depuis le berceau, de tout ce qui pouvait contribuer à la beauté de chaque instant, à l'assurance de chaque lendemain. De chaque lendemain ? Non ! Seulement du suivant. Jan Świcki n'était pas assez prévoyant pour penser au lointain avenir, ne serait-ce qu'au plus minime détriment du présent.

Jeune, fort, travailleur, il comptait sur sa jeunesse, sa force, et ses qualités de travailleur, pensant que ces trésors étaient inépuisables. Ils s'épuisèrent cependant fort vite. Le mari de Marta succomba à une grave et soudaine maladie, dont ni la médecine ni les soins désespérés de sa femme ne purent le sauver. Il décéda. Avec sa mort prit fin non seulement le bonheur familial de Marta, mais aussi se déroba sous ses pieds le socle de son existence matérielle.

Ce n'est donc pas pour toujours que l'autel préserva la jeune femme des souffrances de la solitude et des dangers de l'indigence. L'axiome vieux comme le monde selon lequel rien n'est stable dans l'univers se vérifia en ce qui la concernait, tout au moins dans son domaine de validité. Il n'est pas vrai, en effet, dans sa totalité. Tout ce qui nous arrive de l'extérieur passe et se transforme autour de nous sous l'influence de ces milliers de courants et tourbillons dont procèdent et se nouent les relations et institutions sociales, sous l'influence, souvent la plus redoutable car la moins prévisible et calculable, d'un hasard aveugle. Mais le sort de l'homme sur terre serait foncièrement lamentable si toute sa puissance, toutes ses richesses et ses assurances ne relevaient que de ces éléments extérieurs, changeants et insaisissables comme les vagues soumises à la volonté des vents. Oui, il n'est rien de stable sur terre à l'exception de ce que l'homme possède en propre dans son cœur et dans sa tête : à l'exception du savoir qui nous indique les chemins à suivre et nous apprend comment les suivre, à l'exception du travail qui éclaire la solitude et éloigne la misère, à l'exception de l'expérience qui nous enseigne, et des sentiments élevés qui nous protègent du mal. Et là aussi la stabilité est certes relative, elle est brisée par le sinistre mais infrangible pouvoir de la maladie et de la mort. Mais tant que cette activité consistant à se mouvoir, à penser, à sentir, et qu'on appelle la vie, se déroule et se développe sans perturbation et correctement, l'homme reste lui-même, est son propre serviteur et assistant, s'appuyant constamment sur ce qu'il a réussi à glaner par le passé, et qui lui sert d'arme dans la lutte contre les vicissitudes de la vie, la variabilité du sort, la cruauté du hasard.

Marta fut trahie et abandonnée par tout ce qui, venant de l'extérieur, lui avait été jusqu'à présent propice et protecteur. Le sort auquel elle succomba n'était pas du tout un sort exceptionnel, son malheur ne provenait pas de quelque bizarre, insolite accident, de quelque stupéfiante catastrophe se manifestant rarement dans les annales de l'humanité. A ce jour, la faillite et la mort avaient joué dans sa vie le rôle de destructrices de paix et de bonheur. Quoi de plus courant partout, quoi de plus courant, notamment dans notre société, que la première, quoi de plus nécessaire, fréquent, inéluctable, que la seconde ?

Marta s'était confrontée avec ce que rencontrent des millions de gens, des millions de femmes. Qui dans sa vie n'a rencontré plus d'une fois des gens pleurant sur les eaux de Babylone baignant les ruines de leur félicité perdue ? Qui comptera toutes les fois où dans sa vie il a observé un habit de veuve, des visages pâles et éplorés d'orphelins ?

Et donc tout ce qui jusqu'à présent avait accompagné la vie de la jeune femme s'en était séparé, l'avait fuie, mais elle ne s'était pas séparée d'elle-même. Que pouvait-elle être pour elle-même ? Qu'avait-elle réussi à glaner par le passé ? Quelles armes faites de savoir, de volonté, d'expérience, pouvaient-elles lui servir dans sa lutte contre les vicissitudes sociales, la misère, le hasard, la solitude ? Dans ces interrogations résidaient l'énigme de son avenir, une question de vie et de mort, pas seulement pour elle, mais aussi pour son enfant.

Matériellement, cette jeune mère ne possédait rien, ou quasiment rien. Quelques centaines de zlotys restant de la vente du mobilier après le règlement de menues dettes et des frais d'obsèques de son mari, un peu de linge, deux robes — constituaient tout son bien. Elle n'avait jamais possédé de bijoux de grande valeur ; ceux qu'elle avait, monnayés durant la maladie de son mari, avaient payé les vains conseils des médecins ainsi que les médicaments, tout aussi vains. Même le pauvre mobilier qui meublait sa nouvelle demeure ne lui appartenait pas. Elle l'avait loué avec la pièce mansardée, et pour son usage, tout comme pour la pièce, elle s'était engagée à payer chaque premier du mois.

Ce présent était certes triste, cru, mais pour autant bien défini. Seul le futur restait indéfini. Il fallait le conquérir, quasiment le créer.

Cette jeune, belle femme, à la taille fine, aux mains blanches et aux cheveux soyeux d'un noir de jais baignant un visage gracieux, possédait-elle quelque énergie conquérante ? Avait-elle de son passé retiré quoi que ce soit dont elle pût créer un futur ? Elle pensait à cela, assise sur un petit tabouret en bois devant les braises rougeoyantes du feu. Son regard, empreint d'un indicible amour, était rivé sur le minois de l'enfant tranquillement endormie au milieu des oreillers blancs.

— Pour elle — se dit-elle après un moment — pour moi-même, pour du pain, pour un toit, pour être tranquille, je vais travailler !

Elle se mit devant la fenêtre. La nuit était noire. Marta ne voyait rien : ni les toits pentus, se hérissant en dessous de la haute mansarde d'une multitude de saillies et de renfoncements, ni les sombres cheminées couvertes de suie dépassant des toits, ni les réverbères de la rue, dont l'éclat blafard ne parvenait pas à la hauteur de sa petite fenêtre. Elle ne voyait même pas le ciel, car il était couvert de nuages et ne brillait d'aucune étoile. Mais le brouhaha de la grande ville parvenait constamment à ses oreilles, bien que nocturne, abrutissant bien qu'atténué par la distance. Il n'était pas très tard ; dans les larges et magnifiques avenues, tout comme dans les ruelles étroites et obscures, les gens circulaient encore, à pied, en voiture, à la poursuite de plaisirs, en quête de gains, courant là où les appelaient le désir intellectuel, le désir du cœur ou l'espoir de profits.

Marta baissa le front sur ses mains entrelacées et ferma les yeux. Elle s'absorbait dans l'écoute de milliers de voix qui se fondaient en une seule, qui, monstrueuse, et bien qu'indistincte et monotone, était remplie d'éclats fiévreux, de soudaines accalmies, de sourdes exclamations et de mystérieux murmures. La grande ville se présenta à son imagination sous forme d'une énorme ruche, au sein de laquelle se mouvaient, bouillonnaient de vie, s'activaient, une multitude d'êtres humains. Chacun de ces êtres avait un lieu où travailler et un autre où se reposer, des buts vers lesquels il tendait, des outils pour se frayer son chemin au milieu de la foule. Quels seront ses lieux de travail et de repos, à elle, pauvre femme précipitée dans une solitude sans bornes ? Quel sera ce but vers lequel elle va tendre ? D'où viendront les armes qui fraieront son passage à cette pauvre femme esseulée ? Et comment se comporteront à son égard ces êtres humains qui là-bas jacassent sans arrêt, dont la respiration engendre ce murmure fiévreux, dans le flux et le reflux duquel elle absorbe son écoute en ce moment ? Seront-ils justes envers elle, ou bien cruels, seront-ils compatissants ou charitables ? Ces phalanges compactes se pressant vers le bonheur et le bien-être s'ouvriront-elles devant ses pas ou bien se refermeront-elles encore plus afin que la nouvelle-venue ne restreigne pas leur espace, ne devance pas l'une d'entre elles dans sa laborieuse quête ? Quelles lois et coutumes lui seront favorables, et lesquelles lui seront hostiles, et des premières et secondes, lesquelles seront les plus nombreuses ? Et surtout, surtout — parviendra-t-elle elle-même à vaincre les éléments hostiles, mettre à profit ceux qui lui sont favorables, chaque instant, chaque battement de cœur, chaque pensée lui passant par la tête ? Concentrer tous les frémissements des fibres de son corps en une force unique, intelligente, tenace, inépuisable, une force seule à même de chasser la misère, préserver de l'abaissement la dignité humaine, protéger de souffrances stériles, du désespoir et éviter — de mourir de faim !

L'âme de Marta tout entière se concentra sur ces interrogations.

Souvenirs à la fois suaves et acerbes, souvenirs d'une femme qui, jadis joyeuse et pétulante jeune fille, foulait de ses pas légers le frais gazon et le tapis de fleurs colorées de sa campagne natale, qui ensuite coulait des jours heureux auprès de son mari chéri, des jours insouciants et exempts de tristesse, et qui à présent se tenait en robe de veuve à la petite fenêtre d'une mansarde, son front pâle appuyé sur ses mains entrelacées ; souvenirs d'une femme qui pendant toute la journée d'hier l'avaient entourée d'un essaim de visions séduisantes pour mieux la faire saigner et la déchirer, et qui maintenant s'étaient envolés face à un présent menaçant, mystérieux, mais tangible comme la réalité. Ce présent absorbait ses pensées, mais visiblement ne l'effrayait pas. Puisait-elle son courage dans l'amour maternel qui emplissait son cœur ? Possédait-elle en soi cette fierté qui abhorre l'effroi ? Ou bien… était-elle ignorante du monde et de soi-même ? Elle n'avait pas peur. Quand elle releva la tête, il y avait sur son visage les traces des larmes abondamment répandues depuis quelques jours, une expression de chagrin et de tristesse, mais point de crainte ni de doute.

***

Le lendemain de son emménagement dans la mansarde, Marta était déjà en ville à dix heures du matin.

Elle avait visiblement hâte d'atteindre son but, quelque chose comme une idée brûlante, un espoir inquiet — la poussaient, car elle marchait rapidement, et ne ralentit le pas qu'une fois arrivée rue Długa[9]. Et là son pas se fit de plus en plus lent, une légère rougeur apparut sur ses joues pâles, elle se mit à respirer de plus en plus vite, comme il en va d'habitude à l'approche d'un moment à la fois désiré et redouté, mobilisant toutes les forces de l'esprit et de la volonté, éveillant l'espoir, la circonspection. Qui sait ? Peut-être une honte involontaire, née des habitudes de toute une vie, de la dure nouveauté de la situation.

Elle s'arrêta devant la porte cochère de l'un des immeubles les plus cossus, jeta un regard au numéro de la maison. C'était visiblement celui qu'elle avait en tête, car après avoir pris le temps de souffler profondément, elle s'engagea dans l'escalier large et bien éclairé.

Ayant à peine gravi quelques marches, elle aperçut deux femmes en train de descendre. L'une d'elle était habillée avec soin, même avec une certaine recherche, paraissait sûre d'elle, affichait un air plus que tranquille, car satisfait. La seconde, plus jeune, très jeune, en petite robe de laine foncée, portant un châle quelque peu élimé sur les épaules, un petit chapeau qui visiblement avait vu passer plus d'un automne, descendait les bras ballants, le regard rivé par terre. Des paupières quelque peu rougies, le teint pâle de son visage et la minceur de sa taille conféraient à toute la figure de cette très jeune et assez belle fille une expression de tristesse, de langueur et de fatigue. Ces deux femmes se connaissaient apparemment très bien, car elles se parlaient en toute confiance.

— Mon dieu, mon dieu ! — disait à voix basse et un peu plaintive la plus jeune. — Que vais-je devenir maintenant, malheureuse que je suis ? Mon dernier espoir s'est envolé. Quand je vais dire à ma mère

---

[9] Autre rue proche de la Vieille-ville de Varsovie.

qu'aujourd'hui non plus je n'ai pas obtenu de cours, elle va se rendre encore plus malade... Et comment bien manger à la maison, quand il n'y a plus de quoi...

— Allons, allons — répliqua l'aînée d'un ton où vibrait, en même temps que de la compassion, la corde d'une supériorité bien consciente de soi — ne te fais pas tant de souci ! Travaille encore un peu ta musique...

— Ah ! Si je savais jouer comme vous ! — s'écria la plus jeune.
— Mais je ne peux pas...

— Tu n'as pas de talent, ma chérie ! — dit l'aînée. — Qu'y faire ? Tu n'as pas de talent !

Les deux femmes en train d'échanger ces propos croisèrent Marta. Elles étaient si absorbées l'une dans sa satisfaction, la seconde dans son affliction, qu'elles ne portèrent pas la moindre attention à la femme dont la robe de deuil les effleura. Mais celle-ci s'arrêta soudain et les suivit du regard. C'étaient visiblement des institutrices venant de quitter l'endroit où elle-même se rendait. Il faut dire que l'une repartait rayonnante, et l'autre en larmes. Dans une demi-heure, un quart d'heure peut-être, elle aussi allait redescendre cet escalier qu'elle montait à présent. La joie ou les larmes seront-elles son lot ? Son cœur battait la chamade lorsqu'elle actionna la sonnette fixée à la porte sur laquelle brillait une plaque en laiton portant l'inscription :

BUREAU D'INFORMATION DES INSTITUTEURS ET INSTITUTRICES DE LUDWIKA[10] ŻMIŃSKA

Du petit vestibule dont la porte s'ouvrit au bruit de la sonnette, Marta passa dans une pièce spacieuse, éclairée par deux grandes fenêtres donnant sur une rue animée, meublée d'un beau mobilier au sein duquel se distinguait et sautait à la vue du visiteur un piano flambant neuf, très élégant et de grande valeur.

Trois personnes étaient présentes dans la pièce, l'une d'elle se leva pour accueillir Marta. C'était une femme d'âge moyen, aux cheveux

---

[10] Louise.

d'une couleur indéfinie lissés sous une jolie petite coiffe blanche, à l'attitude un peu raide. Son visage, aux traits assez réguliers, ne révélait aucune particularité et, de même que sa robe de couleur grise exempte de tout ornement et boutonnée sur la poitrine par une monotone rangée de boutons, ni ne choquait ni n'attirait par quoi que ce soit. C'était un personnage engoncé de la tête aux pieds dans une apparence officielle ; cette femme savait peut-être en d'autres circonstances et en d'autres lieux sourire librement, regarder affectueusement, vous serrer la main d'un geste cordial, mais ici, dans ce petit salon où elle recevait les personnes sollicitant ses conseils et son assistance, elle intervenait en tant qu'intermédiaire officiel entre ces personnes et la société, était telle que certainement elle devait être, polie et correcte, mais réservée et prudente. Ce petit salon n'avait de salon que l'apparence ; c'était en fait une officine de commerce, comme l'est tout autre officine de commerce ; sa propriétaire offrait ses services, recommandations, relations, à ceux qui les lui réclamaient en contrepartie de monnaie sonnante et trébuchante. C'était également un purgatoire par où passaient les âmes humaines, et de là soit montaient au paradis en ayant obtenu du travail ou bien, contraintes au chômage, descendaient en enfer.

Marta s'arrêta un moment sur le pas de porte, enveloppant du regard le visage et la silhouette de la femme qui venait à sa rencontre. Ses yeux, qui hier s'embuaient continuellement de larmes, aujourd'hui secs et luisants, s'étaient faits extraordinairement vifs, presque perçants. S'y concentrait manifestement tout le pouvoir de réflexion de la jeune femme, s'efforçant de pénétrer au travers de sa carapace l'intimité de cet être, dont la bouche devait prononcer le verdict de sa future disgrâce ou de sa tranquillité. C'était la première fois de sa vie que Marta sollicitait quelqu'un ; et cette sollicitation était pour quelqu'un de pauvre l'une des plus essentielles : le besoin d'un gagne-pain.

— Vous venez certainement pour le bureau d'information, chère madame ? — demanda la maîtresse de maison.

— Oui, madame — répondit l'arrivante, ajoutant : — Je suis Marta Świcka.

— Veuillez vous asseoir et patienter un instant, je finis l'entretien avec ces dames qui étaient avant vous.

Marta s'assit sur le fauteuil qui lui avait été indiqué et alors seulement remarqua deux autres personnes présentes dans la pièce.

Ces personnes étaient très différentes par l'âge, la tenue et l'apparence. L'une d'elle était une demoiselle d'une vingtaine d'années peut-être, très belle, avec un sourire sur ses lèvres roses, des yeux bleus, un regard serein et presque joyeux, en robe de soie de couleur claire et coiffée d'un tout petit chapeau magnifiquement assorti à ses cheveux blond clair. C'est avec elle précisément que Ludwika Żmińska devait s'entretenir avant l'arrivée de Marta, car elle revint à elle aussitôt après avoir accueilli cette dernière. Elle parlait anglais et dès les premières réponses de la jeune demoiselle on pouvait deviner en elle une Anglaise de naissance. Marta ne comprenait pas la conversation entre les deux femmes, car elle n'en connaissait pas la langue, constatant seulement que le sourire détendu ne disparaissait pas des lèvres de la jolie Anglaise, que son visage, son attitude et sa façon de parler exprimaient l'aplomb d'une personne accoutumée à la réussite, sûre d'elle et du sort qui lui était réservé.

Après une courte discussion la patronne prit une feuille de papier et commença à la noircir d'une écriture rapide.

Marta suivait avec une attention soutenue les détails de cette scène qui évoquait de près sa propre situation, et vit que Ludwika Żmińska écrivait sa lettre en français, y inscrivant le chiffre de 600 roubles, et sur l'enveloppe avait mentionné un des noms de l'aristocratie nationale, suivi de celui de la plus prestigieuse avenue de Varsovie. Ayant procédé à tout cela, elle remit avec un sourire gracieux la lettre à l'Anglaise, laquelle se leva, s'inclina et quitta la pièce d'un pas léger, la tête haute et avec un sourire de satisfaction sur les lèvres.

« Six cents roubles par an — pensa Marta — quelle fortune, mon Dieu ! Quelle chance de pouvoir gagner tant d'argent ! Si seulement on m'accordait la moitié de cette somme, je serais tranquille pour Jancia et moi-même ! »

Se disant cela, la jeune femme observait avec intérêt et une involontaire commisération la personne avec laquelle la maîtresse de maison avait commencé un nouvel entretien après le départ de l'Anglaise.

C'était une femme pouvant avoir une soixantaine d'années, menue, maigre, le visage fané, couvert d'une multitude de petites rides, aux cheveux pratiquement tous blancs, partagés en deux parties lissées sous un chapeau noir froissé et passé complètement de mode. Une robe de laine noire et une antique mantille de soie tombaient des maigres épaules de la vieille, ses mains diaphanes, blanches et menues, ne cessaient de froisser avec inquiétude, de retourner dans leurs doigts osseux un mouchoir de lin blanc posé sur ses genoux. Semblable inquiétude se lisait dans ses yeux qui jadis avaient dû être bleus, mais qui à présent s'étaient décolorés et avaient perdu leur éclat, qui tantôt se levaient vers le visage de la maîtresse de maison, tantôt se cachaient sous des paupières rougies, tantôt se tournaient vers un objet ou un autre, reflétant par là même l'angoisse et le douloureux déchirement d'un esprit éreinté recherchant comme un point d'appui, un refuge et un soulagement.

— Avez-vous déjà été institutrice ? — demanda en français Ludwika Żmińska s'adressant à la vieille.

La pauvre femme remua sur sa chaise, parcourut du regard le mur d'en face en long et en large, serra convulsivement dans ses doigts son mouchoir enroulé en boule, et commença tout bas :

— *Non, madame, c'est la première fois que je... je...*[11]

Elle s'interrompit ; elle cherchait visiblement des mots étrangers qui lui permettraient d'exprimer sa pensée, mais ils se dérobaient à sa mémoire fatiguée.

— *J'avais...* — reprit-elle après un moment — *j'avais la fortune... mon fils avait le malheur de la perdre...*

La maîtresse de maison, impassible et se tenant droite, était assise sur le canapé. Les fautes de langage commises par la vieille ne la firent

---

[11] Les passages en italique encadrés d'astérisques figurent en français dans le texte ; leur orthographe et leur syntaxe, parfois volontairement ou non fautives, n'ont pas été modifiées.

pas sourire, de même que son supplice et son douloureux désarroi ne semblaient pas éveiller en elle de compassion.

— C'est triste — dit-elle — et c'est le seul fils que vous ayez ?

— Je ne l'ai plus ! — s'écria la vieille femme en polonais, mais se rappelant soudain l'obligation de démontrer sa capacité à parler une langue étrangère, elle ajouta :

— *Il est mourru par désespoir !* *

Les pupilles décolorées de la vieille ne s'embuèrent d'aucune larme, ni ne s'illuminèrent du moindre éclat lorsqu'elle prononça ces derniers mots, mais ses lèvres blêmes, fines, tremblèrent au milieu du réseau de petites rides qui les entourait, et sa poitrine creuse frémit sous son antique mantille.

— Vous êtes musicienne ? — demanda la maîtresse de maison en polonais, comme si par les quelques mots échangés elle en savait déjà assez concernant les compétences en français de la vieille.

— J'ai joué en son temps, mais… il y a très longtemps… et je ne sais pas si je pourrais maintenant…

— Alors peut-être l'allemand…

Pour toute réponse la vieille secoua la tête.

— Alors que pouvez-vous enseigner, chère madame ?

Cette question était certes posée sur un ton poli, mais en même temps si sec et si froid qu'elle équivalait clairement à un congédiement. Mais la vieille ne comprit pas ou s'efforça de ne pas comprendre. Le français était apparemment la compétence sur laquelle elle comptait le plus — grâce à laquelle elle espérait obtenir un quignon de pain lui permettant de mettre à l'abri les derniers jours de sa vie consumée. Sentant le sol se dérober sous ses pieds, et que la patronne du bureau d'information avait l'intention de clore l'entretien sans lui fournir aucune information, elle se saisit de cette seule, dernière selon elle planche de salut, et froissant toujours davantage son mouchoir de lin dans ses doigts tremblants, elle se mit à débiter :

— *La géographie, la histoire, les commencements de l'arithmétique…* *

Elle se tut soudain et planta son regard sidéré dans le mur d'en face car Ludwika Żmińska s'était levée.

— Je regrette beaucoup — commença lentement la maîtresse de maison — mais je n'ai actuellement aucune place en vue qui pourrait vous convenir…

Elle en avait fini et se tenait les bras croisés sur le strict corsage de sa robe gris cendré, attendant clairement que la vieille prenne congé. Mais celle-ci restait assise, comme enchaînée à sa place, ses mains, jusqu'alors mobiles, et ses yeux se figèrent, sa bouche blême, en revanche, s'ouvrit, tremblant nerveusement.

— Aucune ! — murmura-t-elle après un moment. — Aucune ! — répéta-t-elle, et, raide, comme mue par une force indépendante d'elle, elle se leva lentement de sa chaise.

Mais elle ne partait pas. C'est alors seulement que ses paupières se gonflèrent, ses prunelles livides se voilèrent d'une membrane vitreuse. Elle appuya sa main tremblante sur le dossier de la chaise et dit tout bas :

— Peut-être que plus tard… peut-être qu'à un moment donné… il se trouvera une place…

— Non, madame, je ne peux promettre, — répondit la maîtresse de maison, toujours aussi imperturbablement polie et raide.

Pendant quelques secondes un silence complet régna dans la pièce. Soudain sur les joues ridées de la vieille femme se mirent à couler deux filets d'abondantes larmes. Mais elle n'émit aucun son, ne prononça aucune parole, s'inclina devant la maîtresse de maison et quitta vite la pièce. Peut-être avait-elle honte de ses larmes et désirait les cacher au plus vite, ou bien se hâtait-elle d'aller à un autre endroit, fût-il semblable à celui qu'elle quittait, espérant à nouveau y trouver un nouvel emploi…

Marta à présent restait seule à seule avec la femme qui devait trancher quant à la concrétisation ou la faillite de ses espoirs les plus chers, de ses désirs les plus ardents. Elle ne se sentait pas effrayée, mais simplement profondément triste.

Les scènes qui venaient de se dérouler sous ses yeux avaient produit une forte impression sur son esprit, d'autant plus forte que tout à fait nouvelle pour elle. Elle n'avait pas l'habitude de voir des gens chercher du travail, se démener pour un quignon de pain, n'avait jamais soupçonné ni pressenti combien cette quête recélait d'inquiétudes, de tourments, de désillusions. Marta s'imaginait le travail, dans la mesure où auparavant elle y pensait, comme quelque chose sur quoi il suffisait de se pencher pour ramasser l'objet convoité. Ici, dès la première station sur cette route inconnue, elle commençait à soupçonner des choses horribles, mais n'en tremblait pas pour autant, se confortant dans l'idée qu'elle, femme jeune et en bonne santé, ayant reçu en son temps une éducation soignée de la part des meilleurs parents, qu'elle, la compagne d'un homme raisonnable ayant gagné sa vie dans un emploi intellectuel, ne pouvait être victime du même sort que cette pauvre et triste jeune fille rencontrée dans l'escalier, ni de celui de cette vieille femme, encore cent fois plus malheureuse, qui venait de s'en aller avec deux filets de larmes baignant ses joues ridées.

Ludwika Żmińska débuta par la question habituelle par laquelle, apparemment, elle commençait son entretien avec les candidates à un poste d'institutrice :

— Vous avez déjà enseigné ?

— Non, madame ; je suis veuve d'un fonctionnaire décédé il y a quelques jours. Ce n'est que maintenant, pour la première fois, que je désire m'engager dans le métier d'institutrice.

— Ah ! C'est que vous possédez peut-être un certificat de fin d'études d'un établissement d'enseignement supérieur ?

— Non, madame ; j'ai été élevée à la maison.

Cet échange entre les deux femmes avait lieu en français. Marta s'exprimait correctement et aisément dans cette langue, sa prononciation n'était pas des plus parfaites, mais ne choquait par aucun défaut rédhibitoire.

— Et quelles matières pouvez-vous et souhaitez-vous enseigner ?

Marta ne répondit pas sur le champ. Curieusement, elle était venue ici pour se procurer un poste d'institutrice sans bien savoir ce que précisément elle pouvait et voulait enseigner. Elle n'était pas habituée à faire le compte de ses ressources intellectuelles, sachant seulement que ce qu'elle savait était largement suffisant pour une femme dans la situation qui était la sienne, pour une fille de la *szlachta*[12], pour la femme d'un fonctionnaire. Mais l'heure n'était plus à réfléchir longuement ; à la mémoire de Marta se présentèrent tout naturellement les matières qu'elle avait le plus travaillées enfant, qui constituaient le socle de sa formation et de celle des filles de sa condition et de son âge.

— Je pourrais donner des leçons de musique et de français — dit-elle.

— Concernant cette deuxième matière, — répondit la maîtresse de maison — je vois que vous avez une prononciation assez fluide et correcte, encore que ce ne soit pas tout pour pouvoir enseigner, mais je suis certaine que ni la grammaire, ni l'écrit, ni peut-être un peu de littérature française ne vous sont étrangers… Quant à la musique… pardonnez-moi… il me faut connaître le niveau de votre formation artistique pour lui trouver une utilisation adéquate.

Des rougeurs apparurent sur les joues blêmes de Marta. Elle avait été élevée à la maison, elle n'avait jamais passé le moindre examen auprès de quiconque, ne s'était même pas produite en public, car quelque mois après son mariage, après avoir refermé le piano acheté par son mari, elle ne l'avait rouvert qu'une paire de fois, et cela toujours avec comme seuls auditeurs les quatre murs de son joli petit salon et les mignonnes petites oreilles de Jancia sautant au rythme de la musique maternelle sur les genoux de sa nounou. Et pourtant la demande de la patronne du bureau d'information n'avait en soi rien d'offensant, reposant sur cette règle simple et universellement admise dans le monde du travail, à savoir que pour se prononcer sur le prix et les propriétés d'un objet, il fallait d'abord l'examiner, le jauger et déterminer de la sorte dans quelles conditions il s'avèrera utile et adéquat. Marta comprenait cela, elle se leva de son fauteuil et, enlevant ses gants, se dirigea vers le piano. Là elle resta un instant les yeux baissés sur le clavier. Elle se remémorait son répertoire musical de jeune fille,

---

[12] Petite et moyenne noblesse.

hésitant sur les compositions qui lui valaient autrefois les éloges de son institutrice et les embrassades de ses parents. Elle s'assit, continuant à s'entretenir avec sa mémoire, lorsque la porte s'ouvrit bruyamment, et depuis le seuil retentit une voix féminine, aiguë et perçante :

— *Eh bien ! Mame ! La comtesse arrive-t-elle à Varsovie ?*

C'est avec ces paroles qu'une femme fringante, bien faite, brune de peau, de taille moyenne, en petit manteau original muni d'un capuchon écarlate ressortant vivement sur fond de sa chevelure d'un noir de jais et de sa carnation mate, se précipita en trombe plutôt qu'entra dans la pièce. Le regard noir pétillant de l'arrivante parcourut rapidement la pièce et tomba sur la silhouette féminine assise au piano.

— *Ah, vous avez du monde, madame !* — cria-t-elle. — *Continuez, continuez, je puis attendre !*

Ce disant elle se jeta dans un fauteuil, s'appuyant la tête au dossier, croisa les jambes, et découvrit ainsi de très jolis pieds, chaussés de belles bottines, et, croisant les bras, planta son regard curieux, pénétrant, dans le visage de Marta.

Les rougeurs s'accentuèrent sur les joues de la jeune veuve, le nouveau témoin de son audition ne se rendait pas compte du désagréable de sa situation. Mais Ludwika Żmińska tourna la tête dans sa direction avec cette singulière curiosité et expression sur le visage qui semblaient dire : « Nous attendons ! »

Marta commença à jouer. Elle jouait *la Prière d'une Vierge*[13]. A l'époque où elle apprenait la musique les jeunes filles avaient coutume de jouer l'universelle *Prière d'une Vierge*, cette tendre composition, dont les accents se fondaient en un ensemble plein de mélancolie avec les rayons de la lune pénétrant par les fenêtres et les soupirs virginaux s'échappant des poitrines. Mais le petit salon du bureau d'information était éclairé par la claire et nette lumière du jour, les soupirs de la femme jouant *la Prière d'une Vierge* n'étaient pas de ces soupirs

---

[13] Sonatine composée par Tekla Bądarzewska (1834-1861), publiée en 1865 à Varsovie.

qui s'envolent « vers les régions supraterrestres » ou vers ce guéret verdoyant où galope « le petit cheval noir », mais de ceux qui, étouffés, repoussés au fond de la poitrine, toujours cependant remontent, insufflant à l'oreille de la femme-mère ce cri simple, terrestre, commun, trivial, et cependant tragique, menaçant, obsédant, déchirant :

« Du pain ! Du travail ! »

Les fins sourcils de Ludwika Żmińska se froncèrent imperceptiblement, ce qui pourtant rendit sa physionomie encore plus froide et sévère qu'auparavant ; sur le visage au teint mat de la Française affalée dans son fauteuil passaient quantité de sourires amusés. Marta sentait elle-même qu'elle jouait mal. Elle ne comprenait plus aujourd'hui cette suite de tons pleins de tendresse qui lui paraissait jadis une mélodie séraphique ; elle avait perdu son doigté et ses doigts erraient sur le clavier, n'atteignant pas toujours la bonne touche, elle confondait les passages, appuyait sur la pédale sans nécessité, perdait des mesures entières, s'arrêtait et cherchait pour le reperdre son chemin sur le clavier.

— *Mais c'est une petite horreur qu'elle joue là* — s'exclama la Française, à mi-voix certes, mais Marta aussi entendit son exclamation.

— *Chut ! Mademoiselle Delphine !* — chuchota la maîtresse de maison.

Marta plaqua un dernier accord de cette tendre composition et aussitôt, sans quitter le clavier ni des yeux ni des mains, enchaîna avec le *Nocturne* de Zientarski[14]. Elle sentait combien était négative l'impression que sa façon de jouer avait produite sur la femme tenant entre ses mains ses espoirs les plus chers ; elle sentait qu'en pianotant maladroitement sur les touches elle laissait en même temps s'échapper l'un des rares gagne-pain sur lesquels elle comptait, elle sentait que chaque fausse note sortant de sous ses doigts arrachait et coupait un

---

[14] Sans doute Romuald Zientarski (1829-1874), compositeur, organiste, chef d'orchestre et pédagogue ; il enseigna dans les années 1860 à l'Institut de Musique de Varsovie.

des rares fils auxquels étaient suspendues son existence et celle de son enfant.

« Il me faut jouer mieux ! » — se dit-elle in petto et sans réfléchir un instant attaqua le lugubre *Nocturne*. Et pourtant elle ne joua pas mieux que précédemment, elle joua même pire, la composition était plus difficile, elle commença à ressentir de la douleur et une raideur dans ses mains déshabituées de jouer.

— *Elle touche faux, mame ! He, he ! Comme elle touche faux !* — s'exclama derechef la Française, faisant étinceler ses yeux rieurs et reposant ses jolis pieds sur le fauteuil d'à côté.

— *Chut, je vous en prie, mademoiselle Delphine.* — répéta la maîtresse de maison, haussant les épaules avec un léger mécontentement.

Marta se leva du piano. Ses rougeurs, auparavant légères, étaient devenues à présent des taches pourpres, ses yeux brillaient sous le coup d'une forte émotion. C'était arrivé ! De sa main était tombé un des outils sur lesquels elle comptait, un des fils susceptibles de la conduire au travail s'était rompu de façon décisive. Elle savait maintenant qu'elle ne pourrait obtenir de cours de musique ; elle ne baissa pas les yeux et d'un pas assuré s'approcha de la table à laquelle étaient assises les deux femmes présentes dans la pièce.

— Je n'ai jamais eu de talent pour la musique — commença-t-elle d'une voix assez basse, mais ni contenue ni tremblante — et pourtant je l'ai apprise pendant neuf ans, mais on oublie facilement les choses pour lesquelles on n'est pas doué. En outre, je n'ai pas joué du tout pendant mes cinq années de mariage.

Elle disait cela en souriant légèrement. Le regard rivé sur elle des yeux vifs de la Française lui pesait douloureusement, elle craignait d'y déceler de la pitié ou de la raillerie. Mais la Française ne comprit pas les paroles de Marta, prononcées en polonais, et bâilla ostensiblement et bruyamment.

— *Eh bien ! Mame !* — s'adressa-t-elle à la maîtresse de maison. — Finissez-en avec moi ; j'ai seulement quelques mots à dire. Quand la comtesse arrivera-t-elle ?

— Dans quelques jours.
— Lui avez-vous écrit à propos de mes conditions ?
— Oui, et madame la comtesse les a acceptées.
— Et donc mes quatre cents roubles sont sûrs ?
— Absolument.
— Et je pourrai avoir ma petite nièce auprès de moi ?
— Oui.
— Et j'aurai ma chambre personnelle, mon domestique personnel, des chevaux pour la promenade quand je le voudrai, et deux mois de vacances ?
— Madame la comtesse a agréé toutes ces conditions.
— C'est bien — dit la Française en se levant. — Je reviendrai dans quelques jours prendre des nouvelles de l'arrivée de madame la comtesse. Mais si elle n'est pas arrivée d'ici une semaine ou n'envoie pas me chercher, je romprai l'accord. Je n'entends pas ni n'ai besoin d'attendre davantage. Je peux avoir dix emplois pareils. *Bon jour, madame*.

Elle fit un signe de tête à l'adresse de la maîtresse de maison, de Marta et partit.

Sur le seuil elle releva son capuchon écarlate et, ouvrant la porte, entonna, chantant faux, une chanson française. Marta pour la première fois de sa vie ressentit quelque chose comme de la jalousie. En écoutant la conversation entre la gouvernante française et la patronne du bureau d'information elle pensait :

« Quatre cents roubles et l'autorisation de garder auprès de soi une petite nièce, une chambre personnelle, un domestique, des chevaux, de longues vacances ! Mon Dieu ! Quelle exigence, quelle situation heureuse, formidable, pour cette femme qui pourtant ne semble ni particulièrement instruite, ni très sympathique ! Si l'on m'accordait quatre cents roubles par an et m'autorisait à avoir Jancia avec moi... ».

— Madame ! — dit-elle tout haut. — J'aimerais bien obtenir un emploi à temps plein.

Żmińska réfléchit un moment.

— Ce n'est pas tout à fait exclu, mais cela ne va pas non plus de soi, et par ailleurs je doute que ce soit intéressant pour vous. J'espère que vous comprenez que dans mes rapports avec les personnes qui me consultent je me dois d'être franche. Avec un français pas mauvais, mais pas tout à fait parisien, avec une petite, presque inexistante formation musicale, vous ne pourriez prétendre qu'à être institutrice pour débutants.

— C'est-à-dire ? — demanda Marta le cœur battant.

— C'est-à-dire que vous obtiendriez 600, 800, tout au plus 1000 zlotys[15] par an.

Marta n'hésita pas un seul instant.

— Je serais d'accord avec ce salaire — dit-elle — si l'on m'acceptait avec ma petite fille.

Le regard de Ludwika Żmińska, qui à l'instant encore reflétait une idée prometteuse, refroidit.

— Ah ! — dit-elle. — Vous n'êtes donc pas seule, vous avez un enfant...

— Une petite fille de quatre ans, gentille, calme, incapable de causer de désagrément à quiconque...

— Je le crois volontiers — dit Żmińska — néanmoins je ne peux vous faire la moindre promesse d'obtention d'un poste avec un enfant.

Marta regardait son interlocutrice avec étonnement.

— Madame — dit-elle après un moment — la personne qui vient de sortir d'ici a été acceptée avec une petite parente... et aussi tant... tant d'autres exigences. A-t-elle une formation si élevée que cela ?

— Non — répondit Żmińska — sa formation ne dépasse pas la moyenne ; mais c'est une étrangère.

Sur les lèvres de l'austère patronne du bureau un sourire s'esquissa pour la première fois au cours de cet entretien, et son regard froid se braqua sur le visage de Marta avec l'air de dire : « Comment ça ! Tu

---

[15] Le zloty n'avait plus cours depuis 1850 et le rouble était la seule monnaie émise dans le Royaume de Pologne sous tutelle russe ; mais l'ancienne équivalence subsistait, de ¾ de rouble pour 5 zlotys, soit 150 roubles pour 1000 zlotys.

ne savais donc pas cela ? D'où sors-tu donc ? »

Marta sortait de son village natal, où fleurissaient les roses et chantaient les rossignols, d'un bel appartement donnant sur la rue Graniczna, où il y avait quatre murs décorés, chauffés, lui occultant le monde autour d'elle ; elle sortait d'une province où régnaient d'abord la naïveté et l'inconscience d'une vierge, puis la gaîté et l'inconscience d'une jeune épouse, elle sortait de ce milieu où la femme baisse les yeux et donc ne voit rien, ne se renseigne sur rien et donc ne sait rien… Elle ne savait pas, ou avait à peine entendu dire, incidemment, fugacement, que ce qui est permis à Jupiter ne l'est pas à un bovin[16]. Le regard froid mais avisé, dans lequel flottait une pointe d'ironie, que Ludwika Żmińska lui portait en cet instant, lui disait : « Cette femme en capuchon écarlate, parlant crûment, s'exclamant tout haut, posant ses pieds sur une chaise, est Jupiter, et toi, pauvre créature, née trivialement sur la même terre que celle où naissent toutes les mères de tous nos enfants, tu es un bovin ».

— Si vous pouviez vous séparer de votre petite fille, la placer quelque part, vous auriez des chances de trouver une place à mille zlotys par an.

— Jamais ! — s'écria Marta en joignant les mains. — Je ne me séparerai jamais de mon enfant, je ne le remettrai pas entre des mains étrangères… Il est tout ce qui m'est resté sur terre…

Cette exclamation s'était arrachée avec force de la poitrine de la mère, mais Marta comprit rapidement son inconséquence et son inutilité. Elle fit effort sur soi-même et commença à dire calmement :

— Puisqu'il m'est impossible d'espérer obtenir un emploi à temps plein, pourriez-vous me procurer des cours privés ?...

— Des cours de français ? — intervint la maîtresse de maison.

— Oui, madame, et d'autres matières également, telles que la géographie, l'histoire universelle, l'histoire de la littérature polonaise… J'ai appris tout cela en son temps, ensuite j'ai lu un peu, pas

---

[16] Traduction de la locution latine : *quod licet Ioui non licet boui*.

énormément, certes, mais toujours un peu cependant. Avec un effort, je pourrais compléter mes connaissances…

— Cela ne vous serait d'aucune utilité — l'interrompit Żmińska.

— Comment cela, madame ?

— Non, car ni moi ni aucune patronne de bureau d'information nous ne pourrions en toute conscience vous promettre des cours dans les matières que vous venez d'évoquer…

Marta regardait son interlocutrice avec de grands yeux; celle-ci après une courte pause ajouta :

— Parce que ces cours sont presque exclusivement donnés par des hommes.

— Des hommes — balbutia Marta. — Pourquoi exclusivement des hommes ?

Żmińska leva sur la jeune femme un regard, qui derechef signifiait : « D'où sors-tu donc ? »

Et poursuivit tout haut :

— Sûrement parce que les hommes sont des hommes.

Marta sortait d'une province de béate ignorance féminine, et donc réfléchit un instant sur ce que la patronne du bureau venait de dire. Pour la première fois de sa vie les complexités et les problèmes sociaux se manifestaient à ses yeux, troubles, confus ; leurs contours compliqués, tout en exerçant sur elle une inconsciente et pénible impression, ne lui disaient cependant rien.

— Madame — finit-elle par dire — je crois que j'ai compris pourquoi les hommes sont davantage demandés lorsqu'il s'agit d'enseigner ; ils possèdent une formation supérieure, plus fondamentale que les femmes… C'est vrai, mais ce point de vue n'est valable que là où l'enseignement atteint déjà des niveaux conséquents, là où le savoir de l'enseignant devrait être assez vaste et fondamental pour pouvoir répondre aux besoins de l'intelligence d'un élève déjà adolescent. Mais moi, madame, je n'ai pas de prétentions aussi élevées. Je voudrais enseigner à des débutants l'histoire, la géographie, l'histoire de notre littérature…

— Cet enseignement pour débutants est également donné

habituellement par les hommes… — l'interrompit Żmińska.

— Lorsqu'il s'agit d'enseigner à des garçons, certainement — intervint Marta.

— A des filles également — acheva la patronne du bureau d'information.

Marta réfléchit derechef.

— Alors — dit-elle après un moment — que reste-t-il donc aux femmes dans le domaine de l'enseignement ?...

— Les langues, les matières artistiques…

L'espoir illumina les yeux de Marta. La dernière parole de Żmińska lui fit penser à une autre arme encore, qui jusqu'à présent ne lui était pas venue à l'esprit.

— Des matières artistiques — saisit-elle au vol — et donc pas seulement la musique… Moi j'ai appris à dessiner… on m'a même complimentée en son temps pour mes dessins.

Sur le visage de Żmińska se lisait à nouveau une expression prometteuse.

— Certainement — dit-elle — savoir dessiner peut vous être utile, mais beaucoup moins cependant que la maîtrise de la musique…

— Pourquoi, madame ?

— Certainement parce que le dessin est silencieux, et la musique bruyante… Quoi qu'il en soit — ajouta Żmińska — apportez-moi des échantillons de vos dessins. Si vous êtes très forte en la matière, si vous arrivez à dessiner quelque chose témoignant d'un grand talent et d'une formation de haut niveau, je pourrai vous trouver un ou deux cours…

— Très forte en dessin, ce n'est pas le cas — répliqua Marta. — Je n'ai pas non plus l'impression que mon talent pour dessiner soit très grand, quant à la formation que j'ai eue en la matière, on ne peut nullement la qualifier de haut niveau. Mais je connais suffisamment le dessin pour être capable d'enseigner ses rudiments.

— Dans ce cas je ne vous promets pas de cours de dessin pour débutants — dit tranquillement Żmińska, croisant les bras.

Mais Marta joignit les mains avec une force accrue sous l'effet d'une sensation de plus en plus pénible.

— Pourquoi, madame ? — murmura la jeune femme.

— Parce que ce sont les hommes qui les donnent — répondit la patronne du bureau.

Marta inclina la tête sur sa poitrine et cette fois resta deux bonnes minutes plongée dans ses réflexions.

— Pardonnez-moi, madame — finit-elle par dire, relevant la tête, avec un visage sur lequel se lisait une inquiétude qui la tourmentait — pardonnez-moi madame de vous prendre autant de temps avec mon entretien. Je suis une femme sans expérience, j'ai peut-être accordé trop peu d'attention jusqu'à présent aux relations humaines et à l'ordre de choses qui ne me concernaient pas directement. Je ne comprends pas tout ce que vous me dites, mon jugement, et il me semblait en avoir, achoppe sur ces nombreuses impossibilités que vous m'indiquez, car il ne discerne pas quelles pourraient en être les raisons. L'obtention d'un travail, d'un maximum de travail, est pour moi plus qu'une question de vie et de mort, c'est une question de vie et ensuite aussi d'éducation de mon enfant... Mes pensées s'emmêlent... j'aimerais juger sainement des choses, comprendre... mais... je ne peux pas... je ne comprends pas...

A ces paroles de Marta, la patronne du bureau commença par la regarder avec indifférence, ensuite avec attention et concentration, et ensuite encore son regard froid s'échauffa d'une lumière plus chaleureuse. Elle baissa rapidement les yeux et resta silencieuse un moment, sur son front sévère glissèrent quelques petites rides mouvantes, un sourire triste se posa un instant sur sa bouche habituellement indifférente. La carapace officielle derrière laquelle s'abritait la patronne du bureau d'information ne l'abandonna pas complètement, mais devint transparente ; on pouvait à présent discerner au travers une femme qui se rappelait maint épisode de sa propre existence, maint tableau de l'existence d'autres femmes. Elle releva lentement la tête et son regard rencontra celui de Marta, rivé sur elle, présentement profond, brillant et inquiet.

— Vous n'êtes pas la première — commença-t-elle sur un ton

moins sec que jusqu'à présent — vous n'êtes pas la première à me parler de cette façon. Cela fait huit années, c'est-à-dire depuis que j'ai pris la direction de cet établissement, qu'en permanence des femmes de tout âge, de condition et de qualification diverses, se présentent ici, ont un entretien avec moi, et disent : « Nous ne comprenons pas ! ». Moi je comprends ce qu'elles ne comprennent pas, car j'ai vu beaucoup de choses et en ai expérimenté personnellement au moins autant. Mais je ne me lance pas dans l'explication de ces choses obscures et incompréhensibles à qui manque d'expérience ; les indispensables combats, les inévitables déceptions, les faits clairs comme le jour et en même temps obscurs comme la nuit, se chargeront d'apporter à chacune d'elles suffisamment d'explications.

Une amère ironie vibrait dans la voix de cette femme d'un certain âge, aux traits sévères, lorsqu'elle parlait ainsi. Son regard reposait toujours sur le visage désormais blême de Marta. Il y avait au fond de ce regard un peu de cette compassion avec laquelle un adulte, bien au fait des côtés sombres de la vie, regarde un enfant naïf qui a encore celle-ci tout entière devant soi. Marta se taisait. Elle avait dit vrai à l'instant : ses pensées se mélangeaient dans sa tête, ne pouvant aucunement embrasser ce qui soudain s'était présenté à son imagination, avait circonvenu son discernement. Elle n'avait vu qu'une seule chose clairement et nettement : elle avait vu que le travail n'était pas du tout un objet sur lequel il suffisait de se pencher, surtout lorsqu'on était femme, pour le ramasser. Il y avait encore une autre chose qu'elle voyait clairement et nettement : c'était le blanc minois de Jancia, les yeux noirs de l'enfant, dont le regard aiguillonnait son cœur, tel le rappel incessant, insistant, d'un grand besoin, impérieux et incontournable…

— Vous vous torturez les méninges en vain — poursuivit Ludwika Żmińska après un moment. — Ils ne vous apprendront rien, car vous n'avez pas vécu jusqu'à présent dans le monde réel, vous aviez votre propre monde, d'abord de rêves de jeune fille, ensuite d'affections familiales, et ce qu'il y avait au-delà ne vous regardait pas. Vous ne connaissez pas le monde, bien qu'y ayant vécu une vingtaine d'années, de même que vous ne savez pas jouer, bien qu'ayant appris la musique pendant neuf ans. Les faits qui vont vous cerner de tous les côtés et dirigeront votre vie personnelle, ce sont ceux-là qui vous feront connaître le monde, les gens, la société. Quant à moi, je ne veux, peux et dois dire que cela. Dans notre société, madame, seule une femme possédant une formation de haut niveau dans quelque domaine de compétence ou un véritable et opiniâtre talent peut se procurer un salaire suffisant pour vivre et préserver son sort de grandes souffrances et misères. Toutes connaissances élémentaires et compétences médiocres ne vous donnent rien ou tout au plus un quignon de pain sec et dur, probablement arrosé de larmes et assaisonné — d'humiliations. Ici il n'est pas de moyen terme, la femme en tout travail doit exceller et grâce à cette excellence se faire un nom, une réputation, et donc de la notoriété. Inférieure d'un ou de deux degrés sur l'échelle des compétences, elle a tout contre elle — et rien pour elle.

Marta écoutait ces paroles avec avidité, mais plus longtemps elle les écoutait, plus il devenait clair que dans sa tête également des pensées affluaient, sur ses lèvres des phrases se bousculaient :

— Madame ! — articula-t-elle. Faut-il que tous les hommes également possèdent quelque excellence pour se procurer une existence exempte de toutes souffrances et misères ?

Żmińska se mit à rire doucement.

— Excellent-ils — dit-elle — en quelque domaine de compétence les bureaucrates recopiant dans les bureaux les écrits d'autres, les boutiquiers et commis, les maîtres enseignants la géographie, l'histoire, le dessin pour débutants, etc. ?

— Alors — s'écria Marta avec un emportement qui ne lui était pas habituel — alors, pardonnez-moi madame de me répéter : pourquoi, pourquoi l'éventail du travail, pour les uns ouvert du début à la fin, est-il restreint à sa portion congrue pour d'autres ? Pourquoi mon frère, si j'en avais un, pourrait-il donner des leçons de dessin, possédant le même talent et les mêmes compétences que moi, alors que ce n'est pas possible pour moi ? Pourquoi pourrait-il recopier dans les bureaux les écrits d'autres, et pas moi ? Pourquoi lui serait-il permis d'utiliser pour lui et les siens tout, tout ce qu'il peut posséder en matière de ressources intellectuelles, tandis que moi je ne puis utiliser rien d'autre que le piano, pour lequel je ne suis pas douée, et ma connaissance en langues étrangères que je possède à un niveau modeste ?

Marta disait cela avec les lèvres tremblantes, ses yeux et ses joues étaient en feu. Ce n'était pas une dame du monde menant sur un sofa de salon en velours une spirituelle causerie à propos de l'égalité de traitement des femmes, ni un théoricien entre les quatre murs de son cabinet en train de peser et mesurer les cerveaux masculins et féminins dans le but de découvrir leurs ressemblances et dissemblances. Les questions qui se pressaient sur ses lèvres étaient des questions déchirant le cœur d'une mère, enflammant le cerveau d'une femme pauvre, elles les mettaient en avant comme un bouclier destiné à lui éviter de — mourir de faim.

Żmińska haussa légèrement les épaules et dit doucement :

— Vous avez répété à maintes reprises : pourquoi ? Sans que ma réponse soit catégorique, je vous dirai que c'est, principalement et avant tout sans doute, parce que les hommes sont à la tête du foyer, des pères de famille.

Marta regardait passionnément la femme en train de parler.

Le brillant éclat de ses yeux, provoqué à l'instant par la curiosité intellectuelle et la violence des sentiments, se cachait à présent derrière deux larmes jaillies de dessous ses paupières et embrumant ses prunelles. Ses mains se joignirent malgré elle.

— Madame — dit-elle — moi aussi je suis une mère.

Ludwika Żmińska se leva. Dans le vestibule retentit la sonnerie annonçant l'arrivée d'une nouvelle personne, la patronne du bureau cherchait à mettre fin à l'entretien avec la jeune veuve.

— Je ferai tout mon possible pour vous trouver un emploi qui vous convienne ; mais n'espérez pas cependant l'obtenir rapidement. En général dans l'enseignement la demande dépasse de beaucoup l'offre. Les institutrices ayant des compétences très élevées en langues et dans le domaine artistique seraient recherchées et obtiennent des emplois relativement brillants, mais ce sont les moins nombreuses, trop peu nombreuses même en comparaison des besoins ; quant à l'enseignement élémentaire, une telle multitude de femmes s'en occupent ou désireraient s'en occuper que cette concurrence pléthorique non seulement conduit à des rémunérations du travail incroyablement basses, mais complique, et pour la plupart d'entre elles rend impossible, l'obtention de ce dernier ! Je répète toutefois que je ferai tout mon possible pour vous trouver des cours. C'est du reste autant dans votre intérêt que dans le mien. D'ici quelques jours, une semaine, soyez aimable de revenir, et peut-être aurez-vous déjà quelque nouvelle.

Ce disant, la propriétaire du bureau avait déjà revêtu de la tête aux pieds sa froideur et sa raideur officielles ; dans la pièce, en effet, une nouvelle figure féminine avait fait son apparition.

Marta prit congé. Elle descendait l'escalier lentement. Elle ne pleurait pas à l'instar de cette jeune fille qui il y a une heure empruntait le même chemin, mais était plongée profondément dans ses réflexions. Ce n'est qu'une fois sortie dans la rue qu'elle arracha son regard à la terre et pressa le pas. Elle avait encore beaucoup à faire au cours de cette journée.

Dans l'immeuble voisinant celui où elle avait son logement se trouvait une gargote. Marta entra dans cet établissement et demanda à se faire porter des repas. Eu égard à la proximité des lieux, et moyennant un petit supplément on accepta de lui faire porter des repas dans la mansarde par un petit factotum. On se contenta d'exiger un paiement d'avance fixé à dix zlotys par semaine, une somme importante pour Marta, dont toute la fortune s'élevait à peine à deux cents zlotys.

En ouvrant le petit portefeuille abritant cette fortune, Marta ressentit une certaine inquiétude, confuse, mais pénible. Ce sentiment s'aggrava encore quelque peu lorsque, passant chez le gestionnaire de l'immeuble, elle lui remit vingt-cinq zlotys pour le loyer mensuel de la chambrette et la location du mobilier s'y trouvant. Elle avait auparavant encore acheté à l'épicerie un peu de sucre, de thé, quelques petits pains, une petite lampe et un peu de pétrole. Tout cela pris ensemble avait amoindri sa fortune d'un quart.

Jancia, enfermée pendant toute la matinée dans la chambrette émit un cri de joie en entendant la clé tourner dans la serrure. Elle se jeta au cou de sa mère qui entrait et couvrit son visage de baisers.

Seule l'impression du moment a le pouvoir d'agir fortement sur l'organisme d'un enfant. L'avenir n'existe pas dans leur esprit, le passé s'efface rapidement de leur mémoire. Hier est déjà un passé lointain pour l'enfant, ce qui était, s'est passé ou est arrivé il y a quelques jours disparaît et se dissipe à leurs yeux dans les brumes de l'oubli. Jancia était joyeuse.

L'étroit faisceau de lumière solaire pénétrant par la petite fenêtre dans la mansarde la mettait en joie, la petite cheminée avec son âtre recouvert de suie l'intriguait et éveillait sa curiosité, elle se familiarisait avec le nouveau mobilier, riait des deux chaises qui avaient un pied plus court que les trois autres, les comparant aux vieillardes infirmes qu'elle voyait dans les rues de la ville. La solitude dans laquelle elle avait passé toute la matinée avait emmagasiné dans sa petite tête une réserve de pensées que sa petite langue frustrée de parole s'empressait de délivrer à sa mère dans un babil sonore.

Pour la première fois la gaîté de l'enfant fit une grande impression sur l'esprit de Marta. Hier encore, quand Jancia se souvenait mieux de la figure paternelle disparue à sa vue, quand, attristée de la perte des murs au milieu desquels elle avait vécu jusqu'à présent, et de toutes les belles chose qu'elle avait coutume de voir, elle refusait avec des pleurs de manger, levait ses grands yeux noirs sur le visage de sa mère avec une expression de douloureuse supplication et d'inconscient désarroi, Marta eût tout donné de ce qui lui restait encore pour susciter un sourire sur sa petite bouche, une rougeur de santé sur ses joues blêmies. Aujourd'hui le rire argentin de l'enfant l'alarmait de façon confuse, mais pesante. Qu'y avait-il donc de changé dans sa situation ? Elle était seule comme hier, pauvre comme hier, mais entre hier et aujourd'hui il y avait eu cette matinée probatoire, au cours de laquelle, pour la première fois, entrée dans un monde inconnu, elle avait fait son bilan personnel, plus précisément que jamais. Hier elle était certaine qu'avant la fin de la journée elle aurait déjà à sa disposition la perspective d'un emploi et pourrait compter sur une rémunération de nature à lui dessiner un certain avenir défini. La journée était écoulée et l'avenir était resté indéfini. On lui avait demandé d'attendre, sans même préciser le temps d'attente, d'attendre quelque chose qui dans tous les cas ne saurait être que très mesquin.

« Combien manquais-je d'expérience en pensant que je n'aurais pas à attendre longtemps, que j'étais déraisonnable en espérant de grandes choses de moi-même ! »

Telles étaient les réflexions de Marta, debout le soir à la fenêtre, derrière laquelle se déployait le ciel noir d'automne et montait le vacarme continu de la grande ville.

« Quelle cohue ! Toutes les conditions, tous les âges, toutes les nationalités se pressent là où je voulais me rendre ! Vais-je me frayer mon chemin au milieu de cette foule et avec quoi, possédant un si modeste bagage pour lutter ! Et si d'aventure on ne me laisse pas du tout emprunter ce chemin, si une, deux semaines, un mois s'écoulent sans que je ne trouve de gagne-pain ? »

A cette pensée un frisson glacé parcourut le corps de Marta. Elle tourna vite la tête et embrassa la petite tête de Jancia d'un regard tel qu'on eût dit qu'elle avait soudain pris peur pour elle, apercevant soudain, planant au-dessus, quelque redoutable danger.

***

C'était un jour maussade de novembre, gris, pluvieux, boueux, où Marta se rendait d'un pas rapide de la rue Długa à la rue Piwna, du bureau d'information à chez elle. Les nuages pleuraient, mais le visage de la jeune femme rayonnait. Les gens se protégeaient des ondées avec leurs parapluies, du froid avec leurs manteaux, mais elle, ne se protégeant avec rien, indifférente aux désagréments de la nature, comme elle l'eût certainement été en ce moment à ses agréments, foulait d'un pas léger les trottoirs fangeux, la tête haute, le regard lumineux.

Jamais encore depuis qu'elle habitait là-haut sous les toits, il ne lui était arrivé de grimper les escaliers étroits, sales, sombres, des trois étages avec une telle facilité ; elle souriait en tirant de sa poche la lourde clé rouillée, en souriant elle franchit, presque en sautant, le pas de porte, s'agenouilla, ouvrit les bras et, sans rien dire, pressa fortement sur sa poitrine l'enfant aux yeux noirs qui s'était précipitée avec un cri de joie à sa rencontre. Elle déposa un baiser sur le front de la petite fille.

— Dieu merci, Dieu merci, Jancia ! — chuchota-t-elle, voulant en dire plus, mais ne le put. Deux larmes coulèrent sur sa bouche qui souriait.

— Pourquoi ris-tu, maman ? Pourquoi pleures-tu ? — babilla Jancia, caressant de ses menottes les joues enflammées de sa mère.

Marta ne répondit pas ; elle se releva prestement et jeta un regard dans l'âtre noir de la cheminée. Ce n'est qu'alors qu'elle ressentit qu'elle était trempée, qu'il faisait froid dans la pièce.

— Nous pouvons aujourd'hui nous faire une flambée dans la cheminée — dit-elle, retirant de derrière le poêle le seul fagot qui s'y trouvait.

Jancia bondit de joie.

— Du feu ! Du feu ! — criait-elle. — Moi j'aime le feu, maman ! Ça fait si longtemps que tu n'en as pas fait dans la cheminée !

Quand les flammes jaunes jaillirent, emplissant l'âtre noir d'un brasier éclatant et déversant une vague d'agréable chaleur dans la pièce, Marta s'assit devant le feu et prit son enfant sur ses genoux.

— Jancia ! — dit-elle en se penchant sur son pâle minois. — Tu es encore petite, mais tu devrais déjà comprendre ce que je vais te dire.

Ta maman était très, très pauvre, très triste. Elle avait dépensé tout son argent et dans quelques jours elle n'aurait plus eu de quoi acheter ni repas pour toi, ni pour elle, ni de petit bois pour allumer du feu dans le poêle. Aujourd'hui, on a donné un travail à ta maman, pour lequel elle sera payée... C'est pourquoi en arrivant je t'ai dit de remercier Dieu, c'est pourquoi j'ai allumé ce joli feu, afin qu'aujourd'hui nous ayons chaud et soyons gaies...

Marta avait en effet obtenu du travail. Après un mois d'attente, une douzaine de visites sans résultat au bureau d'information, Ludwika Żmińska annonça à la jeune femme qu'elle avait obtenu pour elle un cours de français. La rémunération prévue, d'un demi-rouble par jour, sembla à Marta une mine de richesses s'ouvrant devant elle. Avec cette ressource elle pouvait vivre avec son enfant dans cette même pièce qu'actuellement, joignant les deux bouts aussi parcimonieusement, peut-être même davantage, que maintenant. Elle pouvait vivre ! Ces trois mots signifiaient beaucoup pour une femme qui, encore à la veille d'apprendre cette heureuse nouvelle, se renseignait pour savoir où et à qui on peut vendre le surplus de ses vêtements.

En complément, avec cette lueur initiale de prospérité s'éclairait la perspective d'un meilleur avenir au final.

— Si — dit Żmińska — dans la maison où je vous introduis vous vous faites apprécier comme une institutrice consciencieuse et compétente, il est très possible que les cours qu'elle demande le soient aussi par beaucoup d'autres. Vous obtiendrez alors le droit non seulement de choisir, mais aussi d'exiger des conditions de rémunération plus intéressantes que celles qui vous sont proposées maintenant.

C'est par ces paroles que Ludwika Żmińska acheva l'entretien avec la jeune veuve. Deux termes se fichèrent profondément dans la tête de Marta : « consciencieuse et compétente ».

Le premier de ces deux termes n'éveillait en elle ni la moindre crainte ni le plus léger doute, le second, sans savoir pourquoi, lui répugnait ; elle désirait l'oublier, comme quelque chose susceptible de lui gâcher son premier, depuis longtemps, instant d'apaisement.

A l'heure dite Marta se présentait dans une des habitations situées rue Swiętojerska[17]. Elle fut reçue dans un petit salon, aménagé avec goût et assez luxueusement, par une femme encore jeune, très belle, très bien habillée, la vraie Varsovienne, au port alerte et plein de grâce, au visage irradiant la vivacité d'esprit, au parler rapide, vivant et distingué. C'était madame Rudzińska, l'épouse d'un des littérateurs locaux les plus en vue. Juste derrière elle, une fille de douze ans déboula dans le petit salon, rieuse, le regard vif et intelligent, faisant virevolter

---

[17] Rue du Nowe Miasto de Varsovie, quartier du centre-ville.

sa petite robe toute courte, coupée à la dernière mode, et traînant derrière elle une longue corde rouge avec laquelle elle était sans doute en train d'accomplir ses exercices de gymnastique dans l'enceinte du confortable et spacieux appartement de ses parents.

— Madame Marta Świcka, certainement ! Très heureuse ! — dit la maîtresse de maison, tendant une main à l'arrivante et lui désignant de l'autre un des fauteuils près du canapé. — Madame Żmińska m'a beaucoup parlé de vous hier et je me réjouis sincèrement de faire votre connaissance. Je vous présente ma fille et votre future élève. Jadwisia[18] ! Cette dame veut bien te donner des leçons de français, tâche de lui éviter le moindre désagrément et d'apprendre aussi bien qu'avec mademoiselle Dupont !

La fillette à la taille svelte et souple, respirant l'insouciance et l'intelligence, fit sans la moindre gêne une très grâcieuse révérence à sa future institutrice.

Au même moment la sonnerie retentit dans le vestibule ; cependant personne n'entra dans le salon et ce n'est qu'après une douzaine de secondes que la portière[19], qui occultait pratiquement toute la porte ouvrant sur la pièce voisine, s'agita et que dans une fente pratiquée entre les lourds plis du tissu écarlate apparut une paire d'yeux d'un noir de charbon, ardents, appartenant visiblement à un visage masculin, car au-dessus se voyait également une partie de front hâlé, surmonté de cheveux touffus, bruns, coupés court, et en dessous apparaissait la pointe d'une barbichette noire. Tout cela n'était pourtant qu'à peine visible au milieu des épais replis de la tenture, et restait complètement invisible pour les personnes conversant au salon, placées de profil par rapport à la porte.

La maîtresse de maison poursuivait sa conversation avec Marta.

— La dernière institutrice de ma fille, mademoiselle Dupont, enseignait très bien, et Jadzia[20] faisait avec elle de remarquables progrès.

---

[18] Diminutif de *Jadwiga,* Hedwige.
[19] Rideau ou tenture cachant une porte.
[20] Autre diminutif de *Jadwiga.*

Mais mon mari estimait, et m'en avait convaincue, qu'il n'était pas tout à fait correct de notre part de donner l'opportunité de travailler à une étrangère, alors qu'il y avait autour de nous tant de femmes du cru, des plus remarquables, faisant tant d'efforts pour rechercher un travail, et ayant tant de difficultés à en trouver. Du reste, à tous les instituteurs qui façonnent l'esprit de notre fille, tant mon mari que moi-même demandons une seule chose, que leur enseignement aille au fond des choses, soit à large vue, exhaustif, qu'il couvre toutes les branches de la matière enseignée, de sorte que notre enfant puisse un jour s'en servir et la maîtriser pleinement.

Marta s'inclina sans rien dire et se leva.

— Si vous voulez bien démarrer les leçons dès aujourd'hui… — dit la maîtresse de maison, se levant également, et d'un geste aimable montrant la porte à portière, derrière laquelle, en même temps que les deux femmes s'étaient levées, avaient disparu la paire d'yeux, la petite moustache et la barbichette — voici le cabinet prévu pour l'enseignement de ma fille.

Le cabinet était aménagé plus modestement que le salon, mais y régnaient néanmoins le bon goût et le confort. Contre l'un des murs se trouvait une grande table revêtue d'un tissu vert, couverte de livres, de cahiers et d'accessoires pour écrire. Jadzia ici se sentait déjà chez elle et, levant ses beaux yeux sur sa future institutrice, avec son petit air sérieux, rapprocha de la table un fauteuil confortable et disposa devant quelques livres et bon nombre de gros cahiers.

Mais Marta ne s'assit pas tout de suite. Son visage qui, après le mois d'attente venant de s'écouler, était plus maigre et plus pâle qu'auparavant, se fit à cet instant profondément pensif, ses paupières s'affaissèrent, ses mains qui s'accrochaient au bord de la table tremblaient un peu. Elle resta ainsi debout pendant quelques minutes, le visage et le corps figés. On eût dit qu'elle réfléchissait à ce qu'elle venait d'entendre de la part de la mère de son élève, ou bien qu'elle se posait à elle-même une question à laquelle elle cherchait une réponse dans sa raison ou sa conscience. Lorsqu'elle leva les yeux, elle rencontra ceux de la maîtresse de maison, braqués sur elle. Pendant un moment, ce regard toisa de la tête aux pieds la svelte, délicate, superbe silhouette de la nouvelle institutrice. Il s'attarda sur le large ruban blanc bordant sa robe noire d'une marque de deuil, et reposait à présent, exprimant de la compassion et un peu de curiosité, sur son visage pâle et pensif.

— Vous portez le deuil, madame — dit Maria Rudzińska, baissant la voix et avec bienveillance — de votre mère peut-être, ou de votre père…

— De mon mari — dit Marta tout bas, tandis que ses paupières derechef s'abaissaient lentement et lourdement.

— Vous êtes donc veuve ! — s'exclama Maria, et dans sa voix vibrait cette détresse, cette terreur qu'une femme heureuse dans son mariage éprouve chaque fois qu'elle entend dire que quelqu'un a perdu ce bonheur, et que par conséquent le sien non plus n'est sûrement pas éternel. — Et peut-être… peut-être avez-vous des enfants ?

Cette fois Marta leva les yeux, dans lesquels s'allumèrent de vives lueurs.

— J'ai une fille, madame ! — répondit-elle, et comme si cette phrase lui avait rappelé quelque soudaine injonction, elle s'assit dans le fauteuil qu'on venait de lui avancer et de ses mains encore un peu tremblantes commença à feuilleter les uns après les autres les livres disposés devant elle.

Ces livres firent comprendre à Marta que la petite Jadzia de douze ans avait déjà beaucoup appris et était bien avancée dans ses cours. Une écriture fluide annotant çà et là les pages des cahiers, se jouant avec une facilité manifeste des plus grandes difficultés de la langue, en pénétrant à fond même les subtiles nuances, témoignait de la connaissance approfondie de la langue que possédait l'ancienne institutrice de la fille. Marta se passa la main sur les yeux comme si elle voulait s'éclaircir la vue ou chasser quelque idée fixe et, refermant les cahiers et les livres, posa quelques questions à son élève. Entretemps Maria Rudzińska s'était retirée vers une fenêtre et, une broderie à la main, s'apprêtait à s'asseoir à une petite table, quand la portière s'entrouvrit légèrement et derrière se fit entendre une belle voix d'homme :

— Cousine Marynia[21] ! Pouvez-vous venir un instant ?

Maria traversa la pièce en silence, posa encore une fois un regard aimable sur le visage de la nouvelle institutrice de sa fille, et referma doucement derrière elle la porte cachée par la portière, menant du cabinet au salon.

Au milieu du salon se tenait un jeune homme, pouvant avoir vingt-six ans, mince, bien fait, habillé à la dernière mode, au visage hâlé et allongé, aux cheveux d'un noir de jais et aux yeux noirs comme le charbon. L'homme était d'apparence sympathique, éveillant même l'intérêt au premier coup d'œil. Cette apparence frappait surtout par un trop-plein de vitalité insouciante, gaie, comme impatiente d'agir et d'une capricieuse exubérance. Cette vitalité, à y regarder de plus près, semblait même être excessive. Les prunelles du jeune homme étincelaient, miroitaient, autour de ses lèvres à moitié cachées par une petite moustache noire grouillaient une multitude de risettes, tantôt cajoleuses, tantôt comiques, tantôt facétieuses, toute sa physionomie en une seconde, en un clin d'œil, se teintait d'humour, de drôlerie. C'était visiblement quelqu'un d'éternellement gai, d'éternellement rieur, mais on voyait en même temps que c'était quelqu'un coutumier d'une vie joyeuse, insouciante. Cela apparaissait au teint quelque peu fatigué de son visage, contrastant avec la jeunesse du personnage, l'éclat flamboyant de ses prunelles, la frivolité presque enfantine de ses sourires.

En entrant dans le salon Maria Rudzińska trouva ce jeune homme dans une position pour le moins bizarre. Il se tenait le visage tourné vers la porte du cabinet qu'avait refermée la maîtresse de maison, le corps un peu renversé en arrière, les bras levés, le regard rivé sur le plafond. Cette position théâtrale s'accompagnait d'une expression de son visage traduisant un ravissement lui aussi théâtral, hautement comique.

— Oleś[22] ! — cria Maria sur un ton de réprimande — qu'est-ce que

---

[21] Diminutif de *Maria*.
[22] Diminutif d'*Oleg*, Alexandre.

cette bêtise encore ?

— Une déesse ! — dit le jeune homme, sans changer ni sa position, ni l'expression de son visage. — Une déesse ! — répéta-t-il et, soupirant à la manière des héros de comédie, baissa la tête et les bras.

Maria ne put se retenir de sourire. Elle haussa cependant les épaules et, s'asseyant avec sa broderie à la main sur le sofa, dit sur un ton de léger reproche :

— Tu as oublié de me dire bonjour, Oleś !

A ces mots le jeune homme bondit et déposa plusieurs baisers sur la main de la maîtresse de maison.

— Je te demande pardon, Marynia, pardon ! — dit-il sur le même ton pathétique que précédemment. — J'étais tellement sous le charme ! Ah !

Il s'assit sur un siège à côté de la jeune femme et, pressant sa main sur son cœur, leva derechef les yeux au plafond. Maria le regardait comme on regarde un insupportable enfant.

— Quelle bizarrerie t'est-elle encore entrée dans la tête ? — demanda-t-elle après un moment, s'efforçant visiblement d'être sérieuse, mais ayant de la peine à cacher complètement son sourire. — Est-ce en allant chez moi que tu as rencontré cette nouvelle déesse qui t'a plongé dans un tel ravissement ? J'ai très peur en vérité qu'elle ne te prive maintenant de raison pendant toute la journée.

— Tu es horrible, Marynia, avec ta raison — dit le jeune homme en soupirant derechef. — C'est justement dans ta maison que j'ai aperçu cette beauté…

En prononçant ces derniers mots il indiqua d'un geste théâtral la porte du cabinet. Maria parut mi-amusée, mi-étonnée.

— Comment cela ? — dit-elle. — Tu parles de la nouvelle institutrice de Jadzia ?

— Oui, cousine — rétorqua le jeune homme, prenant soudain un air sérieux. — Je la désigne reine de toutes mes déesses…

— Et où donc l'as-tu vue, farfelu ?

— En arrivant chez toi j'ai appris dans le vestibule que tu étais occupée à discuter avec la nouvelle institutrice de ta fille. Je n'ai pas voulu te déranger et, entrant par la porte de la cuisine, j'ai jeté un coup d'œil par la portière... Mais, plaisanterie mise à part — poursuivit-il — quelle beauté ! Ces yeux ! Ces cheveux ! Un port de reine !

— Oleś ! — l'interrompit la maîtresse de maison légèrement contrariée. — C'est manifestement une femme malheureuse : elle porte le deuil de son mari...

— Une jeune veuve ! — s'écria le jeune homme, levant à nouveau les yeux au ciel. — Tu ne sais peut-être pas, cousine, qu'il n'est pas de créatures au monde plus agréables que les jeunes veuves... quand elles sont belles, naturellement... visage pâle, regard sentimental... J'adore les visages pâles et le regard sentimental chez les femmes.

— Tu divagues ! — dit Maria, haussant les épaules. — Si tu n'étais pas mon cousin germain maternel, et si je ne savais pas qu'en dépit de toute ta frivolité tu es au fond un bon garçon, je pourrais vraiment te détester pour ce curieux mépris envers les femmes...

— Mépris ! — s'écria le jeune homme. — Mais, cousine, moi j'adore les femmes ! Ce sont les déesses de mon cœur et de mon existence...

— Des déesses, que tu comptes par douzaines.

— Plus on a d'objets à aimer, plus on aime... C'est une question d'entraînement, et c'est uniquement en s'entraînant que le cœur acquiert cette force, ce feu qui...

— Ça suffit maintenant, Oleś — l'interrompit la maîtresse de maison, cette fois visiblement et véritablement contrariée. — Tu sais bien combien me préoccupe ta tournure d'esprit et de cœur...

— Ma cousine ! Ma petite cousine ! Ma cousinette ! Amen ! Je t'en supplie, dis maintenant amen ! — s'exclama le jeune homme, reculant avec son siège et joignant les mains comme pour prier. — Il n'y a rien qui convienne mieux à une petite bouche féminine qu'un sermon...

— Si j'étais vraiment une bonne sœur[23], je t'en ferais du matin au

---

[23] La cousine germaine et aussi appelée « sœur » en polonais, et le cousin germain « frère ».

soir, des sermons…

— Et tu n'accomplirais rien de bien, ma petite sœurette. Un sermon se doit d'être bref ; une règle extraite des lois morales, philosophiques, artistiques. Tu ferais mieux de m'en dire plus à propos de cette nymphe aux yeux noirs, qui vraiment mérite un meilleur sort que de se barber avec ta Jadzia.

— Et toi tu ferais mieux — rétorqua vivement la maîtresse de maison — de me dire pourquoi tu es ici à cette heure de la journée.

— Et où devrais-je me trouver, sinon à tes petons, ma chère petite cousine ?

— Au bureau — répondit sèchement Maria Rudzińska.

Le jeune homme soupira, se tordit les mains et inclina la tête sur sa poitrine.

— Au bureau — murmura-t-il. — O Marynia ! Que tu es cruelle ! Serais-je un hareng ? Dis-moi, est-ce que je ressemble vraiment à un hareng ?

En posant ces questions l'homme au rire éternel releva la tête et regardait la maîtresse de maison avec des yeux si écarquillés et avec un tel comique exprimant le chagrin, l'indignation et l'étonnement que Maria ne put s'empêcher de rire presque tout haut.

Très vite cependant, le sérieux remplaça son hilarité momentanée.

— Tu n'es pas un hareng — dit-elle en regardant l'ouvrage qu'elle tenait à la main, de crainte sans doute de se mettre derechef à rire — non, tu n'es pas un hareng, mais tu es…

— Je ne suis pas un hareng ! — s'exclama le jeune homme, comme s'il respirait profondément après avoir été fortement choqué. — Grâce à Dieu, je ne suis pas un hareng ! Et comme je ne le suis pas, il va de soi que je ne peux passer des journées entières serré dans un bureau comme un hareng dans un tonneau…

— Mais tu es un homme, et tu devrais une bonne fois réfléchir plus sérieusement à la vie et à ses devoirs. Est-il possible de se contenter de toujours musarder ainsi et courir après les déesses ? J'ai vraiment de la peine pour le bon cœur qui est le tien, et les capacités qui elles non plus ne te manquent pas. Encore quelques années de cette vie, et tu deviendras une de ces personnes sans objectif, sans occupation, sans avenir, qui dès à présent sont déjà pléthore chez nous…

Elle s'arrêta là et, avec une sincère tristesse, baissa les yeux sur son ouvrage. Le jeune homme se redressa et prononça solennellement :

— Amen ! Le sermon a été long, mais on ne peut cependant lui dénier une certaine essence morale, et mon cœur qui a baigné dedans comme une éponge trempée dans les larmes, tombe à tes pieds, chère cousine !

— Oleś ! — dit en se levant la maîtresse de maison. — Tu es aujourd'hui encore moins raisonnable que d'habitude… Je ne peux discuter plus longtemps avec toi ; va au bureau, et moi je vais en cuisine !

— Sœurette ! Marynia ! A la cuisine ! *fi donc ! c'est mauvais genre !* Une femme de littérateur en cuisine ! Son mari écrit peut-être à propos de la poésie qu'une femme se doit de respirer, et elle, elle se rend en cuisine !

Là-dessus il se releva et les bras tendus regardait la femme s'en aller.

— Ma sœur ! — cria-t-il derechef. — Maria ! Ne me quitte pas !

Maria ne se retourna pas et se trouvait déjà à la porte du vestibule. Alors le jeune homme bondit vers elle et lui saisit la main.

— Tu es fâchée contre moi, Marynia ? Vraiment fâchée ? Tu n'as pas honte ? Laisse tomber ! Ai-je voulu t'offenser ? Ne sais-tu donc pas que je t'aime comme une vraie petite sœur, vraie de vraie ? Marynia ! Regarde-moi donc ! Qu'y puis-je, si je suis jeune ! Je vais m'amender, tu verras, attends donc que je vieillisse un peu !

Disant tout cela, il baisait les mains de la jeune femme, tandis que sa physionomie exprimait simultanément ou se succédant rapidement — l'affliction, la frivolité, la tristesse, la tendresse, la gentillesse, si bien qu'en l'observant on pouvait soit en rire, soit partir en haussant les épaules, mais en aucune façon se fâcher contre cet enfant adulte. Si bien que Maria Rudzińska, résistant un moment aux câlineries et excuses de son cousin, finit par sourire.

— Combien donnerais-je pour que tu puisses changer, Oleś…

— Combien donnerais-je pour pouvoir changer, Marynia ! Mais…

on ne commande pas à la nature, le loup par la forêt… est attiré…

En prononçant ces derniers mots il se fit petit comme un enfant exprimant timidement sa demande et désigna de son index la porte du cabinet.

— Quoi encore ? — dit Maria, posant la main sur la poignée.

— Je ne dirai plus un mot de cette déesse aux yeux noirs que tu protèges, à ce que je vois, pieusement sous tes ailes, à l'instar d'un ange gardien ! — s'exclama Oleś, saisissant derechef la main de sa cousine. — Mais tu vas me présenter à elle, sœurette ? Vrai, tu me présenteras ?

— Je n'y pense même pas — répliqua Maria.

— Ma chère ! Ma douce ! Mon unique ! Présente moi quand elle entrera ! Dis : voici mon frère, parangon de toutes les qualités et perfections, un brave garçon…

— Et en même temps un grand bon à rien !

Sur ce, Maria sortit du salon. Oleś resta un instant près de la porte, comme s'il ne savait s'il lui fallait rester ou suivre sa sœur, puis il tourna les talons, s'arrêta devant un miroir, arrangea sa cravate et sa coiffure, se mit à fredonner une chanson, se tut, s'approcha sur la pointe des pieds de la porte du cabinet et, écartant la portière, colla son oreille à la porte.

Derrière celle-ci on entendait la voix de la petite Jadzia disant :

— *L'imparfait du subjonctif !* — J'ai oublié comment il faut l'écrire à la troisième personne. Sur quel temps, madame, forme-t-on *l'imparfait du subjonctif ?*

La réponse ne vint pas tout de suite. On entendait feuilleter un livre. L'institutrice y cherchait apparemment la réponse qu'il lui fallait donner à son élève.

— *Du passé défini de l'indicatif* — finit par dire Marta.

Oleś se redressa, leva les yeux au ciel et répéta tout bas :

— *De l'in-di-ca-tif !* quelle petite voix d'ange !

Dans le cabinet régnait à nouveau le silence. L'élève était apparemment en train d'écrire et ce n'est qu'après un moment qu'elle dit :

— *Bateau !* Je ne sais pas, madame, comment s'écrit *bateau* :

avec *eau* ou *au* ?

La réponse ne venait pas, l'institutrice restait silencieuse.

— Oh ! — murmura Oleś. — Ma déesse a apparemment du mal ! Elle ne sait probablement que répondre à la question de cette petite maligne... ou peut-être rêve-t-elle... Ah !

Il s'éloigna de la porte sur la pointe des pieds et vint à la fenêtre, mais à peine eut-il regardé à travers ses carreaux cette rue assez passante et animée qu'il s'exclama :

— Que vois-je ! Mademoiselle Malwina[24] de si bon matin déjà en ville ? Je cours, je vole, je fonce !

Ce disant, il fonça effectivement vers la porte et, l'ouvrant violemment, se retrouva nez à nez avec Maria qui revenait au salon.

— Pour l'amour du ciel — dit la maîtresse de maison en reculant dans le vestibule — où fonces-tu ainsi ? Au bureau ?

— J'ai vu par la fenêtre mademoiselle Malwina — répondit le jeune homme en mettant précipitamment son manteau. — Elle est allée en direction de la place des Krasiński[25], certainement pour faire des courses. Il faut absolument que j'y sois avec elle...

— Crains-tu que mademoiselle Malwina ne dépense trop d'argent dans les boutiques si tu ne t'occupes pas d'elle ?...

— Bêtises que l'argent ! Mais elle peut perdre un petit bout de son cœur en route. Au revoir, Marynia... Salue de ma part la déesse aux yeux noirs...

Ces derniers mots, il les prononça déjà dans l'escalier.

A peine une heure plus tard Marta entrait dans sa pièce sous les toits. En la quittant, elle avait le visage animé, le pas léger, souriait en pressant sur sa poitrine et embrassant sur le front sa petite fille, lui recommandant de jouer en son absence avec sa poupée et les deux chaises estropiées qui servaient de lit et de berceau à celle-ci ; elle revenait le pas lent, les yeux baissés, le visage exprimant une grave

---

[24] Malvina, prénom féminin.
[25] Place du centre-ville de Varsovie, entre les rues Swiętojerska et Długa, bordant le palais éponyme.

préoccupation. Aux cris d'accueil et embrassades de son enfant elle ne répondit que par un baiser presque fugace, silencieux. Jancia regarda sa mère avec ses grands yeux intelligents.

— Maman ! — dit-elle en enlaçant le cou de sa mère de son petit bras. — Ils ne t'ont pas donné de travail ? Tu ne ris plus, ne m'embrasses plus, tu es redevenue comme tu étais quand… quand on ne te donnait pas de travail.

Ces deux êtres qui différaient par l'âge s'étaient tellement soudés l'un à l'autre dans la misère et la solitude que l'enfant devinait à l'expression de son visage et à l'intensité de son baiser les peines et les inquiétudes de la femme. Cette fois cependant, Jancia interrogeait en vain, sa mère s'appuya le front sur un coude et se plongea si profondément dans ses réflexions qu'elle n'entendit même pas le son de sa voix. Mais Marta finit par se reprendre.

— Non — dit-elle tout bas. — Cela ne peut être ! J'apprendrai, il me faut apprendre, il me faut savoir ! J'ai besoin de livres — ajouta-t-elle et après un moment de réflexion elle ouvrit une mallette, en sortit un objet qu'elle enveloppa dans un mouchoir et sortit en ville. Elle revint avec trois livres. C'était une grammaire française, une chrestomathie[26], et un manuel scolaire d'histoire de la littérature française.

Le soir dans la chambrette mansardée la petite lampe était allumée et à côté était assise Marta, penchée sur un livre grand ouvert. Le front appuyé sur ses deux coudes, elle dévorait des yeux les pages du livre. Les règles grammaticales compliquées, les milliers de problèmes posés par une des orthographes les plus difficiles au monde, s'emmêlaient devant ses yeux comme des fils enchevêtrés, en un labyrinthe d'indications et de notions scolaires complètement ignorées ou, ce qui revient au même, oubliées. Marta concentrait toute la puissance de son cerveau, toute les forces de sa mémoire, pour comprendre, retenir, assimiler en une soirée, une nuit, ce dont la compréhension exige plusieurs années d'un travail lent, patient, systématique, rationnel,

---

[26] Recueil de textes d'auteurs classiques sélectionnés à des fins didactiques.

progressant harmonieusement. La pauvre femme pensait que ses efforts intenses, fébriles, parviendraient à compenser des années d'encroûtement de son cerveau, que le bref instant présent pèserait autant et même plus sur la balance que tout le passé, que désirer immensément équivaut dans la vie à pouvoir. Elle s'illusionnait. Mais elle ne put cependant s'illusionner longtemps. Ses efforts dégénéraient en fièvre, éreintaient son corps et son esprit, de par leur intensité même rendaient tout progrès impossible ; le présent, pénétré de part en part d'une douloureuse inquiétude, inoculait une amertume encore confuse, mais déjà corrosive, dans le cœur de la femme qui, abandonnée par tout ce qui était sur terre, commençait à comprendre qu'elle s'était trompée sur elle-même, qu'elle était on ne peut moins réceptive aux études, qui, pour produire abondance de fruits, à l'instar de l'oiseau qui a besoin d'air pour développer ses ailes, ont besoin de calme. Les désirs les plus forts, les aspirations intellectuelles les plus ardentes, les élans volontaires les plus fougueux, ne pouvaient faire qu'un cerveau sans connaissance perce d'un seul coup les secrets de la science, que les commandes de l'entendement et de la mémoire, sans entraînement, aient la souplesse de délicates cordes d'un instrument de musique, décrivent en un éclair de rapides circonvolutions, s'imprègnent, à l'instar d'une cire ramollie au feu du creuset, de ce dont on les a abreuvées.

Marta ne pouvait s'illusionner pendant longtemps mais, étouffant en elle toute analyse, elle s'agrippait à son idée de toute la force de son esprit et de sa volonté : « Apprends ! » — comme un naufragé luttant contre les vagues de la mer s'agrippe de toute la force de ses deux bras à la seule planche de salut le soutenant dans l'idée : « Je me maintiendrai à flot ! ».

Au cours des longues nuits d'automne, tout comme avant grondait, semblable au mugissement des vents, le mystérieux vacarme de la grande ville, s'élevant et retombant en une interminable gamme ; mais Marta ne l'écoutait plus, craignait de l'écouter, car il la pénétrait de cette terreur indéfinie envahissant l'être humain qui se sent sombrer, livré à lui-même, dans des éléments monstrueux, inconnus, abyssaux.

A présent, à l'heure de minuit, elle arpentait la pièce à la lueur blafarde de la lampe, les joues en feu, ses tresses noires dénouées sur les épaules, joignant les mains avec une grande nervosité, chuchotant sans arrêt, chuchotant des expressions étrangères puisées dans ce livre qui, grand ouvert à la lueur de la lampe, se hérissait de rangées de milliers de terminaisons, signes, chiffres se rapportant à des règles, de parenthèses — les exceptions. Ce livre, c'était cet ouvrage de Chapsal et Noël[27], enseignant les multiples arcanes de la langue des Francs. Les expressions répétées sur les lèvres de Marta du crépuscule jusqu'à minuit, et maintes fois de minuit jusqu'au point du jour, étaient ces ennuyeuses déclinaisons et conjugaisons, sur lesquelles bâillent quotidiennement des milliers d'enfants sur cette terre.

Mais Marta ne bâillait pas. Les sons secs et monotones remplissant les salles de classe d'échos d'ennui avaient dans sa bouche une signification tragique. Elle se débattait avec eux et avec elle-même, avec son entendement gourd, sa mémoire inexercée, sa pensée s'envolant ailleurs, son impatience plongeant son corps dans un tremblement nerveux. Elle se débattait avec tout ce qui l'entourait, et surtout avec ce qu'il y avait en elle, mais de cette lutte opiniâtre elle ne retirait rien, ou presque rien.

Elle progressait lentement, très lentement, aujourd'hui maintes fois détruisait et précipitait dans le gouffre de l'oubli ce qu'elle avait réussi avec bien du mal à acquérir hier ; le savoir s'approchait et reculait, lui apportant des miettes de progrès, mais au prix de montagnes d'énergie et de temps. Marta se tordait les mains, assise des heures entières telle une statue, le visage pétrifié, devant son livre ; elle se levait, parcourait la pièce d'un pas fiévreux, buvait de l'eau froide, y plongeait son front et ses yeux, et recommençait à étudier, pour se dire le lendemain au réveil : « Je ne sais toujours rien ! ». « Du temps, du temps ! » — s'écriait parfois in petto la jeune femme, faisant le compte du nombre de lignes qu'elle pouvait apprendre chaque jour ou de pages chaque

---

[27] Charles-Pierre Chapsal (1787-1858) et François Noël (1756-1841) ont publié ensemble en 1823 une *Nouvelle grammaire française* qui connut 46 éditions jusqu'en 1854. Elle était, aux dires de ses critiques, truffée d'erreurs.

semaine. — Si je pouvais avoir devant moi deux ans, un an, ne serait-ce que quelques mois !... »

Mais le temps, si généreux pour elle autrefois, à l'époque de son oisiveté et de son repos, la poursuivait à présent du spectre de la faim, du froid, de la honte, de la misère. Elle aspirait à être autonome ne serait-ce qu'une année, alors que même le lendemain ne lui appartenait plus. Le lendemain il lui fallait déjà savoir tout ce qu'en une année, en un tas d'années on pouvait à peine apprendre ; elle le devait, elle y était obligée, si elle ne voulait pas que son gagne-pain ne lui tombe des mains. Le moment de sa vie où cette femme engageait sa lutte pour son existence et celle de son enfant ne convenait plus pour apprendre, et pourtant elle apprenait…

Un mois était écoulé depuis le jour où la jeune veuve avait franchi pour la première fois le seuil du bel appartement de la rue Swiętojerska. La maîtresse de maison l'accueillait toujours aimablement, lui parlait avec gentillesse, même avec cordialité, mais à cette cordialité s'ajoutait, de plus en plus visible, une nuance de silencieuse commisération, de gêne, et même parfois de contrainte retenant au bord de ses lèvres des paroles difficiles à exprimer. La petite Jadzia gardait en permanence vis-à-vis de son institutrice sa politesse d'enfant bien élevée, mais de ses yeux mobiles, pleins de vie, jaillissait de temps à autre une étincelle d'espièglerie, sur sa bouche fraîche passait un petit sourire facétieux, certes vite réprimé, mais n'en trahissant pas moins la satisfaction ou l'étonnement de l'élève saisissant le triste secret de l'incompétence de son institutrice et se disant in petto : « Mais j'en sais plus qu'elle ! »

Arriva le jour où Marta devait recevoir de la mère de son élève la rémunération de son travail du mois. Maria Rudzińska était assise au petit salon, son ouvrage à la main, qu'elle avait cependant, pensive, laissé tomber sur ses genoux. Le visage, habituellement serein, de cette femme heureuse était ce jour-là quelque peu assombri, ses beaux yeux fixaient tristement la porte, recouverte de la portière, du cabinet.

— Peut-on savoir ce qui a mis aujourd'hui ma chère sœur d'une humeur si lugubre ? — se fit entendre une voix d'homme près de la fenêtre.

Maria tourna le regard dans la direction de celui qui parlait.

— Je suis effectivement très soucieuse, Oleś, et te prie d'avoir égard à mon humeur et ne pas m'agacer par tes plaisanteries…

— Ho ! ho ! ho ! — dit le jeune homme, repliant le journal dont il se cachait jusqu'à présent le visage. — Quel langage solennel ! Qu'est-il donc arrivé ? Aurait-on refusé l'article écrit de la talentueuse plume de mon beau-frère ? La petit Jadzia aurait-elle mal à son petit bout de nez ? Le *melszpejs*[28] aux pommes ne serait-il pas assez cuit ? Est-ce que…

Le jeune homme posait ces questions avec son habituelle emphase comique dans la voix, mais soudain s'arrêta de parler, se leva, et se rapprochant de sa sœur s'assit à côté d'elle, et pendant un moment la regarda en face avec une attention plus prolongée et plus marquée qu'on ne l'eût supposé de la part d'une créature aussi instable et volatile.

— Non — dit-il après un moment — il ne s'agit pas de l'article ni du petit nez de Jadzia, ni du *melszpejs* non plus. Tu es, Marynia, soucieuse pour de bon et à propos de quelque chose d'important… De quoi s'agit-il ?

Il prononça ces derniers mots avec une véritable tendresse dans la voix. Il prit en même temps la main de sa sœur et la pressa sur ses lèvres.

— Allons — dit-il en la regardant dans les yeux — de quoi s'agit-il, de quoi te soucies-tu autant ? Dis-moi…

En ce moment, cet homme éternellement rieur avait l'air d'un bon garçon sincèrement attaché à sa sœur. C'est pourquoi Maria le regarda avec bienveillance.

— Je sais que tu as bon cœur, Oleś, et que ma tristesse te tracasse sincèrement. J'aimerais bien te le dire, mais je crains de provoquer tes plaisanteries.

---

[28] Dessert gratiné aux fruits, à base de farine, de lait et d'œufs.

Oleś se redressa et posa sa main sur son cœur.

— Parle franchement, ma sœur ! — dit-il. — Je t'écouterai avec le sérieux d'un curé assis dans son confessionnal et l'affection d'un frère pour lequel tu as été parfois un bon ange confesseur... Je vais t'écouter, prêt à tout... si tu as envie d'un arbuste qui chante ou d'un petit oiseau qui parle, j'irai les chercher au-delà des montagnes et des mers... Si la petite Jadzia a mal à un peton ou à sa petite bouche je convoquerai sans tarder tous les docteurs possibles ayant gîte et couvert à Varsovie... Si quelqu'un t'a offensée... je le provoquerai en duel... ou... ou lui administrerai une volée de coups de bâton ; je ferai et accomplirai tout cela, je le jure sur tous les beaux yeux de mes déesses... sur mes années d'enfance passées avec toi, Maria, sur les murs poussiéreux de mon bureau et sur mes cellules cardiaques dans lesquelles coule le même sang que le tien, ma sœur !

Lorsque le jeune homme débitait tout cela, sa nature de caméléon colorait son visage et son corps de teintes si variées et si rapidement changeantes de vaine frivolité, de bon cœur, d'emphase outrée et de réelle disposition au dévouement, que Maria éprouvait visiblement l'envie tout à la fois de se fâcher, de rire, de serrer la main à ce farfelu, qui lui rappelait quand même ses années d'enfance passées avec lui, et un sang commun coulant dans leurs veines.

— Ce n'est du reste pas une chose si extraordinairement importante — dit-elle après un instant d'hésitation. — Rien qui puisse influer sur mon sort ou celui de mes proches. Mais j'ai énormément de peine pour cette pauvre femme qui en ce moment est là-bas derrière cette porte...

— Ah ! Il s'agit donc de la déesse aux yeux noirs ? Ouf ! Dieu soit loué ! Je respire... Je croyais déjà que quelque malheur...

— C'est un malheur en effet, pas pour nous, mais pour elle...

— Un malheur, vraiment ? Alors peut-être que moi aussi je regretterai un peu cette petite veuve intéressante. Mais qu'a-t-il donc pu lui arriver ? Son mari défunt lui est-il apparu en songe ? Est-ce que...

— Arrête tes plaisanteries, Oleś ! C'est, je le vois, une femme plus malheureuse que je n'avais pensé au premier abord... pauvre, et paraît-il ne sachant rien...

Oleś ouvrit de grands yeux.

— Elle ne sait rien ! en voilà un malheur ! Ha, ha, ha ! *Beau malheur ma foi !* Une aussi jeune et belle…

Il se tut soudain car la portière écarlate s'entrouvrit et Marta entra dans le salon. Elle entra, avança de quelques pas et s'arrêta, prenant appui sur le dossier d'un fauteuil. Elle était très belle à cet instant. Une rude bataille, les derniers moments peut-être d'une bataille qui s'était déroulée longtemps dans sa poitrine, avaient recouvert ses joues blêmes d'une vive rougeur ; il y a une minute ou deux, dans un accès de grande douleur, elle avait dû porter les mains à sa dense chevelure noire, car deux mèches bouclées d'un noir de jais lui retombaient maintenant sur le front, lequel, d'une pâleur extrême, se détachait presque lugubrement de ses joues inondées de rougeurs. Lorsqu'elle s'arrêta, la tête un peu inclinée et les yeux à moitié baissés, son attitude n'exprimait ni hésitation, ni éreintement, mais seulement une profonde, mûre réflexion.

Il suffisait d'un seul regard sur elle pour deviner qu'elle osait en ce moment entreprendre quelque chose qui pour elle revêtait une importance énorme, accomplir un pas qu'elle ne pouvait faire sans un gros effort, sans concentrer toutes les forces de sa volonté. Elle finit par relever la tête et s'avança jusqu'à la maîtresse de maison.

— La leçon est déjà finie ? — demanda Maria qui à l'entrée de la jeune veuve se leva et s'efforça d'afficher un sourire décontracté.

— Oui, madame — répondit Marta d'une voix un peu atténuée, mais ferme — j'ai fini la leçon d'aujourd'hui avec mademoiselle Jadwiga et je suis venue vous annoncer que c'était la dernière. Je ne peux continuer à enseigner votre fille…

Sur le visage de Maria Rudzińska se lisaient l'étonnement, la tristesse et la confusion. Cette dernière prédominait. Le cœur de cette femme bienveillante lui interdit, face à ce désistement volontaire, de prononcer la parole qu'elle avait pourtant pensé prononcer depuis longtemps.

— Vous n'allez plus enseigner ma fille ? — bredouilla Maria. — Pourquoi, madame ?

— Parce que — répondit lentement et doucement Marta — parce que je ne sais pas enseigner.

Ce disant, elle baissa les yeux ; la rougeur qui couvrait ses joues remonta jusqu'à son front et recouvrit tout son visage d'une expression de honte accablante.

— Je me suis trompée sur moi-même — poursuivait-elle. — Me retrouvant pauvre, j'ai compris qu'il me fallait travailler… J'avais vu, entendu, que les femmes pauvres ou devenues pauvres devenaient pour la plupart institutrices… j'ai donc pensé que moi aussi dans ce métier je me trouverais un travail et du pain… On m'a dit que je n'étais capable que d'enseigner le français, je pensais en effet que je maîtrisais cette langue, car je la parle assez correctement et avec facilité. Maintenant je me suis convaincue que bien parler la langue ne suffit pas pour la connaître pleinement, que je ne l'ai jamais apprise à fond, et que le peu de connaissances que j'ai acquises dans mon enfance, je les ai oubliées… C'étaient des notions disparates, superficielles, vaguement comprises, il n'y a donc rien d'étonnant à ce qu'elles me soient sorties de la mémoire. L'étrangère qui jusqu'ici enseignait votre fille était une excellente institutrice… mademoiselle Jadwiga en sait bien plus que moi…

Elle se tut pendant un moment, comme si elle avait besoin de remobiliser ses forces.

— Un salaire est pour moi, certes, une chose très importante — dit-elle — néanmoins, lorsque je me suis convaincue que je ne peux apprendre rapidement tout ce qu'il me faut savoir, j'ai pensé que je ne devais pas aller à l'encontre de ma conscience… Car lorsque vous m'avez engagée, madame, vous m'avez dit que vous exigiez avant tout et presque exclusivement de l'institutrice de votre fille que son enseignement soit à large vue et aille au fond des choses, qu'il couvre toutes les branches de la matière enseignée… Moi je ne peux même pas rêver d'un tel enseignement… En outre, vous avez été tellement bonne pour moi que, en plus d'être malhonnête, je serais ingrate si je…

Là Maria ne permit plus à la malheureuse de poursuivre. Elle saisit ses deux mains et, les serrant fortement dans les siennes, dit :

— Ma chère ! Je ne peux certes aller à l'encontre de ce que vous dites de vous-même, mais croyez bien que je suis très, très navrée de me séparer de vous. Si je peux au moins vous être utile en quelque chose... je connais du monde, j'ai des relations...

— Madame — dit Marta, levant les yeux — mon seul désir est d'avoir la possibilité de travailler...

— Mais bien sûr, dans quoi voudriez-vous et pourriez-vous travailler ? — s'empressa de demander la maîtresse de maison.

Marta resta longtemps sans répondre.

— Je ne sais pas — finit-elle par dire doucement. — J'ignore ce que je sais faire, si je sais faire correctement quoi que ce soit.

A ces dernières paroles ses paupières s'affaissèrent, une profonde humiliation vibra dans sa voix.

— Peut-être voudriez-vous donner des leçons de musique ? Une de mes parentes justement recherche en ce moment quelqu'un pour donner des leçons de musique à sa fille.

Marta secoua la tête en signe de négation.

— Non, madame — dit-elle — en musique je suis encore dix fois plus faible qu'en français.

Maria se mit à réfléchir. Mais elle ne lâchait pas les mains de Marta des siennes, comme si elle craignait de voir cette femme la quitter sans avoir obtenu de conseil ni d'assistance.

— Peut-être — dit-elle après un moment — peut-être avez-vous travaillé ne serait-ce qu'un peu les sciences naturelles ? Mon mari est le tuteur d'un jeune garçon qui a du mal à l'école, vous pourriez le préparer, lui donner des cours particuliers...

— Madame — l'interrompit Marta — mes connaissances en sciences naturelles sont sommaires, pratiquement nulles...

Elle hésita un peu et ajouta après un moment :

— Je sais un peu dessiner. Si vous connaissez quelqu'un qui aurait besoin de leçons de dessin...

Maria, après un moment de réflexion, fit un signe négatif de la tête.

— Là — dit-elle — c'est le plus dur... peu de gens apprennent le dessin, et en outre ce sont des hommes qui en général l'enseignent...

C'est l'usage.

— Alors — commença Marta en serrant la main de la maîtresse de maison — il ne me reste qu'à vous saluer et vous remercier pour votre bonté et votre obligeance.

Maria s'apprêtait à prendre une jolie petite enveloppe dans laquelle on voyait quelques billets de banque, lorsque quelqu'un à côté lui effleura la manche. C'était le joyeux Oleś qui pendant tout le temps de la conversation s'était tenu à distance, très discrètement et avec un air pas du tout joyeux. Son regard, mi admiratif et mi sincèrement apitoyé, était rivé sur le visage de la jeune veuve, laquelle ne prêtait pas la moindre attention à sa présence. Il se peut qu'elle l'eût vu en entrant dans le salon, mais que pouvait lui importer un témoin de plus assistant à ses aveux humiliants, sachant que le témoin le plus terrible, indissociable d'elle-même, était sa propre personne ? Que pouvait lui importer de se douter qu'un regard tiers l'observait au moment où son propre regard s'abîmait dans les profondeurs de sa propre incapacité, et dans le gouffre encore plus profond du sort qui l'attendait ? Marta n'avait de ce fait pas prêté attention à la présence du jeune homme, Maria l'avait oubliée et, sentant que quelqu'un la tirait légèrement par la manche, se tourna quelque peu étonnée. Elle s'étonna encore davantage en voyant la physionomie d'Oleś. Son regard mobile était à présent pénétré de tristesse, sur ses lèvres, habituellement entourées d'un sourire futile, se dessinait une forme de mansuétude, et même un peu, aurait-on dit, de sérieux.

— Marynia ! — dit doucement le jeune homme. — Ton mari travaille pour un magazine illustré, peut-être qu'on y aurait besoin de quelqu'un sachant dessiner…

Maria frappa dans ses mains.

— Tu as raison — s'exclama-t-elle — je vais le demander à mon mari !

— Mais il faut le faire tout de suite ! — s'exclama Oleś ayant déjà retrouvé son habituelle vivacité. — La rédaction se réunit justement aujourd'hui…

— Mon mari assiste aussi à la réunion…

— On pourrait s'en informer le plus facilement à cette réunion…

— Je vais écrire tout de suite à mon mari…

— Pourquoi écrire ! Ça prend trop de temps, j'y vais et je vais sortir Adam de la réunion…

— Va, Oleś, va…

— J'y vais, j'y vole, j'y fonce ! — s'exclama le jeune homme et, saisissant son chapeau, avec une hâte extraordinaire se le mettant sur la tête avant même d'avoir franchi le seuil, oubliant de prendre congé des deux femmes, il se précipita dans le vestibule. Là il endossa son manteau et criant une fois de plus : — j'y cours, j'y fonce, j'y vole ! — il courait en effet, fonçait et volait, descendant l'escalier de la même façon qu'il l'avait fait il y a un mois quand il s'agissait pour lui de rattraper la jeune beauté aperçue par la fenêtre. Maria ne s'était pas trompée en trouvant que son cousin germain avait bon cœur, aussi le suivit-elle du regard jusqu'au seuil avec une espèce de contentement, pour ensuite revenir sans tarder à Marta. La jeune veuve se tenait immobile, les joues encore plus en feu qu'auparavant. Elle ne pouvait pas ne pas voir qu'elle avait éveillé de la pitié non seulement chez cette femme qui il y a un instant lui serrait les mains, mais également chez ce jeune homme qu'elle ne connaissait pratiquement pas, car aperçu incidemment par elle à peine une paire de fois. Pour la première fois de sa vie elle était l'objet d'une pitié humaine qu'elle avait suscitée quasiment elle-même, ne pouvant s'y soustraire, la rejeter, pressée qu'elle était par un impétueux besoin ; cependant ce sentiment à son égard, bon en soi, lui tomba sur la tête tel un fardeau écrasant, la rabaissant… Elle n'était pas contente d'elle, de sa discussion avec Maria qui avait provoqué chez des gens qui lui étaient complètement étrangers des marques de pitié à son égard… Il lui passait par la tête qu'elle aurait dû être plus forte, plus secrète, plus réservée, elle éprouvait le même sentiment que si elle avait perdu alors une parcelle de sa dignité personnelle, humaine, que si elle avait tendu pour la première fois la main pour une aumône. Quand la sœur et le frère échangeaient entre eux de vifs propos la concernant, quand le jeune homme sortait en courant de la pièce pour porter quelque part à des gens inconnus, qu'elle n'avait jamais vus, une requête en son nom, se leva en elle un immense désir de quitter les lieux, immédiatement, payer ce moment de pitié par un mot de remerciement, mais ne pas accepter d'aumône et dire :

« J'espère m'en sortir toute seule ».

Ce désir était puissant, il bloqua dans sa poitrine la voix de la jeune femme, une vague de sang lui monta à la tête, cependant elle lui résista, ne quitta pas les lieux, resta immobile, la tête baissée et les mains entrelacées. Au plus profond de son être se faisait entendre un murmure sinistre :

« Je suis sans espoir de m'en sortir toute seule. Je ne peux me faire confiance ! »

C'était la sensation naissante de son incapacité. Sous l'influence de cette sensation grandissait en elle un sentiment de honte, vague mais pénible. « Si seulement j'étais seule en ce monde !... — se disait-elle. — Si je n'avais pas un enfant ! »

— Dites-moi, madame — interrogea Maria — comment je pourrai vous informer du résultat des démarches que mon mari et moi allons effectuer dans le but de vous obtenir un emploi… Pourriez-vous me laisser votre adresse ?

Marta réfléchit un moment.

— Si vous permettez — répondit-elle — je viendrai moi-même aux nouvelles.

Elle voulut d'abord communiquer son adresse, mais il lui vint à l'esprit que cette jeune femme heureuse pût l'oublier. Elle avait honte de la pitié dont elle était l'objet, mais de supposer que l'espoir de rémunération qui avait miroité à ses yeux pût à nouveau disparaître et la laisser dans une cruelle incertitude, dans une situation indéterminée, la terrifiait encore davantage.

« Une rémunération ! Quel terme prosaïque, trivial, purement terre à terre ! » — vous exclamerez-vous peut-être, lecteurs. S'il s'agissait plutôt d'un amour brûlant, d'une peine de cœur, d'un rêve sublime, les sentiments et les pensées de la jeune femme seraient plus conformes à leur domaine moral propre, susciteraient davantage la sympathie, une plus grande compassion ! Peut-être bien, je ne sais pas. Ce qui est sûr, ce que Marta pensait ou pressentait, c'est que l'unique garant de la vie et de la santé de son seul amour sur terre, de son enfant, l'unique garant du soulagement de la peine emplissant les coins solitaires de sa pauvre chambre, l'unique garant non plus de la sublimité, mais de la pureté et de l'honnêteté de ses rêves et pensées, c'était le travail — source de rémunération. Peut-être que Marta se trompait ; seul l'avenir devait lui démontrer soit la véracité, soit la fausseté de cette conjecture.

Après avoir échangé encore quelques paroles, Marta Świcka prenait congé de la maîtresse de maison. Maria prit derechef l'enveloppe au petit liseré couleur lavande.

— Madame — dit-elle un peu gênée — voici la dette que j'ai contractée envers vous pour l'enseignement de ma fille pendant tout le mois.

Marta ne tendit pas la main.

— Vous ne me devez rien — dit-elle — car je n'ai absolument rien enseigné à votre fille.

Maria Rudzińska voulut insister, mais Marta lui saisit la main, la serra fortement entre les siennes et s'empressa de quitter la pièce. Pourquoi partait-elle si précipitamment ? Peut-être voulait-elle échapper à une mauvaise tentation, éprouvée pour la première fois de sa vie ? Elle sentait que l'argent qu'on lui offrait ne lui était pas dû, qu'elle n'avait rien fait pour le gagner, sinon faire preuve d'une bonne volonté stérile, que si elle l'acceptait elle commettrait une action malhonnête. Aussi ne le prit-elle pas, mais quand en fin d'après-midi, sans allumer la lampe dans sa pièce par souci d'économie, elle ouvrit son petit portefeuille à la lumière incertaine du crépuscule, et fit le compte des pièces de menue monnaie qui s'y trouvaient, quand elle pensa qu'en dehors de cet argent pouvant à peine suffire pour quelques jours, il n'y en avait plus aucun autre, et que celui-ci était ce qui restait de la vente de l'une des deux robes qu'elle possédait, quand la petite Jancia blottie contre ses genoux se plaignit du froid régnant dans la pièce et demanda d'allumer le feu dans la cheminée, et qu'elle dut le lui refuser, car la réserve de bois était déjà bien maigre et qu'il n'était pas question de l'augmenter maintenant, quand pour finir elle fut enveloppée des ténèbres de la nuit accroissant la tristesse, changeant l'inquiétude en terreur, alors devant ses yeux, convoquée par quelque ressort mystérieux de son imagination, lui apparut la jolie petite enveloppe décorée d'un liseré couleur lavande, avec trois billets de cinq roubles à l'intérieur. Marta bondit de son siège et alluma la lampe. Le spectre de l'argent non gagné disparut avec l'obscurité, mais un sourd désarroi subsista dans l'esprit de Marta.

— Serait-ce possible — s'exclama-t-elle — que je regrette de ne pas avoir commis de malhonnêteté ?

Cette pensée qui lui faisait grandement honte éveilla une réaction de son esprit, remobilisa son énergie momentanément affaissée.

— Il me semble — se dit-elle — que je m'inquiète beaucoup pour rien. Ne m'a-t-on pas promis un nouvel emploi ?... Je dessinais pas mal autrefois, on trouvait même que j'étais assez douée pour le dessin... Dans cet emploi, pourvu que je l'obtienne, je me débrouillerai sans doute correctement ! Mon Dieu ! Avec quelle ardeur vais-je m'employer à ce que, cette fois, ce travail ne m'échappe pas des mains. Et s'il m'est obtenu par des gens étrangers, par pitié, par compassion, quelle importance ? Cela ne devrait pas m'humilier ! Je suis encore trop fière ! J'ai parfois entendu dire, certes, que pauvreté et fierté pouvaient aller de pair, mais ce n'est certainement que de la théorie ; je suis en train de constater qu'il en va autrement !

Cette dernière pensée revint à l'esprit de Marta lorsque le lendemain matin elle descendait l'escalier et frappait timidement à la porte de l'appartement du gestionnaire.

Le gestionnaire de l'immeuble la reçut dans une pièce bien chauffée et confortablement aménagée.

— Monsieur ! — dit Marta. — Dans deux jours arrivera l'échéance pour l'acquittement de mon loyer et de la location de mon mobilier.

— Oui, madame — répondit le gestionnaire sur un ton à la fois affirmatif et interrogatif.

— Je suis venue vous dire que je ne serai pas à cette date en mesure de régler ce paiement...

A ces paroles, un certain mécontentement se fit jour sur le visage du gestionnaire. Mais ce n'était pas quelqu'un de très sévère. Il avait une physionomie aimable, respirant la mansuétude et portant les stigmates de longues années d'existence et de nombreux soucis endurés. Il regarda avec attention le visage de la jeune femme et après un moment de réflexion répondit :

— C'est très regrettable... mais qu'y faire ? Le logement que vous louez n'est pas grand et j'imagine que le propriétaire de l'immeuble ne voudra pas vous expulser au premier défaut de paiement. Mais si cela venait à se reproduire...

— Monsieur ! — l'interrompit vivement Marta. — On m'a promis un travail qui, je le pense, me fournira de quoi vivre.

Le gestionnaire s'inclina sans rien dire. Marta toute rouge et les yeux baissés sortit dans la rue. Elle rentra sans tarder dans sa chambre, apportant dans une serviette divers articles achetés en ville. Elle ne pouvait plus prendre ses repas à la gargote, se reprochant même de les avoir pris jusqu'à présent, car elle avait dépensé pour eux davantage qu'elle ne le pouvait. Elle ne pensait pas tellement à soi ; compte tenu des soucis qui l'assaillaient et du but qu'elle s'était fixé, la quantité et la qualité de nourriture devant la sustenter ne pouvaient occuper beaucoup de place dans ses pensées. Elle estimait qu'elle pourrait pendant un certain temps garder suffisamment de forces avec un verre de lait et quelques petits pains par jour. Mais la petite Jancia, tremblant parfois de froid dans la pièce mal chauffée, avait absolument besoin d'une alimentation chaude au moins une fois par jour.

Aussi la jeune veuve, pour les quelques zlotys qui lui restaient, se procura-t-elle un peu de beurre, de gruau et une petite gamelle.

« Au lieu du matin, je vais maintenant faire du feu dans le poêle à midi — se dit-elle — et en même temps préparerai tous les jours un peu de nourriture chaude à Jancia ! »

Elle ne pouvait non plus se faire à l'idée que son enfant cesserait de manger de la viande. Elle était déjà suffisamment pâle, maigrichonne, fatiguée par les multiples incommodités, qu'elle n'avait pas connues auparavant. Mais la viande fraîche coûte cher, et sa préparation nécessite de brûler beaucoup de bois. Aussi Marta acheta-t-elle une livre de jambon fumé. Alors qu'elle faisait tous ces achats, lui vinrent à l'esprit les repas bon marché. Elle en avait entendu parler autrefois, quand elle était encore femme d'un fonctionnaire au salaire conséquent, et elle-même contribuait généreusement aux quêtes organisées au bénéfice d'organismes de bienfaisance. Mais en dehors du fait que les repas bon marché pourraient dans sa situation actuelle s'avérer encore trop chers, Marta répugnait instinctivement, irrépressiblement, à se réfugier sous l'aile d'un quelconque organisme philanthropique.

« C'est fait pour les vieux — se disait-elle — pour les malades, les infirmes, les enfants par ailleurs privés de tutelle, ou des gens définitivement incapables ou devenus moralement et intellectuellement incapables. Je suis jeune et en bonne santé, il y a encore beaucoup de choses que je n'ai pas tentées, que peut-être je saurai faire, et si j'ai échoué à trouver du travail dans un métier, devrais-je pour autant recourir à la charité publique ? »

« Jamais ! » — s'écria-t-elle in petto et, ouvrant derechef son petit portefeuille, elle fit le compte de la petite monnaie qui y restait après ses courses. Il s'y trouvait encore environ trois zlotys.

« Cela suffira encore pendant une semaine à Jancia et à moi pour du lait et des petits pains — se dit-elle. — Entretemps ces braves gens m'auront certainement trouvé du travail… »

Les connaissances de Marta habitant la rue Świętojerska étaient effectivement de très braves gens s'occupant sincèrement d'apporter une aide à la femme démunie qui avait éveillé en eux une compassion mêlée de respect.

La position avantageuse qu'occupait le mari de Maria Rudzińska au sein de l'un des magazines varsoviens illustrés les plus riches et les plus à même d'embaucher du personnel contribua beaucoup à ces efforts méritoires. Estimé et grandement respecté, il collaborait à ce magazine depuis longtemps. Sa voix comptait beaucoup, tant auprès de l'éditeur que dans les réunions de la rédaction, son patronage, un mot de recommandation de sa part, ne pouvaient être pris à la légère. En outre, Adam Rudziński était un auteur se consacrant presque exclusivement à l'étude des problèmes sociaux, et entre autres à la situation des femmes pauvres dans la société. Il avait vu Marta plusieurs fois chez lui quand elle donnait des cours à sa fille, et le physique attachant de la jeune femme, sa robe de deuil, sa tenue pleine de dignité, joints à sa réaction pleine de noblesse dont Maria lui avait parlé avec enthousiasme, augmentèrent l'ardeur de ses efforts.

Ces efforts furent rapidement couronnés de succès.

Une paire de mains supplémentaire ne s'avéra pas superflue pour ce magazine nécessitant de nombreux collaborateurs, et il n'y avait plus que la question du niveau de compétence de la nouvelle employée pour décider de l'acceptation ou du rejet de sa candidature.

Malgré l'aboutissement très rapide, compte tenu des circonstances, des démarches d'Adam Rudziński, leur durée fut très longue eu égard à la situation de Marta. Une semaine s'était écoulée depuis le jour où elle avait renoncé volontairement à l'emploi d'institutrice, les maigres réserves d'argent de la jeune femme étaient épuisées presque en totalité, et en outre son inactivité contrainte lui pesait terriblement, la privait de sommeil et inquiétait sa conscience. Marta, de sortie un matin en ville, se rendit rue Długa et frappa à la porte du bureau d'information. Ludwika Żmińska la reçut beaucoup plus froidement et officiellement que précédemment.

— J'ai appris — dit-elle — que vous ne donnez plus de cours chez monsieur et madame Rudziński. C'est regrettable, très regrettable, pour vous comme pour moi, car de l'avis de ces maisons dépend pour beaucoup la réputation d'établissements comme le mien.

Marta devint toute rouge ; elle avait compris le reproche contenu dans les paroles de la patronne du bureau. Mais elle releva rapidement la tête et dit avec une expression de sincérité :

— Pardonnez-moi, madame, de vous avoir causé une déception…

— Ma déception personnelle compte très peu en l'occurrence — l'interrompit Żmińska — mais si les gens sont déçus par ce que je leur dis, mon établissement en souffre beaucoup…

— Je vous ai trompée — poursuivit Marta — parce que je me suis trompée sur mon propre compte. Mademoiselle Rudzińska était une élève déjà bien trop avancée pour moi. Mais je pense que s'il s'était agi d'une véritable débutante, je serais peut-être arrivée à m'acquitter de ma tâche. C'est avec cette idée que je suis revenue vous voir. Ne pourrais-je avoir un cours pour débutants ?

L'attitude de Ludwika Żmińska était très froide.

— Les personnes recherchant des leçons pour débutants sont beaucoup plus nombreuses que celles qui en ont besoin — répondit-elle après un moment, avec une nuance d'ironie dans la voix. — La concurrence est énorme, et donc les prix sont très bas. Quarante *grosz*[29], deux zlotys au maximum l'heure...

— J'accepterais n'importe quelle rémunération — dit Marta.

— Sûrement qu'il faut l'accepter, puisqu'il ne peut en être autrement. Mais je ne vous promets rien. Je vais voir, je vais tâcher... En tous cas, tous les postes à ma connaissance sont aujourd'hui pourvus et il vous faudra attendre longtemps.

Marta regardait attentivement la patronne du bureau prononçant ces paroles. Ses yeux, tristes, songeurs, mais tranquilles, cherchaient peut-être sur le visage de cette femme plus très jeune cet éclair d'attendrissement et de bienveillance qui s'y était manifesté lorsqu'elle était venue ici pour la première fois, mais cette fois-ci Żmińska était de marbre, froide et officielle. Marta repensa aux paroles qu'elle avait entendues prononcées de sa bouche il y a deux mois :

« Une femme ne peut se frayer un chemin vers le travail, conquérir une existence indépendante et une situation imposant le respect, que si elle possède quelque talent exceptionnel ou excelle dans un domaine de compétence. »

Marta ne remplissait aucune de ces conditions ; la patronne du bureau d'information, s'étant déjà une fois trompée sur son compte, ayant constaté la minceur de son bagage de connaissances, la modicité de ses capacités, la considérait visiblement comme une cliente plus

---

[29] 30 *grosz* valaient un zloty, 40 *grosz* valaient donc 1 zloty 1/3.

importune et compromettante que porteuse d'un potentiel bénéfice pour son établissement. Et là où quotidiennement se présentaient plusieurs, voire une douzaine de personnes se trouvant dans la même situation que la sienne, avec les mêmes demandes sur les lèvres, la même insuffisance de bagage intellectuel, il ne pouvait être question de compassion durable de la part de la personne les recevant.

Marta comprit que sa carrière dans le métier d'institutrice était terminée une fois pour toutes, qu'en tout endroit où elle présenterait maintenant sa candidature on commencerait par examiner la consistance du savoir qu'elle apportait, et constatant sa médiocre qualité, on la congédierait sans rien, ou bien la relèguerait dans les rangs de ceux qui attendent longtemps une dérisoire rémunération. Elle se résignerait certainement à une petite rémunération, mais attendre longtemps, cela elle ne le pouvait.

Se rendant de la rue Długa à la rue Swiętojerska, elle n'avait qu'une pensée en tête :

« Que j'étais bête, ignorante du monde et de moi-même, quand, ce premier soir après avoir emménagé dans la misérable chambre, je pensais qu'il me suffirait de me présenter comme recherchant un emploi pour être admise dans les rangs des travailleurs. Et me voici maintenant allant d'une rue à l'autre, d'une maison à l'autre, et cherchant… Et pourtant… si j'avais la compétence !... »

Maria Rudzińska accueillit joyeusement sa visiteuse, lui serra les mains chaleureusement et, anticipant ses questions, dit :

— Le magazine auquel collabore mon mari, et dont il est aussi co-rédacteur à temps partiel, avait justement besoin d'une personne sachant dessiner. Voici une étude dont l'auteur est un dessinateur connu de chez nous, et qu'on vous demande de recopier. Quant aux honoraires, ils dépendront entièrement de la qualité de votre travail ; celui que vous allez réaliser maintenant est un essai qui décidera de futures commandes.

Un rayon de soleil blafard de décembre, perçant à travers une forêt de corniches et un rideau de maçonneries, dorait le fenestron de la mansarde et glissait sur le dessus noir de la table à laquelle Marta était assise, les yeux rivés sur le dessin posé devant elle. N'y figuraient qu'une paire d'arbres aux branches largement déployées, quelques arbustes touffus, à l'ombre desquels on voyait, assise, une très belle figure féminine et, souriantes, plusieurs petites têtes enfantines émergeant de derrière une haie. A l'arrière-plan, déjà plus vaguement mais joliment croquée, figurait une maisonnette campagnarde avec une véranda enlacée par le lierre ainsi qu'une route s'échappant par derrière, dont le tracé sinueux et voilé de brume s'évanouissait et disparaissait dans le lointain. C'était une composition simple, représentant une scène de la vie quotidienne à la campagne mais, exécutée de la main habile et inspirée d'un dessinateur talentueux, elle constituait une jolie œuvre d'artiste, bien que sans prétention. Depuis la maisonnette campagnarde, qui par ses quatre fenêtres toutes simples regardait avec grâce son spectateur, la svelte figure féminine assise dans un délicieux abandon à l'ombre d'un arbre, jusqu'aux facétieux minois enfantins observant de derrière la haie d'aubépine, jusqu'au tracé sinueux de la route s'évanouissant dans l'espace brumeux, tout ici était marqué du sceau d'une scène de genre saisie avec bonheur et bien mise en valeur, éveillait l'imagination, incitait l'esprit à faire des comparaisons et deviner. L'exquise justesse et la merveilleuse légèreté du dessin allait de pair avec un parti pris poétique, le mettant en valeur et relevant ses qualités. L'artiste avait mobilisé avec bonheur et son inspiration et sa maîtrise technique pour jeter sur le papier, d'une main à la fois légère et sûre, ce bouquet de traits d'où était né ce tout, plein de profonde sensibilité, de grâcieuse simplicité et de douce harmonie.

Les qualités techniques du dessin, cependant, n'accaparèrent pas immédiatement l'attention de Marta ; ce fut d'abord par l'intensité des souvenirs et le tragique du contraste que lui inspirait la composition que Marta fut saisie. De la maison campagnarde, des arbres dispensateurs d'ombre et des arbustes touffus, du visage de la jeune mère poursuivant du regard les facéties des deux petites figures enfantines ondoyant derrière les haies ajourées, jaillirent des souvenirs, submergeant la poitrine de la jeune femme d'une vague de sensations à la fois douloureuses et exquises. Elle aussi avait jadis vécu dans semblable lieu retiré, calme, fleuri, ombragé, avait foulé d'un pas léger un gazon dru, avait cueilli des roses aux branches des rosiers qui se penchaient vers elle et, ses frêles bras chargés de fleurs parfumées, avait couru vers semblable véranda, ombragée de lierre comme ici, déployant entre quatre fenêtres surchauffées par le soleil ardent un abri de verdure prêt à accueillir sous sa fraîche et vivifiante protection l'enfant chérie de la maison !

Et derrière elle aussi, le regard soucieux de sa mère accompagnait jadis ses pas alertes, et vers elle aussi appelait, apeurée, la voix maternelle pour que ces pas ne dépassent pas beaucoup la maison, qu'ils n'aillent pas sur cette route qui, pleine de cailloux et d'ornières, d'obstacles et de dangers, serpentait et se perdait au milieu de mystérieuses collines et d'infinis espaces. Vains appels ! Vain tremblement du cœur maternel !

Arriva un temps où l'enfant de la maison campagnarde sortit sur cette route au tracé sinueux et caillouteux passant derrière ses murs, partit dans le monde au milieu de mystérieuses collines, dans des espaces inconnus, au milieu d'obstacles et de dangers, pour arriver ici où, tout en haut d'une grande bâtisse urbaine, s'élevaient quatre parois étriquées, nues, froides, étouffantes, désolées… C'était le contraste du passé et du présent. Marta arracha son regard du dessin, le promena autour de la pièce, et le posa sur la pâle enfant que sa mère avait enveloppée de son châle de laine pour la protéger du froid, et qui tremblait quand même et, pareille à un pauvre oisillon maltraité, blottissait sa petite tête contre ses genoux… A l'oreille de la mère résonnait le chant familier, qu'elle avait bien en mémoire, d'un petit oiseau, le même, semble-t-il, que celui du dessin qui effleurait de ses ailes déployées la cime d'un rosier, et à l'écho de ce lointain souvenir se joignait la respiration lourde, tremblante de froid, de son enfant… Au fil de ses souvenirs défilèrent devant elle le beau visage de sa mère, puis la douce figure de son père, vinrent ensuite, planant devant elle, les yeux foncés d'un jeune homme, qui, rivés sur elle, disaient par leur profond regard : « Je suis amoureux ! », tandis que sa bouche prononçait : « Sois ma femme ! ». Toutes ces figures, qui lui étaient plus chères que sa vie, englouties à jamais dans les ténèbres de la mort, tous les lieux où s'était déroulée la pastorale sans nuages de son enfance et de sa prime jeunesse, toutes les lumières éteintes, les charmes envolés, les joies empoisonnées et les appuis brisés, frémirent de vie, prirent leurs formes et couleurs d'antan, se fondirent en un seul tableau suspendu devant elle, qu'entouraient, à l'instar d'un cadre d'une laideur et d'une nudité effrayantes, les coins vides, gris et froids de la pièce désolée.

Marta ne regardait plus le dessin ; ses yeux immobiles contemplant le vide s'embuèrent mais ne se noyèrent pas dans les larmes, sa poitrine respirait rapidement et péniblement, mais n'émettait pas de sanglots. Des pleurs violents déchiraient visiblement les entrailles de cette femme, mais elle luttait contre eux, luttait contre son cœur, s'efforçant de ralentir ses battements accélérés, luttait aussi contre sa tête en feu en chassant de celle-ci des essaims de souvenirs et un déferlement de rêves. Il y avait en elle comme une voix secrète lui criant que chaque larme qui s'écoulerait de ses yeux, chaque sanglot qui secouerait sa poitrine, chaque seconde passée dans ces affreux tourments d'un esprit pleurant ses espoirs et amours défunts, lui ôteraient une parcelle de force et de volonté, la priveraient d'un tout petit peu d'énergie, de patience et d'endurance. Et elle avait tellement, tellement besoin de ces forces, de cette volonté, de cette endurance ! Le midi de sa vie était devenu pour elle aussi rude et exigeant que son matin avait été caressant et clément. Jancia leva sur sa mère son petit visage pâle.

— Maman ! — dit-elle d'une voix plaintive. — Qu'il fait froid ici ! Allume du feu dans la cheminée !

Pour toute réponse, Marta se pencha, prit sa petite fille dans ses bras, serra fort son petit corps contre sa poitrine, pressa ses lèvres sur son front et resta ainsi, immobile, pendant un moment... Soudain elle se leva, emmitoufla plus fort Jancia dans son châle de laine, l'assit sur un petit tabouret, s'agenouilla devant elle, sourit, l'embrassa sur sa petite bouche blême, et dit d'une voix presque tout à fait normale :

— Si Jancia joue tranquillement avec sa poupée, demain ou après-demain quand j'aurai fini mon travail j'achèterai du bois, et j'allumerai pour Jancia un superbe feu, bien chaud. D'accord, Jancia ? D'accord, mon enfant chéri ?

Elle sourit en disant cela, réchauffant dans ses mains les menottes glacées de la petite fille. Jancia sourit également, ses lèvres par deux baisers fermèrent un instant les yeux de sa mère fixés sur elle, elle prit sa poupée ainsi que quelques petits jouets en bois, et cessa de regarder l'âtre de la cheminée couvert de suie, vide et soufflant le froid. Un silence complet régna de nouveau dans la pièce, Marta était assise à la table et regardait le travail du distingué dessinateur.

A présent, vaincus et repoussés par son impérieuse volonté, ses souvenirs et chagrins gisaient au fond de sa poitrine, non pas morts, mais réduits au silence, son visage exprimait la tranquille concentration de toutes les forces de son cerveau, et seuls ses yeux brillaient du vif éclat de l'ardeur avec laquelle elle abordait cette nouvelle mise à l'épreuve de ses forces et de ses capacités. A présent l'attention de Marta ne se noyait plus dans l'idée de l'artiste, dans la tendre sensibilité et la poésie de son petit tableau, mais dans sa technique d'exécution, dans cette technique d'un habile professionnel disposant d'une large palette de moyens, qui touchait à l'essence même de l'art tout en glissant avec la légèreté d'une plume d'oiseau à sa surface, une technique qui réalisait de jolies choses avec de modestes moyens, idéalisant le moindre petit trait, sachant mettre à profit la moindre parcelle de surface unie en la couvrant comme à sa guise de zones d'ombre et de lumière. Marta n'avait jamais dessiné sur le vif, mais copiait jadis de petits paysages, des arbres, des fleurs, des visages. C'est pourquoi la perfection du dessin qui se trouvait devant elle l'émerveilla, mais ne la découragea pas.

« Je ne suis certainement pas une artiste comme celui qui a fait ce magnifique petit tableau — pensait-elle — mais je devrais arriver à copier le travail d'un autre... je dois y arriver. »

Ainsi disposée, elle ouvrit une boîte oblongue dans laquelle se trouvait du matériel de dessin. Maria Rudzińska, guidée par sa bonté de cœur et sa délicatesse de sentiment, avait deviné ce nouveau besoin qu'aurait la femme pauvre et lui avait remis cette boîte en même temps que le modèle dont il fallait exécuter une copie. Le crayon de Marta courait sur le papier lisse ; elle sentait qu'elle avait la main légère, que sa pensée était à l'unisson de celle de l'artiste, que son œil repérait sans difficulté les inflexions les plus compliqués des traits, les différences et transitions les plus subtiles entre zones de lumière et zones d'ombre. Son cœur battait de plus en plus fort et joyeusement, sa respiration se faisait de plus en plus aisée, ses joues pâles se couvraient de rougeur, ses yeux irradiaient la sérénité et brûlaient d'ardeur. Le travail, consolateur des affligés, compagnon des esseulés, tuteur de ceux que les tempêtes de la vie malmènent, s'était introduit dans la pauvre mansarde, amenant avec lui — la paix. Peu importait que les rayons du soleil, caressant le matin les parois nues de la pièce, disparussent derrière les toits élevés des bâtisses, peu importait que la grande ville poursuivît en bas son tapage sourd, mystérieux, incessant, Marta ne voyait rien, n'entendait rien.

Elle levait parfois les yeux de son travail afin de jeter un coup d'œil à l'enfant qui jouait en silence dans un coin de la pièce, lui adressait quelques mots puis se replongeait dans sa tâche. De temps en temps elle fronçait les sourcils, une profonde perplexité se lisait sur son front. Les difficultés et les problèmes inhérents à l'art se présentaient alors et se mesuraient à elle, ardus, énervants. Mais elle leur faisait front et avait l'impression d'en venir à bout avec bonheur. Lorsqu'elle levait la tête et examinait son travail, elle avait aux lèvres un sourire qui disparaissait quand elle commençait à comparer son œuvre à celle du maître. Dans son esprit naissaient visiblement des doutes et des craintes, mais elle les écartait comme quelque chose de trop fâcheux, de trop pénible pour elle, faisant souffrir son cœur. Elle travaillait avec une grande concentration, une immense tension de sa volonté, avec l'exaltation zélée d'une imagination tombée amoureuse de son objet ; elle travaillait de tout son cerveau, de toute son âme, de toutes ses forces et ne s'arrêta que lorsque les premières ombres du crépuscule commencèrent à affluer dans la pièce. Elle appela alors Jancia, l'assit sur ses genoux et, regardant le minois de l'enfant, lui sourit à nouveau. Mais son sourire n'était plus celui de ce matin, extorqué d'un cœur que serrait la douleur, contrastant avec un regard lugubre. Il s'était épanoui spontanément, sans effort, sorti de la poitrine d'une jeune mère apaisée par le travail, échauffée par l'espoir.

Marta racontait à sa petite fille un de ces contes dont la trame entremêlant des phénomènes merveilleux, des couleurs de l'arc-en-ciel, des chants d'oiseaux et des ailes d'ange, absorbe tellement l'esprit et ravit les imaginations enfantines ; mais tandis que sa bouche dévidait à la pauvre petite oreille, depuis longtemps frustrée de pareille fête, les longs fils de ses fantastiques récits, sa tête était obsédée par une seule pensée, qui toujours revenait, telle une ritournelle contenant ce refrain du chant de la vie : « Si je pouvais y arriver… si j'y arrive… si je suis capable !... ».

« Y suis-je arrivée ? Suis-je capable ? » — pensait Marta quelques jours plus tard en gravissant l'escalier de l'appartement des Rudziński.

Ces interrogations in petto de la jeune femme ne reçurent pas ce jour-là de réponse décisive. Celle-ci devait cependant arriver sous peu ; le lendemain était en effet le jour prévu pour la réunion de la rédaction, au cours de laquelle les gens compétents devaient se prononcer sur le niveau des capacités artistiques de Marta et sur la valeur du travail par elle exécuté.

— Venez après-demain matin — dit Maria Rudzińska. — Mon mari vous apportera à coup sûr des nouvelles de la réunion de demain.

Marta se présenta à l'heure dite. La propriétaire du joli petit salon la reçut avec son habituelle courtoisie et lui indiqua un fauteuil près de la table, sur laquelle se trouvait son travail achevé il y a deux jours ; à cette table était assis un homme d'âge moyen, au visage intelligent, racé, et bienveillant. C'était Adam Rudziński ; il se leva pour saluer Marta, lui tendit respectueusement la main, et lorsqu'elle se fut assise, s'assit de même, baissa le regard et resta silencieux un moment.

Maria s'était retirée au fond du salon et, le visage visiblement attristé appuyé sur son coude, était elle aussi assise les yeux baissés et sans rien dire. Un silence pesant régna dans le salon pendant une quinzaine de secondes. A chacune des trois personnes présentes il était visiblement difficile de prononcer le premier mot de la discussion à venir. Adam Rudziński rompit le silence le premier.

— Je suis vraiment navré — dit-il — d'être le messager vous apportant des nouvelles, à n'en pas douter, pas très agréables. Mais il n'a pas été en mon pouvoir de les rendre différentes de ce qu'elles sont...

Il se tut, regardant Marta avec des yeux dans lesquels se lisait une digne franchise, jointe à une sincère compassion. Il s'était arrêté un instant de parler, peut-être pour donner à la jeune femme le temps de rassembler ses forces, de se préparer à recevoir le coup qui l'attendait. Marta blêmit un peu et baissa soudain ses yeux qui, jusqu'à présent, fixaient avec attention et concentration le visage de son interlocuteur. Mais aucun cri ne sortit de sa bouche, ni aucun soupir de sa poitrine. Adam Rudziński devina à l'attitude et à l'expression du visage de la jeune femme qu'elle savait se maîtriser et était capable de courage. Alors, après un moment, il poursuivit :

— Dans votre affaire, je ne suis pas personnellement un juge compétent, je me contenterai donc de répéter ce qu'on m'a chargé de vous rapporter. Et je le ferai avec une complète franchise pour vous épargner de nouvelles déceptions et désillusions, et aussi parce que, du point de vue matériel et moral, il n'est rien de plus dommageable pour l'individu que d'ignorer ses propres ressources lorsqu'il aborde la vie en société, de se tromper fréquemment sur son propre compte. Du travail que vous avez exécuté, il ressort que vous avez appris à dessiner et possédez de véritables aptitudes, mais... vous avez appris trop peu, trop sommairement, trop superficiellement, ce qui fait que vos aptitudes insuffisamment exercées, non initiées aux arcanes de l'art, n'ont pas le niveau requis de maturité et de vigueur. Tout art a deux composantes : l'une provenant du naturel même de celui qui s'y consacre, de son talent inné, et l'autre, que personne assurément ne possède à la naissance, qu'on ne peut acquérir que par le travail, par l'étude. Du talent naît certainement l'inspiration, mais l'inspiration, une fois existante, est régie par la compétence. La compétence technique non vivifiée par le talent ne peut engendrer une œuvre d'art véritable, et n'est utile tout au plus qu'aux travaux d'artisanat. Mais réciproquement le talent, serait-il le plus éminent, s'il est privé de compétence technique, est une force primaire, aveugle, immature et débridée à la fois, capable tout au plus de créer des choses difformes, chaotiques et incomplètes. Vous avez du talent pour dessiner, pas mal de talent même, comme le laisse supposer votre travail malgré la technique plus que déficiente de son exécution. Mais…

— Adam ! — s'éleva à ce moment la voix de la maîtresse de maison. Maria Rudzińska se leva et, s'approchant de la table à laquelle se déroulait la discussion, regarda avec des yeux implorants son mari, et avec peine et terreur la femme qui l'écoutait. Marta comprit la crainte de la bienveillante femme. Elle leva la tête et dit d'une voix assurée :

— Madame, moi je désire entendre toute, toute la vérité. Mes brèves expériences à ce jour m'ont convaincue de la grande justesse de ce que votre mari a dit à l'instant : rien n'est plus dommageable matériellement et moralement pour l'individu que d'ignorer ses propres ressources lorsqu'il aborde la vie en société, de se tromper fréquemment sur son propre compte…

Maria s'assit à la table, Marta tourna son regard vers Adam Rudziński, qui poursuivait :

— L'art possède différents niveaux, on se familiarise avec lui dans différents buts. Un niveau même assez modeste de culture artistique est suffisant pour procurer à celui qui le possède une certaine somme d'agréments, dont il embellit et enrichit les moments de la vie, la sienne et celle de son entourage. Cette familiarisation sommaire avec l'art, la détention d'une petite parcelle de connaissances à son sujet et de moyens permettant se l'approprier, s'appelle le dilettantisme artistique, a en outre un certain intérêt dans les salons, ne serait-ce que les petits, convient à un train de vie de personne riche, ou tout au moins aisée, l'assaisonnant d'une certaine dose de grâce, de poésie, d'apparat dans les sentiments et les occupations. Ce dilettantisme, cependant, bien que non dépourvu totalement de noblesse et d'utilité, bien qu'occupant une assez large place dans l'économie intellectuelle de l'humanité, ne peut être autre chose qu'un complément, un ornement de la vie, un gracieux motif jeté sur la texture de l'existence pour la colorer et l'agrémenter. Fonder sur lui son existence physique, tout au long de sa vie enrouler autour de lui le fil de son esprit — est chose impensable et inadmissible. Impensable, car d'une cause incomplète ne peut résulter une conséquence complète ; inadmissible, car ce qui rend un service modeste et grandement partiel au monde n'a pas le droit d'en revendiquer en retour un service aussi important et complet que ne le sont l'existence physique et la tranquillité morale. Ce n'est qu'au-delà du dilettantisme artistique, à des hauteurs dont celui-ci n'a souvent pas la moindre idée, qu'existe — l'artisme, force formidable, complète, composée d'un talent inné épanoui jusqu'à ses limites extrêmes, correctement façonné, et d'une connaissance fondamentale, vaste. Le dilettantisme est un amusement dans la vie — seul l'artisme peut en être le soubassement. Il peut en être le soubassement, car il étaye physiquement aussi bien que moralement l'existence. Mais en matière d'art, comme de science, comme d'artisanat, celui qui obtient le plus est celui qui, dans ses œuvres offertes à la société, introduit le plus grand capital de temps, de travail, de compétence et d'habileté. Ici comme ailleurs existe la concurrence, l'offre et la demande se dressent face à face, se regardent et se toisent mutuellement ; ici comme ailleurs le degré de bien-être du travailleur est directement proportionnel au degré de perfection de son produit. En matière d'art, comme dans tout domaine offrant un champ d'action au travail humain, l'individu peut accéder à des conditions d'existence correctes, parfois excellentes, mais il ne peut assurément y accéder que s'il possède un talent non seulement inné, mais façonné, s'il n'est pas seulement un dilettante, mais aussi un artiste.

Ayant dit tout cela, Adam Rudziński se leva et, s'inclinant respectueusement devant Marta, ajouta :

— Pardonnez-moi d'avoir été aussi long. Mais il m'était impossible de limiter à quelques mots ma discussion avec vous. Je craignais que vous ne supposiez que ceux qui par ma bouche rejettent votre travail soient mus par un caprice ou quelque prévention, ce qui dans le cas présent serait quasiment une forfaiture. Votre dessin ne répond pas aux besoins du magazine à qui il était destiné. Il n'est ni assez exact, ni assez précis, il ne reproduit pas suffisamment l'esprit et les spécificités du modèle. Vous avez dessiné le visage de la jeune mère, par exemple, avec une évidente émotion et avec amour, et pourtant, que ses traits paraissent flous en comparaison de la netteté que leur a donnée le dessinateur capable et adroit. Que ce flou a enlevé d'expression à ces yeux traquant les mouvements de leurs chérubins, de caractère à cette tête, un peu portée vers l'avant, comme prête à lancer un cri d'avertissement ou d'affection. Cet arbre, épanouissant si généreusement sur le modèle les ramures de sa frondaison, a l'air si chétif et maladif ; la route passant derrière la maison, que l'artiste a exprès enveloppée d'une brume de mystère, presque entièrement masquée sur votre dessin par des coups de crayon trop épais, devient pour l'œil de l'observateur une presque énigmatique, incompréhensible, piste noire. Vous avez compris l'idée de l'artiste, l'avez pénétrée et aimée ; c'est clair, mais il n'en est pas moins clair qu'à chaque détail, chaque coup de crayon, vous avez achoppé sur la technique de l'œuvre et n'avez pas surmonté les difficultés qu'elle vous causait ; vous n'en avez pas pénétré le mystère, car vous ne disposiez pas de moyens suffisants pour ce qui est de la compétence, de la pratique… Voilà toute la vérité que j'énonce avec une double tristesse. En tant que personne vous connaissant, je regrette que vous n'ayez pas obtenu le poste que vous désiriez ; en tant que personne tout court, je suis triste que vous n'ayez pas suffisamment cultivé votre talent. Car vous avez un indéniable talent ; dommage que vous n'ayez pas étudié davantage, plus en profondeur, plus largement, et qu'à présent il vous soit probablement impossible de le faire…

Marta se leva, laissa lentement retomber ses mains enlacées, et dit tout bas :

— Oui, étudier maintenant ne m'est plus possible… Je n'en ai pas le temps — ajouta-t-elle après un moment, puis se tut et resta silencieuse un moment, les yeux baissés. Adam Rudziński la regardait avec une grande attention, et même un peu d'admiration. Il s'attendait, craignait peut-être les larmes, les gémissements, les reproches, les évanouissements et les spasmes, et à leur place il avait entendu à peine quelques mots, exprimant le regret d'être dans l'impossibilité d'étudier, de manquer du temps indispensable à l'étude.

Cette femme frêle, délicate, à l'allure fière, au beau visage, devait posséder beaucoup d'énergie pour être capable d'écouter sans une larme, sans un soupir, un verdict sévère, condamnant à mort un espoir qui lui tenait à cœur, pour accepter sur ses épaules cet indicible fardeau d'incertitude, d'indétermination de sa situation, qui après une courte rémission leur était derechef tombé dessus. Le cœur et la tête de la jeune femme devaient être très lourds en ce moment, mais elle n'avait pas fondu en larmes, n'avait pas gémi, n'avait même pas soupiré.

Visiblement le moment des gémissements bruyants et des pleurs n'ayant pas honte des regards humains n'était pas encore arrivé pour elle, sa fierté humaine n'était pas encore brisée, ni ses forces épuisées. Mais elle n'en était qu'au début de son chemin de croix, n'avait passé que deux stations, par deux fois seulement avait flambé d'une honte intérieure, frémi au plus profond de son être en ressentant sa propre incapacité.

Elle possédait encore suffisamment de forces pour réprimer par l'orgueil et la volonté les explosions de ses sentiments ; elle ne se connaissait pas suffisamment elle-même pour cesser d'espérer…

Adam Rudziński respecta la douleur silencieuse de la femme pauvre ; étant tout à fait étranger à celle qui ne l'avait vu qu'à peine une paire de fois, il sentit qu'il devait présentement s'effacer. Prenant congé de Marta en la saluant très respectueusement, il sortit du salon, mais sa femme saisit alors les mains de Marta et les serrant dans les siennes, lui dit rapidement :

— Ne perdez pas espoir, ma chère ! Je ne peux accepter l'idée que cette fois encore vous quittiez ma maison non réconfortée et sans avoir obtenu satisfaction dans vos demandes légitimes. Je ne connais pas votre passé mais il me semble que je ne me trompe pas en pensant que la pauvreté vous est tombée dessus à l'improviste, que vous n'étiez pas préparée à occuper dans la société la place d'une personne devant travailler pour subvenir à ses besoins et à ceux d'autres…

Marta leva soudain les yeux sur son interlocutrice.

— C'est cela — l'interrompit-elle vivement — oui, c'est cela…

Elle baissa à nouveau les yeux et resta silencieuse pendant un moment. On voyait que son esprit avait été soudainement frappé par la netteté de ce qui jusqu'à présent se présentait confusément à elle.

— C'est cela — répéta-t-elle avec force peu après. — La pauvreté et le besoin de travailler me sont tombés dessus à l'improviste. Rien ne m'a armée contre la première, rien ne m'a appris à affronter le second. Tout mon passé a été calme, amour et amusement… je n'en ai rien retiré en vue de la tempête et de la solitude…

— Atroce destin ! — dit Maria Rudzińska après un moment de silence. — Ah, si tous les pères, toutes les mères, pouvaient le percevoir, le deviner, en comprendre toute l'atrocité !...

Elle se passa la main sur les yeux et, dominant vite son émotion, s'adressa à Marta :

— Parlons de vous — dit-elle. — Bien que le manque d'outils appropriés pour vous frayer le chemin vous ait déjà exclue de deux voies que vous avez essayé d'emprunter, ne perdez pas espoir, ni courage. Les métiers de l'enseignement et de l'art se sont avérés inappropriés pour vous, mais le travail intellectuel et l'artistique ne monopolisent pas tout le domaine de l'activité humaine, ni même féminine. Il reste encore l'industrie, le commerce, l'artisanat. Tandis que vous discutiez avec mon mari, il m'est venu une heureuse idée… Je connais bien la patronne d'un des plus grands magasins de tissus… j'ai même été pensionnaire avec elle pendant quelques années, et nous avons gardé depuis des relations, sinon d'amitié, du moins de bonne accointance. Le magasin est grand, moderne et, bien achalandé, nécessite une véritable armée de commis, de vendeurs, etc. à son service. En outre, pas plus tard qu'il y a une semaine, Ewelina[30] D., rencontrée au théâtre, m'a dit qu'elle avait perdu un de ses vendeurs les plus performants du magasin, et se trouvait de ce fait un peu dans l'embarras. Accepteriez-vous d'être au magasin derrière un comptoir, recevoir les clients, mesurer les tissus, arranger les expositions dans les vitrines, etc. ? Ces emplois

---

[30] Evelyne.

sont généralement très bien payés, pour remplir les tâches y afférentes on n'a besoin de rien d'autre que d'amabilité, d'une bonne présentation et de bon goût. Voudriez-vous m'accompagner chez Ewelina D. ? Je vous présenterai, au besoin ferai l'article...

Dans le quart d'heure suivant ces paroles de Maria Rudzińska, un fiacre transportant deux femmes s'arrêtait devant l'un des plus beaux magasins de la rue Senatorska[31]. Devant la porte aux grandes vitres-miroirs stationnaient deux carrosses, attelés de magnifiques chevaux, avec des cochers en livrée sur les sièges.

Les deux femmes sortirent du fiacre et entrèrent dans le magasin. Au tintement de la sonnette pendue à la porte un jeune homme bondit de derrière une longue table partageant presque entièrement la pièce en deux moitiés, et après s'être incliné très gracieusement, leur demanda ce qu'elles voulaient.

— Je voudrais voir madame Ewelina D. — dit Maria Rudzińska. — Est-elle là ?

— Je ne suis pas sûr — répondit le jeune homme en s'inclinant derechef — mais je vous le dis immédiatement, à votre service.

Sur ces mots, il bondit vers le mur en face et appliqua ses lèvres à l'ouverture d'un tube qui portait jusqu'aux étages supérieurs de la maison la voix de celui qui parlait en bas.

— Elle est sortie, mais rentrera tout de suite — répondit-on d'en haut.

Le jeune bondit derechef vers les deux femmes debout près de la porte.

— Si vous voulez bien vous asseoir — dit-il, désignant un canapé tapissé de velours dans un coin du magasin — ou bien — ajouta-t-il en tendant la main en direction de l'escalier recouvert d'un tapis — préférez-vous monter...

— Nous allons attendre ici — répondit Maria Rudzińska, s'asseyant sur le canapé avec la femme qui l'accompagnait.

---

[31] Rue à moins d'un kilomètre de la rue Swiętojerska.

— Nous aurions pu monter et attendre le retour de madame Ewelina dans son appartement — dit Maria à mi-voix à sa compagne. — Mais il me semble qu'il est bon qu'avant notre entretien avec la patronne du magasin vous observiez les tâches habituelles des personnes qui vendent les produits et voyiez en quoi elles consistent.

Le spectacle qui s'offrait aux yeux des deux femmes dans le fond du magasin était des plus animés. Y figuraient huit créatures humaines parlant haut et extraordinairement fort, ainsi que des montagnes de tissus déroulés, enroulés, bruissant soyeusement, chatoyant et luisant de toutes les couleurs terrestres. D'un côté de la longue table, complètement enseveli sous des pièces de tissus de luxe s'étageant l'une sur l'autre ou dépliées en vagues ondoyantes, se tenaient debout quatre femmes en habits de satin et zibeline, sans doute les propriétaires des deux carrosses attendant à la porte du magasin. De l'autre côté de la table se trouvaient quatre jeunes hommes... oui se trouvaient, car il était impossible de qualifier autrement leur position que par ce terme désignant les positions en tout genre du corps humain : debout, marchant, sautant, se tortillant dans tous les sens, grimpant à tous les murs, distribuant des courbettes de toutes significations et dimensions, exécutant les gestes les plus variés à l'aide des mouvements les plus variés des bras, du tronc, de la tête, des lèvres, des sourcils, et même des cheveux... Ces derniers, bien que jouant dans l'ordre habituel des choses un rôle assez secondaire dans l'organisme et l'apparence d'un individu, méritaient ici une attention spéciale.

Pommadés, parfumés, luisants, odorants, torsadés en délicates bouclettes ou bien tombant en ostensible désordre sur le front, ils constituaient des chefs-d'œuvre de l'art de la coiffure, rehaussant d'emblée l'apparence de ces jeunes vendeurs à un niveau de raffinement très élevé. Peut-être bien que cette apparence très raffinée ne leur était pas innée, on voyait même que la nature les avait dotés d'une force physique peu commune, d'une musculature massive et robuste, les prédisposant sans conteste à accomplir des tâches d'un genre un peu plus pénible, moins délicates et agréables que de dérouler des tissus de soie, palper entre deux doigts d'arachnéennes dentelles et faire danser leurs mignonnes petites aunes[32] vernies et aériennes. Ils étaient larges d'épaules, avaient de grandes mains, des doigts grossiers, le visage même plus très juvénile, révélant au moins la trentaine par la maturité des traits et l'abondance de pilosité. Mais que les élégantes redingotes noires enserrant leurs larges épaules étaient taillées avec le goût le plus raffiné, que les cravates de couleur en dessous de leurs abondantes pilosités déployaient superbement leurs ailes de papillon, que leurs gros bras musculeux gesticulaient avec grâce, quelles bagues de bon goût et à la fois voyantes ornaient ces gros doigts ! Rien au monde, à la seule exception de la neige, ne pouvait surpasser en blancheur les chemises qui bouffaient sur leurs poitrines avec leurs jabots vaporeux et leurs broderies en relief, rien au monde, aucune corde d'instrument, aucun ressort, aucune balle en gutta-percha[33] ni aucune taille féminine modelée par un corset ne pouvaient concurrencer la flexibilité de leurs mouvements, l'élasticité de leurs sautillements, la mobilité de leurs yeux et le parfait dressage de leurs langues.

— Couleur *Mexique* à ramages blancs ! — disait l'un de ces jeunes gens, déroulant devant les yeux de deux clientes une des pièces de tissu.

— Ces dames préféreront peut-être du *Mexique pur* ? — cria un autre.

— Ou alors du *gros grains, vert de mer* ? C'est de la dernière mode…

— Voici de la dentelle Cluny pour border les péplons[34] et les volants — résonnait une belle voix masculine à l'autre bout de la table.

— Des Valenciennes, des Alençon, des Bruges, des imitations, des *blondyna*[35], des *iluzja*[36] …

---

[32] Bâton pour le mesurage des tissus, d'une longueur d'une aune (57,6 cm).
[33] Sorte de caoutchouc naturel.
[34] Variante de *péplum* ?
[35] Fine dentelle au fuseau en soie brute.
[36] Tissu en soie transparente.

— Un Fay couleur Bismarck[37] ! Peut-être un peu trop clair, trop *voyant*. En voici un autre à ramage noir.

— *Bordeaux, couleur sur couleur !* Madame désire quelque chose de plus léger ?

— *Mosambique !* Couleur tabac ! Couleur *de chair* ! Très chic pour les brunes !

— Ces dames souhaitent quelque chose à rayures ? Horizontales ou verticales ?

— Voici du tissu à rayures ! Blanches et roses, effet extraordinaire ! Très *voyant*

— Des rayures grises, tout à fait distinguées !

— Un motif bleu sur *fond* blanc ! Pour des jeunes !

— De la dentelle pour un pouf[38] ou un papillon[39] ? Voici des barbes[40] — à bords *dentelés* ou *unis* — lesquelles préférez-vous ?

— Ces dames prennent le Bismarck à ramages ? Très bien ! Combien d'aunes ? Quinze ? Non ! Vingt ?

— Ces dames préfèrent les barbes à bords dentelés ? Très bon goût ! Pour un papillon ?

— Pour madame des rayures grises, et pour madame le motif bleu sur *fond* blanc ? Combien d'aunes chacune ?

Ces bribes de conversation entre les quatre jeunes hommes et les quatre clientes se fondaient, si l'on peut s'exprimer ainsi, en un gazouillis qui, sortant de la bouche d'hommes, faisait un effet peu commun. Si ces voix, tout en imitant délicatement par leurs modulations merveilleusement bien rôdées le bruissement des tissus onduleux et le discret friselis des rouleaux de dentelles, si ces voix, donc, n'en sortaient pas moins de poitrines masculines, manifestement dotées par la

---

[37] Colorant synthétique, de couleur brune plus ou moins foncée, en vogue dans le monde de la mode des années 1860.
[38] Accessoire de mode féminin consistant en un rembourrage du bas du dos, destiné à créer un fessier proéminent.
[39] Nœud de rubans décorant une coiffe ?
[40] Bandes de dentelles pendantes ornant certaines coiffures féminines.

nature de poumons assez puissants et d'organes vocaux parfaitement développés, on aurait eu peine à imaginer que ces ramages, rayures, motifs, fonds, barbes, volants, péplons, papillons, que tout ce gazouillis incompréhensible à toute oreille non initiée, exhibant une érudition inouïe en matière de chiffons, pût effectivement sortir de la bouche d'hommes — d'hommes, ces parangons d'une force sérieuse, d'une pensée sérieuse et d'une occupation sérieuse.

— Madame Ewelina D. est rentrée ! — retentit dans le magasin une voix de basse sortant de l'ouverture du tube.

Maria Rudzińska se leva aussitôt.

— Attendez-moi un instant ici — dit-elle à Marta — je vais d'abord parler personnellement à la patronne du magasin, pour ne pas vous exposer, en cas de refus de sa part, à d'inutiles désagréments. Si, comme je l'espère, tout se déroule bien, je reviens vite vers vous.

Marta continuait à observer avec une grande attention le ballet des vendeurs et acheteuses se déroulant des deux côtés de la longue table. Un sourire passait de temps en temps sur ses lèvres blêmes : c'était lorsque les sautillements de ces messieurs les vendeurs se faisaient les plus élastiques, leurs coiffures les plus remuantes, leurs yeux les plus expressifs.

Maria Rudzińska entretemps monta rapidement les escaliers recouverts d'un tapis épais, parcourut deux grandes salles avec des armoires vitrées contre tous les murs, et entra dans un boudoir très joliment meublé, où après quelques secondes à peine se fit entendre le froufrou d'une robe de soie glissant rapidement sur le parquet.

— *Ah ! C'est vous, Marie !* — retentit une petite voix féminine, agréable, câline, sonnant très bien à l'oreille, et deux petites mains blanches, gracieuses, serrèrent avec empressement celles de Maria.

— Assieds-toi donc, ma chère, je t'en prie ! Tu m'as fait une vraie surprise ! Je suis toujours si heureuse de te voir ! Quelle bonne mine tu as ! Et comment va ton honorable époux, il travaille toujours autant ? J'ai lu son dernier article sur… sur… à vrai dire je ne me souviens plus quoi… mais il était excellent ! Et la mignonne petite Jadzia, bonne élève ? Mon Dieu ! Où est le temps où nous aussi étions élèves, toi et moi, chez madame Devrient ! Tu n'imagines pas combien m'est cher le souvenir de ces moments que j'ai passés avec toi à la pension !

Cette femme bien faite, bien mise, la trentaine passée, avec un chignon très sophistiqué derrière la tête, des traits très réguliers, bien que déjà un peu fanés, des yeux vifs, noirs, à l'ombre de larges sourcils foncés, débita rapidement ce flot de paroles, pratiquement sans reprendre haleine, sans lâcher les mains de Maria, laquelle s'assit auprès d'elle sur une causeuse en palissandre, tapissée d'un précieux damas. Elle aurait certainement continué à parler si Maria ne l'avait interrompue.

— Chère Ewelina ! — dit-elle. — Pardonne-moi d'abréger pour cette fois mes salutations et, sans préambule aucun, d'entrer dans le vif d'une affaire qui me tient à cœur !

— Toi, Marynia, tu as besoin de moi ? Mon Dieu ! Quel bonheur ! Parle, parle au plus vite, en quoi puis-je t'être utile ? Pour toi je suis prête à aller à pied au bout du monde…

— Oh non, je ne vais pas te réclamer un si grand sacrifice, chère Ewelina ! — se mit à rire Maria avant d'ajouter sérieusement : — J'ai fait la connaissance dernièrement d'une pauvre femme qui a éveillé en moi un très vif intérêt…

— Une pauvre femme ! — l'interrompit vivement la propriétaire du grand magasin. — Tu veux donc, à coup sûr, que je lui vienne quelque part en aide ? Ah, tu ne t'es pas trompée sur mon compte, Marynia ! Ma main est toujours ouverte pour ceux qui souffrent !

Ce disant, elle fouilla dans sa poche et, en sortant un portefeuille de belle taille en ivoire, s'apprêtait déjà à l'ouvrir lorsque Maria lui arrêta la main.

— Il ne s'agit pas ici d'aumône — dit-elle. — La personne dont je veux te parler ne demande et n'accepterait peut-être pas d'aumône… Elle désire et recherche du travail…

— Du travail ! — répéta la belle madame Ewelina en levant légèrement ses sourcils noirs. — Qu'est-ce qui l'empêche donc de travailler ?

— Beaucoup de choses, dont il serait trop long de parler —

répliqua gravement Maria et, prenant la main de son ancienne camarade d'études, ajouta d'une voix implorante et émue : — Je suis venue justement chez toi, Ewelina, pour te prier de lui donner la possibilité de travailler.

— Moi... à elle... la possibilité de travailler ? Et comment cela, ma chère ?

— En la prenant comme vendeuse.

Les sourcils de la patronne du magasin se soulevèrent encore plus. Sur son visage se lisaient l'étonnement et l'embarras.

— Chère Maria — commença-t-elle après un moment, bredouillant et visiblement confuse. — Cela n'est pas de mon ressort... pour tout ce qui concerne le magasin, c'est mon mari qui s'en occupe...

— Ewelina ! — s'écria Maria. Pourquoi me dis-tu des choses qui ne sont pas vraies ? Ton mari est propriétaire du magasin devant la loi, mais c'est toi qui t'occupes des affaires en commun avec lui, et même davantage que lui, tout le monde sait bien, et moi d'autant plus, que tu t'y connais formidablement bien en affaires et possèdes beaucoup d'énergie pour mener tes projets à bien... pourquoi donc...

Ewelina ne lui permit pas d'achever.

— Eh bien oui, c'est vrai — dit-elle vivement. Il m'était pénible de refuser ta demande, Marynia, et je voulais me défiler avec un prétexte trouvé à la va-vite, tout mettre sur le compte de mon mari... J'ai mal agi, n'étant pas sincère du premier coup, j'en conviens, mais il faut dire, chère Maria, que ton souhait est on ne peut plus irréaliste, oui vraiment... on ne peut plus irréaliste.

— Pourquoi ? Pourquoi ? — interrogea Maria sur un ton aussi vif que celui d'Ewelina.

Les deux femmes possédaient visiblement des caractères vifs et susceptibles.

— Mais parce que — s'exclama Ewelina — dans notre magasin les femmes ne s'occupent jamais de la vente des tissus, seuls le font les hommes.

— Mais pourquoi donc, pourquoi les femmes ne s'en occupent-elles pas, que seuls les hommes le font ? Faut-il connaître le grec ou pouvoir tordre des barres de fer entre ses doigts pour...

— Mais non, mais non ! — l'interrompit derechef la maîtresse de maison. — Mon Dieu, tu me mets vraiment dans l'embarras, chère Maria. Comment te répondre à ton : pourquoi ?

— Ferais-tu partie des personnes qui ne se rendent pas compte des raisons de leurs actes ?

— Bien sûr que je n'en fais pas partie... Si c'était le cas, je ne pourrais être ce que je suis, une associée active de mon mari dans une entreprise commerciale. Alors, vois-tu, c'est parce que... parce que c'est l'usage.

— Tu veux à nouveau te débarrasser de moi à bon compte, Ewelina, mais tu n'y arriveras pas. Notre camaraderie ancienne m'autorise même, vis-à-vis de toi, à un certain franc-parler. Tu dis que tel est l'usage... mais tout usage doit avoir ses raisons, inhérentes aux intérêts ou à l'environnement des personnes qui s'y conforment.

La maîtresse de maison se leva brusquement de sa causeuse et plusieurs fois arpenta rapidement la pièce. La longue traîne de sa robe froufroutait en glissant sur le parquet, son visage sur lequel apparaissaient çà et là des traces de poudre de riz mal défardée, se teinta d'une légère rougeur d'embarras.

— Tu me mets le dos au mur ! — s'exclama-t-elle en s'arrêtant devant Maria. — Il m'est pénible de te dire ce que je vais te dire... mais je ne peux te laisser sans réponse. Je vais te répondre : notre clientèle n'aime pas les vendeuses au magasin... elle leur préfère les hommes.

Maria rougit un peu et haussa les épaules.

— Tu te trompes, Ewelina — s'exclama-t-elle — ou, une fois de plus, tu n'es pas sincère ; cela ne peut être...

— Et moi je te dis que si... des jeunes bien mis, des vendeurs agréables, font bon effet, attirent les clients, ou plutôt les clientes, au magasin...

Cette fois le visage de Maria s'enflamma de honte et d'indignation. Celle-ci prit le dessus.

— Mais c'est une abomination ! — s'écria-t-elle. — Si tu dis la vérité, je ne sais vraiment plus à quoi l'attribuer…

— Moi non plus je ne sais pas à quoi attribuer ce fait, à vrai dire je n'y ai jamais bien réfléchi… qu'en ai-je à faire ?...

— Comment cela… ce que tu en as à faire, Ewelina ? — l'interrompit derechef Maria. — Ne comprends-tu donc pas qu'en te conformant à cet usage, comme tu l'appelles, tu flattes quelque mal, je ne sais pas bien te dire lequel, mais assurément un mal…

La patronne du magasin s'arrêta au milieu de la pièce et fixa sur Maria des yeux écarquillés.

Il y avait dans ces yeux beaucoup d'astuce, d'intelligence même, mais en ce moment, des éclairs de moquerie réprimée passaient à la surface de leurs brillantes prunelles noires.

— Comment cela ? — dit-elle lentement. — Crois-tu, Maria, qu'au nom de je ne sais quelles théories, je devrais exposer notre entreprise, notre seul bien à nous et à nos enfants, à des pertes, à des risques ?... Vous avez beau jeu, vous les littérateurs, de raisonner ainsi, assis devant un livre et une plume ; nous, les entrepreneurs, il nous faut être pratiques…

— Est-ce que les entrepreneurs, parce qu'ils sont entrepreneurs, doivent se considérer comme exemptés de sentiments et d'obligations civiques ? — demanda Maria.

— Pas du tout ! — s'écria la patronne du magasin, s'emportant à nouveau. — C'est pourquoi ni mon mari, ni moi ne nous soustrayons jamais à ces obligations. Nous donnons toujours, le plus que nous pouvons…

— Je sais bien que vous êtes des bienfaiteurs, que vous participez à toutes les collectes, œuvres philanthropiques et institutions, mais ne s'agit-il ici que d'aumône, de philanthropie ? Vous êtes des gens riches, à certains égards influents, vous devriez être à l'initiative de tout ce qui a pour but de corriger de mauvaises habitudes, de redresser les errements de la société !

Ewelina se mit à rire d'un rire contraint.

— Ma chère — dit-elle — corriger et redresser, c'est l'affaire de gens tels que ton mari, par exemple… des savants, des écrivains, des publicistes… Nous, nous sommes des gens qui devons bien compter… et c'est avec la clientèle qu'il nous faut le mieux compter, avec ses goûts et ses exigences… c'est elle notre maîtresse, d'elle dépendent notre existence… notre réussite et l'avenir de notre entreprise…

— Oui — dit avec force Maria — et c'est pour cela que vous devriez flatter ses caprices insensés et ses sympathies d'une pureté et d'un goût très douteux… Afin de te faire ne serait-ce qu'un peu de peine à propos de ce que tu as énoncé, je vais te dire, ma chère Ewelina, que tes vendeurs avec leurs simagrées et leurs jacassements de perroquets à propos *des ramages et des papillons*, ont l'air parfaitement ridicules…

Ewelina pouffa de rire.

— Je le sais bien ! — s'exclama-t-elle, écroulée de rire.

— Et que si j'étais à ta place — poursuivait Maria — je conseillerais à ces messieurs, au lieu de soieries et de dentelles, de s'emparer de charrues, de haches, de marteaux, de truelles ou autres choses semblables. Cela leur irait beaucoup mieux…

— Je le sais, je le sais ! — criait en continuant à rire la maîtresse de maison.

— Et à leur place — acheva Maria — je prendrais des femmes ayant trop peu de force physique pour labourer, forger et construire des immeubles…

Ewelina cessa soudain de rire et regarda Maria avec un grand sérieux.

— Chère Maria ! — dit-elle. — Ces gens ont également besoin d'un salaire, et ce besoin est encore beaucoup plus essentiel, plus prégnant, que pour les femmes… ce sont des pères de famille, voyons…

Cette fois ce fut Maria qui sourit.

— Ma chère — dit-elle — je dois à nouveau invoquer les règles de la camaraderie pour te dire que tu viens de répéter comme un automate ce que tu as toujours entendu dire, et à quoi tu n'as sans doute jamais réfléchi toi-même. Ces gens sont pères de famille, c'est possible, mais la femme pour laquelle je suis intervenue auprès de toi a également un enfant, qu'elle doit nourrir et élever. Si moi, par exemple, j'avais le malheur de perdre un bon et brave mari, qui non seulement me rend heureuse, mais par son travail assure mon existence, ne serais-je pas mère et responsable de l'entretien de ma famille ? Si tous les deux, ton mari et toi, vous quittiez ce monde dans quelques années et, comme cela arrive souvent, ne laissiez aucun patrimoine, votre fille aînée ne serait-elle pas dans l'obligation d'entretenir, de veiller à l'éducation et l'orientation dans ce monde de ses jeunes frères et sœurs ?

Ewelina écoutait ces paroles les yeux baissés, ayant visiblement du mal à rassembler ses idées pour répondre. Mais elle n'en éprouvait pas moins des difficultés à rejeter sans plus amples motifs la demande d'une femme avec laquelle elle entretenait une relation apparemment chère à son cœur, et qui peut-être même flattait son amour-propre. Son ingéniosité peu commune, qui se lisait sur son visage et dans ses yeux, lui souffla après un moment une nouvelle réponse.

— Mais même sans cela — dit-elle, relevant les yeux — trouverais-tu, ma chère Maria, convenable qu'une jeune femme (ta protégée est certainement une femme jeune) passe des journées entières derrière la même table en compagnie de quelques jeunes gens ? Pareille situation n'engendrerait-elle pas des mésaventures fatales pour elle, pénibles pour moi, exposant mon magasin à un certain discrédit vis-à-vis de la clientèle ?

— Tu as répété à nouveau, Ewelina, un des clichés qui circulent en ce monde. Vous craignez qu'un travail entrepris de concert avec des hommes ne mette à mal la vertu et l'honneur d'une femme, mais ne craignez pas que la misère n'aboutisse au même résultat. Ma protégée, comme tu appelles la personne dont il est question, a perdu son mari il y a trois mois, a un enfant qu'elle adore, est triste, sérieuse, toute occupée à se rechercher un gagne-pain et, comme j'en ai acquis personnellement la conviction, très honnête. Peux-tu supposer un instant qu'une femme se retrouvant dans une telle situation, avec de tels sentiments, souvenirs, avec une telle peur du lendemain, puisse accorder la moindre attention à tes gandins d'assistants ? Je te garantis qu'aucune mauvaise pensée ne saurait naître dans sa tête.

— Chère Maria ! — s'exclama Ewelina. — ce que tu viens de dire ne prouve absolument rien. Les femmes sont si frivoles... si frivoles...

— C'est vrai — répliqua Maria en regardant sérieusement son ancienne camarade — mais est-ce que les rejeter de tout travail est un bon remède contre leur frivolité ? Je te répète une fois de plus, Ewelina, que la femme dont je parle n'est aujourd'hui ni frivole, ni malhonnête... Si toutefois, mendiant du travail comme une aumône, elle voit de nombreuses portes se fermer devant elle, comme cela va lui arriver dans un instant avec la tienne, je ne garantis pas du tout ce qu'elle deviendra à l'avenir.

— Tu m'accules à nouveau ! — s'exclama la patronne du magasin. — Bon, d'accord, je te crois, la personne dont tu t'occupes est un modèle, un parangon de vertu, de sérieux, d'honnêteté... mais peux-tu aussi me garantir qu'elle possède cet esprit d'ordre, cette faculté de calculer avec précision, cette exactitude pour se présenter au travail et l'accomplir, ne souffrant aucun retard ni une ombre de négligence ?

Ce fut maintenant au tour de Maria d'hésiter à répondre. Elle se rappela les déboires de Marta du fait de ses compétences insuffisantes en matière d'enseignement et de dessin, elle se rappela les propres paroles de Marta, qu'elle lui avait dites il y quelques heures : « rien ne m'a armée contre la pauvreté, rien ne m'a appris à travailler ».

Maria se taisait. La patronne, perspicace et vive comme une étincelle, saisit au vol l'instant d'embarras et d'hésitation de sa camarade.

— Tu disais juste avant, chère Maria, qu'aux personnes s'occupant de la vente de tissus il suffisait de savoir dérouler, ranger et mesurer les étoffes. Mais ce n'est qu'apparence. Foncièrement, elles doivent posséder beaucoup d'autres qualités, telles que, par exemple : l'habitude de l'ordre le plus strict, un seul article non rangé à sa place, une seule étoffe mal plissée, un seul rouleau de dentelle négligemment abandonné, occasionnent du désordre dans le magasin ou bien lui causent d'importantes pertes. Il faut également que les vendeurs sachent calculer, et pas n'importe comment, car là, en effet, où à chaque heure, presque à chaque minute, s'enregistrent toujours de nouvelles sommes, d'un montant toujours différent, l'omission d'un *grosz* peut être à l'origine d'incohérences dans les comptes, dont nous devons nous garder avec la plus grande vigilance. Et pour finir, le plus important, les vendeurs doivent connaître le monde, les gens, savoir comment se comporter avec chacun, comment le contenter, qui croire sur parole, à qui refuser un crédit, etc. Le plus souvent, les femmes sont dépourvues de toutes ces qualités. Non habituées à l'ordre, manquant d'exactitude, elles doivent avoir dans la poche leurs tables de multiplication pour calculer les plus petites sommes ; innocents petits poussins à peine sortis de la dernière couvée, elles osent à peine regarder les clients en face, ne sachant comment leur parler, que penser de chacun d'entre eux, ou alors, une fois émancipées, débridées, délurées, elles se prennent pour des femmes fatales, minaudent, parlent et agissent sans tact, s'exposant elles-mêmes aux ragots, et l'établissement où elles font semblant de travailler, à une mauvaise réputation. Les hommes, quand bien même ils sembleraient ridicules du fait de leur comportement et de leurs occupations pas tout à fait masculines, conviennent très bien et sont très utiles aux patrons de magasins. C'est peut-être pour cela que tout magasin d'une certaine taille recourt aux services des hommes et que quiconque a essayé de les remplacer par des femmes s'en est mal porté. Les femmes, ma chère, ne sont pas encore à ce jour éduquées pour être capables de se conformer à de strictes obligations, de despotiques comptes, et aux exigences d'une société aussi diversifiée que celle de nos clients.

La patronne du magasin cessa de parler, regardant sa camarade avec comme un air de triomphe. Elle avait en effet de quoi triompher. Maria Rudzińska se tenait les yeux baissés, une expression de tristesse sur le visage, et ne disait rien. Ewelina lui prit la main.

— Allons, chère Maria, dis-moi — fit-elle — dis-moi sincèrement : peux-tu garantir que ta protégée est une personne ordonnée, exacte, se débrouillant bien en calcul, pleine de tact et connaissant bien les gens, de même que tu as garanti qu'elle était honnête ?

— Non, Ewelina — répondit Maria avec difficulté — cela je ne peux le garantir.

— Et dans ce cas — la patronne du magasin acculait toujours davantage sa camarade — dis-moi, pouvez-vous, vous les théoriciens et les raisonneurs, exiger à bon droit de nous, les gens de la pratique et des comptes, d'engager dans nos établissements, par philanthropie et, comme tu l'as dit, par initiative civique, des personnes inaptes aux affaires, nous exposant de ce fait à des soucis, des pertes, et peut-être à une faillite complète de nos entreprises ? Dis-moi, quelqu'un peut-il à bon droit exiger cela de nous ?

— Non, assurément — bredouilla Maria.

— Tu vois donc — dit Ewelina — que tu devrais me rendre justice de ne pas avoir donné suite à ta demande. L'élimination des femmes pauvres du secteur des activités industrielles et commerciales est certainement un fait regrettable, mais y contribuent de façon nécessaire et inévitable aussi bien les caprices et les instincts pas tout à fait clairs des femmes riches, avides de divertissement et de Dieu sait quelles sensations, que l'incapacité, la frivolité, la futilité des femmes pauvres ayant besoin d'un travail, mais n'ayant pas le savoir pour s'en acquitter. Quand les premières deviendront plus raisonnables et gagneront en dignité, et que les secondes s'avèreront mieux préparées pour s'acquitter de tâches précises et contraignantes, alors je congédierai mes employés et t'inviterai à sélectionner pour moi, à leur place, des vendeuses du nombre de tes protégées.

En prononçant ces dernières paroles Ewelina D., avec la vivacité qui la caractérisait, embrassa Maria sur les deux joues.

La femme en deuil assise dans le magasin entendit le frou-frou de la robe et les pas de sa tutrice du moment, alors que celle-ci était encore en haut de l'escalier. Elle semblait tendre l'oreille avec une grande impatience. Elle se leva et plongea son regard dans le visage de la femme descendant les marches. Après l'avoir observé quelques secondes sa main trembla légèrement et s'appuya au dossier d'une chaise. Aux yeux baissés de Maria, et aux vives rougeurs qui étaient apparues sur ses joues, elle devina tout.

— Madame ! — dit-elle doucement en s'approchant de Maria. — Epargnez-vous la peine de me raconter les détails. On ne m'a pas engagée… c'est cela n'est-ce pas ?

Maria hocha la tête affirmativement et serra la main de Marta en silence. Elles sortirent du magasin et se retrouvèrent sur le large trottoir de la rue. Marta était très pâle. On eût dit qu'un froid pénible l'avait enveloppée car elle tremblait un peu sous son vêtement de fourrure, et qu'elle avait profondément honte de quelque chose car elle ne pouvait arracher son regard du pavage du trottoir.

— Madame ! — Maria s'exprima la première. — Dieu m'est témoin de l'immense douleur que j'éprouve à ne pouvoir vous venir en aide dans votre difficile parcours. D'un côté il est barré par l'insuffisance de votre propre formation, de l'autre par l'usage, le manque d'initiative, la mauvaise réputation attachée aux femmes qui travaillent…

— Je comprends — dit lentement et doucement Marta. — On ne m'a pas acceptée ici parce que l'usage s'y oppose, parce que je n'inspire pas confiance…

— Donnez-moi votre adresse, madame — dit Maria en évitant de répondre — Peut-être aurai-je des renseignements utiles pour vous, peut-être pourrai-je un jour vous venir en aide…

Marta énonça le nom de la rue et le numéro de l'immeuble où elle logeait, puis, levant des yeux dans lesquels se lisait une ardente reconnaissance, elle tendit les deux mains vers la bienveillante femme, voulant prendre et serrer les siennes.

Mais à peine leurs mains se joignirent-elles que Marta retira vivement la sienne et recula de quelques pas. Maria Rudzińska lui avait glissé dans la main la même enveloppe au petit liséré couleur lavande qu'elle n'avait pas voulu accepter d'elle il y a deux semaines.

Marta resta un moment figée, sa pâleur d'il y a un instant avait fait place à une rougeur enflammée.

— Une aumône ! — chuchota-t-elle. — Une aumône ! — et avec ces mots un sanglot étouffé et sourd lui secoua la poitrine. Elle se mit soudain à courir dans la direction où était partie Maria. Un flot continu de passants sur le trottoir lui cachait devant elle la personne qu'elle voulait rattraper et gênait sa poursuite. Ce n'est qu'à l'angle de la rue que Marta aperçut, tournant dans la direction opposée, un fiacre dans lequel Maria était assise.

— Madame ! — cria-t-elle.

Sa voix était faible, sourde ; le vacarme et le grondement de la rue l'atténuèrent, l'étouffèrent complètement.

La femme qu'une main charitable avait gratifiée de ce don se dirigea vers la rue Swiętojerska avec certainement l'intention de le rendre, ce don qui marquait son front du sceau d'une ardente rougeur d'humiliation. Son pas, d'abord rapide et fiévreux, après un moment se fit toutefois de plus en plus lent et moins sûr. Les commotions morales qu'elle avait subies en si grand nombre ce jour avaient-elles ébranlé sa force physique ? Ou peut-être était-elle sujette à quelque profonde réflexion, quelque hésitation intérieure bouleversait-elle l'intention qui était la sienne il y a un instant ? Elle serrait dans sa main la délicate enveloppe, dans laquelle bruissaient quelques billets de banque, et s'arrêta à l'angle de la rue Swiętojerska. Elle s'arrêta et resta immobile pendant un moment, la main appuyée à l'angle d'un mur, le visage blême et regardant par terre. Soudain elle se tourna dans une autre direction et rejoignit son logement.

La fierté et la terreur avaient mené en elle un combat rude, déchirant, dans lequel la première avait succombé à la seconde. Jeune et en bonne santé, encore indemne de toute fatigue et de toute lassitude, aspirant de toutes ses forces et de tout son être à travailler, Marta avait accepté une aumône. Elle ne l'eût peut-être pas acceptée, le sentiment de sa dignité personnelle n'eût peut-être pas cédé en elle devant la crainte de la misère, si elle avait été seule au monde. Mais tout en haut d'un immeuble élevé, entre quatre parois nues, son enfant tremblait de froid, regardait avec nostalgie l'âtre couvert de suie de la cheminée vide, et son petit visage pâle, ses joues creuses, son petit corps d'une maigreur maladive, réclamaient une nourriture plus abondante…

Et ce fut un jour très important dans la vie de la jeune femme, bien que peut-être elle ne se rendît pas tout à fait compte de son importance. Ce fut le jour où elle accepta pour la première fois une aumône, et donc goûta de ce pain qui, amer pour les vieillards et les infirmes, empoisonne et décompose de son venin les jeunes en bonne santé.

Ce soir-là un joyeux feu brûlait dans la cheminée de la pièce sous les toits, Jancia était assise à table devant une assiette remplie de bouillon. Pour la première fois depuis longtemps cet enfant éprouvait une agréable sensation de chaleur et dévorait avec appétit un mets préparé avec soin, nourrissant. C'est pourquoi les grands yeux noirs de la petite fille se portaient alternativement sur l'âtre de la cheminée qui rayonnait d'un éclat doré et sur, posée près de son assiette, une tranche de pain nappée d'une fine couche de beurre, tandis que sa bouche ne se refermait pas même l'espace d'un instant. Marta était assise, immobile, devant le feu ; son profil qui se dessinait sur le fond rougeoyant des flammes était grave et pensif. Ses yeux brillaient d'un éclat sec, ses sourcils s'étaient rejoints et formaient un profond sillon au milieu de son front blanc.

Devant elle, en suspension dans l'espace, se tenait une figure féminine, le visage empreint d'une terreur mortelle, le front rouge de honte, se tordant les mains. Cette figure était la sienne, reflétée par son imagination.

« C'est donc toi — disait en pensée Marta à l'apparition sortie de son propre cerveau — c'est donc toi cette même femme qui promettait avec de si belles paroles à elle-même et à son enfant qu'elle allait travailler avec persévérance, par son énergie se frayer son chemin au milieu des gens, et gagner sa place au soleil ? Qu'as-tu fait depuis ces résolutions héroïques ? Comment t'es-tu acquittée de cette promesse faite du plus profond de ton âme aux chers mânes du père de cet enfant ? »

La figure féminine se balança dans l'espace à l'instar d'une branche frêle malmenée par les vents ; pour toute réponse elle se tordit encore plus les mains et d'une bouche tremblante murmura :

— Je n'ai pas su ! Je ne suis pas capable !

« O créature infirme ! — s'écria en pensée Marta. — Es-tu donc digne de porter le nom d'humain, si ta tête est inepte au point de ne pas bien savoir que penser de toi-même, tes bras faibles au point d'être incapables d'apporter protection à une seule pauvre petite tête d'enfant ! Pour quoi donc les gens autrefois te respectaient ? Peux-tu seulement te respecter toi-même maintenant ? »

La figure féminine en suspension dans l'espace désenlaça ses mains et s'en couvrit le visage qui se pencha fortement vers le bas. Des yeux de Marta, restés secs jusqu'à présent, jaillit un flot de chaudes larmes passant abondamment à travers ses doigts, dont elle se voilait la face.

— Tu pleures, maman ! — s'écria la petite Jancia en se levant brusquement de sa chaise.

Elle s'arrêta devant sa mère, la regarda un moment avec des yeux mi étonnés et mi attristés, et soudain se laissa tomber par terre, de ses bras fluets enlaça tendrement ses genoux et se mit à couvrir de baisers ses jambes et ses bras. Marta ôta ses mains de son visage et resta comme pétrifiée pendant quelques secondes. Les doux baisers de cette bouche enfantine la brûlaient comme des morsures de serpents glissant sur sa peau ; l'amour ardent de ce petit être frêle agenouillé à ses pieds lui déchirait le cœur et mettait sa conscience à la torture…

Elle se pencha, prit l'enfant dans ses bras, pressa plusieurs fois sa bouche contre son front et ses joues, puis se leva brusquement de son siège, bondit vers la fenêtre et, tombant à genoux, leva son regard et ses bras vers un carré de ciel dont le fond sombre et profond scintillait d'étoiles.

— O Dieu ! — fit-elle presque à haute voix. — Donne-moi un endroit sur terre ! Un petit, même un pauvre endroit, mais où je pourrais trouver place avec mon enfant ! Ne permets pas que, pour une seconde fois, il me faille encore, débile et impuissante, accepter une aumône, que je ne m'acquitte pas de mes obligations de mère, perde la tranquillité de ma conscience et le respect de moi-même !

Vraiment ! Les prières que cette femme adressait au ciel procédaient d'une exigence absurde et injuste, n'est-ce pas, lecteurs ? Certes, elle n'exigeait pas d'occuper un siège ministériel, ni de répandre tapageusement la gloire de son nom dans le monde, ni de jouir de plaisirs défendus au sein d'une liberté débridée, mais désirait vivre et subvenir grâce à un morceau de pain à l'existence de l'unique être qu'elle aimait au monde, désirait échapper à un sort de mendiant et être en mesure de ne pas se consumer de honte face à elle-même…

Qu'elle était donc ambitieuse, jalouse, exigeante et sans retenue dans ses exigences ! n'est-ce pas ?

Elle reprit le dessus sur elle-même, dompta et réduisit au silence la honte, le chagrin et la terreur qui la tiraillaient ; le visage tranquille, elle se releva de sa position agenouillée, prit sur ses genoux sa petite fille en pleurs et à voix basse, doucement — commença à lui conter une de ses histoires favorites. Manifestement, elle ne manquait ni de force d'âme ni de volonté. Cette force devait-elle donc rester inutilisée, ne lui servir que dans ses luttes contre ses sentiments, et se soumettre docilement, succomber, impuissante, au pouvoir pernicieux de son cerveau et de ses bras incapables, aux contraintes de son environnement ?

Pendant toute cette longue nuit d'hiver Marta, sans fermer l'œil un seul instant, le regard plongé dans les ténèbres emplissant la pièce, traquait inconsciemment le bruit de la tranquille respiration de son enfant dormant à côté d'elle et pensait à ce qu'il lui faudrait faire demain.

Le lendemain vers midi la femme en deuil entrait dans un magasin modeste, mais très élégant, dont la vitrine exposait des robes bouffantes et faisait chatoyer de couleurs les plus diverses, rappelant un essaim de papillons, de jolis petits chapeaux et de mignons bonnets. C'était le magasin où jadis Marta avait l'habitude de se fournir en articles de confection.

Au tintement de la sonnette qui oscilla à la porte, venant d'une pièce attenante, se présenta une femme encore jeune, à la silhouette ravissante et au visage très agréable. En voyant Marta elle sourit et s'inclina très aimablement. Elle avait visiblement reconnu son ancienne cliente et la voyait avec plaisir revenir chez elle.

— Voilà bien longtemps que vous n'êtes pas venue chez nous ! — dit la patronne du magasin avec toujours le même agréable sourire ; mais bien vite, ayant examiné d'un rapide regard la robe de deuil de Marta, elle ajouta : — Mon Dieu ! J'ai appris le malheur qui vous a frappée. Je connaissais bien monsieur Świcki !

Une expression de douleur passa sur le visage de la jeune veuve. Entendre prononcer le nom du disparu bien-aimé raviva comme avec la pointe d'un poignard la récente blessure de son cœur. Mais il lui était interdit de s'attarder en chemin, écoutant sans rien faire le concert des voix, des chagrins et des souvenirs en son sein.

— Madame ! — dit-elle en levant les yeux sur la femme debout devant elle. — Jusqu'à présent j'avais l'habitude de venir ici pour acheter toutes sortes d'affaires, aujourd'hui je viens vous prier de bien vouloir m'acheter mon temps et le travail de mes mains.

Ce disant, elle réprima le tremblement de sa voix et força ses lèvres pâles à esquisser un sourire.

— Je voudrais sincèrement vous être utile, mais… je n'ai pas bien compris le sens de vos paroles.

— Ne me prendriez-vous pas dans votre établissement comme couturière ?

La patronne du magasin, entendant ces paroles, ne sembla pas du tout étonnée ni confuse, et ne changea pas l'expression de son visage aimable et compatissant. Elle resta silencieuse un moment, réfléchissant, puis indiqua de la main la porte de la pièce attenante et dit très poliment :

— Veuillez entrer dans l'atelier ; nous pourrons y discuter plus librement de votre affaire.

L'atelier attenant au magasin occupait une assez grande salle, où à une table placée devant des fenêtres, recouverte d'un tas de rubans, de dentelles, de plumes, de fleurs et de morceaux de tissu, étaient assises trois jeunes femmes confectionnant des chapeaux, des diadèmes et des décorations pour costumes exigeant un travail minutieux. Dans le fond de la salle cliquetaient deux machines à coudre sur lesquelles étaient penchées deux figures féminines également, et au centre se trouvait une table recouverte de patrons et de grandes pièces de tissu, de toiles de lin, de batiste, de mousseline, au milieu desquelles brillaient des ciseaux d'acier, des craies et des crayons dans des fourreaux de plomb. Toutes les femmes présentes dans l'atelier étaient absorbées par leurs tâches, seule l'une d'entre elles leva la tête de sa machine lorsque Marta entra, jeta un regard à l'arrivante et, rencontrant le sien, la salua poliment.

La patronne du magasin indiqua à Marta une chaise placée près de l'une des tables, puis s'adressa à une jeune demoiselle qui à ce moment-là était justement occupée à accrocher une précieuse plume d'autruche à un chapeau de velours.

— Mademoiselle Bronisława[41] ! — dit-elle. — Cette dame souhaiterait travailler chez nous. Il me semble que cela tombe très bien. Hier nous avons justement évoqué avec vous qu'une paire de mains supplémentaire nous serait très utile.

La demoiselle interpelée de la sorte, visiblement la première dans la hiérarchie des travailleuses du magasin, se leva et s'approcha de la table.

— Oui, madame — dit-elle — depuis le départ de mademoiselle Leontyna une des machines reste inemployée. Mesdemoiselles Klara et Krystyna ne peuvent y arriver pour la couture. A moi non plus il n'est pas possible de m'occuper de la coupe autant que de besoin car il me faut superviser la confection des chapeaux. Le travail prend du retard, les commandes ne sont pas honorées dans les délais.

— Vous avez tout à fait raison — répondit après un moment de réflexion la patronne du magasin. — J'y avais déjà pensé moi-même. Et puisque madame Świcka est venue ici avec le désir de travailler chez nous, il me semble que rien ne s'oppose à ce que je puisse accéder au désir d'une personne qui en d'autres temps s'est montrée bienveillante à notre égard.

Mademoiselle Bronisława s'inclina poliment.

— Certainement — dit-elle — si madame s'y connaît en coupe…

Ces mots étaient prononcés sur le ton de l'interrogation.

Au même moment une des machines se fit silencieuse, et la jeune femme assise près d'elle, relevant la tête, se mit à écouter la discussion avec une évidente attention.

Les trois personnes debout près de la grande table au milieu de la salle se turent un instant. La patronne du magasin et son assistante

---

[41] Bronislava, prénom féminin.

regardaient Marta avec un air interrogatif ; Marta promenait son regard sur les patrons déployés sur la table, couverts du haut en bas de lignes noires, de points, de zigzags qui, parcourant la feuille en long et en large, se croisant, se rejoignant, se séparant, dessinant des figures géométriques les plus diverses, présentaient à l'œil non expert un chaos impossible à démêler.

Les paupières de Marta se soulevèrent lentement et péniblement.

— Je ne peux pas — dit-elle — revendiquer une compétence que je ne possède pas, ce serait malhonnête de ma part, et du reste cela ne servirait à rien. Je connais un peu la coupe, mais très peu, assez pour découper une collerette, peut-être une chemise… mais des costumes, des manteaux, et même de la lingerie un peu raffinée, je ne saurai pas faire…

La patronne du magasin ne disait rien, mais sur les lèvres de mademoiselle Bronisława passa un petit sourire un peu ironique.

— C'est bizarre ! — dit-elle en s'adressant à la directrice de l'établissement. — Un tas de personnes demandent à faire de la couture, mais il est bien difficile de trouver quelqu'un s'y connaissant en coupe. C'est pourtant la base de tout le travail.

Ici la couturière experte et certainement très bien rémunérée s'adressa à Marta.

— Et pour la couture elle-même ? — fit-elle sur le même ton interrogateur.

— Je couds pas mal — répondit Marta.

— A la machine, certainement.

— Non, mademoiselle, je n'ai jamais cousu à la machine.

Mademoiselle Bronisława se raidit, croisa les bras sur sa poitrine et se tint silencieuse. La patronne du magasin elle aussi paraissait en ce moment un peu plus raide et froide qu'auparavant.

— Vraiment… — commença-t-elle après un moment, bredouillant et un peu confuse — je suis vraiment très embarrassée… j'avais principalement besoin d'une personne pour la coupe… du reste aussi pour la couture, mais à la machine… chez nous on ne coud qu'à la machine.

Et derechef le silence se fit parmi les femmes debout près de la table. Les lèvres de Marta tremblaient légèrement, sur son visage de fortes rougeurs alternaient avec sa pâleur.

— Madame — dit-elle en levant les yeux sur la patronne du magasin — ne pourrais-je pas apprendre… je travaillerais gratuitement pendant ce temps… pourvu que je puisse apprendre…

— C'est impossible ! — s'écria mademoiselle Bronisława sur un ton un peu acerbe.

— C'est difficile — coupa la patronne du magasin, poursuivant sur un ton plus poli que celui de sa collaboratrice. — Nous confectionnons toutes sortes de tenues, la plupart sur commande, à partir de tissus coûteux, ne pouvant servir pour apprendre et se faire la main… il nous faut exécuter le travail rapidement, car déjà maintenant du fait de l'insuffisance de personnel parfaitement formé nous ressentons un peu les effets de ce manque de main-d'œuvre et prenons du retard… ce qui nous amène des pertes et des désagréments. C'est pourquoi nous ne pouvons prendre que des ouvrières déjà suffisamment formées… Je regrette beaucoup, beaucoup, croyez-moi, de ne pouvoir satisfaire votre demande…

C'est à ce moment-là seulement, quand la patronne du magasin eut achevé ce discours, que la machine qui s'était tue au commencement de la discussion, se remit à cliqueter. La femme penchée dessus avait la larme à l'œil.

Marta en sortant du magasin se dirigea non pas vers son logement, mais dans une tout autre direction. A l'expression de son visage on pouvait se douter qu'elle allait sans but, emprisonnant dans les manches de son manteau ses mains fortement serrées l'une contre l'autre. Elle éprouvait constamment l'inconsciente mais violente envie de lever en l'air ces mains entrelacées et d'en enserrer sa tête en feu qui lui pesait indiciblement. Dans celle-ci il n'y avait sur le coup qu'une seule pensée, revenant sans arrêt, obstinément, extraordinairement vite : « Je ne sais pas faire ! ». Cette pensée explosait en des milliers d'éclairs, en des milliers de poignards qui lui transperçaient le cerveau, lui lardaient les tempes, et de leurs lames lui descendaient jusqu'au fond de la poitrine. Après quelques minutes Marta se fit la réflexion : « Toujours et partout la même chose… »

Pendant un moment elle ne pensa plus à rien mais continuait à répéter en pensée, bien que déjà plutôt inconsciemment : « Je ne sais pas faire ! ».

Soudain elle revint à ce constat d'il y a un instant et y ajouta cette question : « Quelle est cette chose qui me suit toujours et partout, me repoussant de partout ?... ».

Elle se frappa le front et se répondit à elle-même :

« Partout et toujours je vais seule avec moi-même et me repousse moi-même de partout… »

Elle fit un gros effort sur elle-même pour pouvoir penser et se reporta dans le passé, commençant par ce moment où elle s'assit au piano dans le salon du bureau d'information pour jouer calamiteusement la calamiteuse *Prière d'une vierge*, et finissant par ce dernier où, debout dans l'atelier d'un riche magasin, aux questions qu'on lui posait il lui avait fallu répondre : « Je ne saurai pas faire !... ».

« Toujours la même chose ! — répéta-t-elle en pensée — un peu de tout, rien à fond et jusqu'au bout… tout pour faire bien ou pour les petits agréments de la vie, rien qui soit utile à celle-ci… ».

Cette douzaine d'expressions, extirpées comme au moyen d'un filet de son esprit embrouillé, en un mot : « Je ne sais pas faire ! », la fatiguèrent. Ce jour-là, sortant de chez elle, elle était si soucieuse, si préoccupée, presque enfiévrée par son nouveau projet, qu'elle n'avait pas pensé à se sustenter. Regardant Jancia en train de boire son habituel verre de lait du matin, elle ressentait même un certain dégoût pour la nourriture. Tiraillé en permanence, blessé, son moral réagissait sur son physique. Ses jambes se dérobaient sous elle, son cœur battait avec une force et à une vitesse extraordinaires, bien qu'elle marchât doucement. Maintenant seule dans sa tête se débattait une nouvelle question, se résumant d'abord à cette courte locution : « Pourquoi ? ». Peu après, sur ce mot vinrent se greffer d'autres mots, d'abord incohérents, puis s'ordonnant en une certaine trame logique. « Pourquoi…en est-il ainsi ? — se demandait à elle-même la jeune femme. — Pourquoi exige-t-on de moi ce que personne ne m'a donné ? Pourquoi personne ne m'a donné ce qu'on exige aujourd'hui de moi ? »

A ce moment Marta frémit. Elle sentit que quelqu'un lui avait effleuré l'épaule.

— Me permettez-vous de me rappeler à votre souvenir ? — se fit entendre derrière elle une voix féminine douce, même un peu timide.

Marta se retourna et vit cette même femme qui à son entrée dans l'atelier avait levé la tête au-dessus de sa machine, lui avait rendu un salut poli et ensuite s'était arrêtée de coudre, prêtant l'oreille avec attention à la discussion qui décidait de son sort. C'était une personne sans beauté et sans prestance, bien qu'assez bien faite, comme presque toutes les Varsoviennes très correctement habillée, avec une expression de discernement et de bonté sur son visage enlaidi par la variole.

— Vous ne me reconnaissez peut-être pas — dit la demoiselle marchant à ses côtés. — Je suis Klara, je travaille dans le magasin de madame N., depuis cinq années bientôt, j'ai cousu en son temps des robes pour vous et vous les apportais rue Graniczna.

Marta, les yeux embrumés, regardait la femme marchant à ses côtés.

— En effet, je me souviens — énonça-t-elle avec difficulté après un moment.

— Je vous demande pardon d'être si hardie en vous abordant dans la rue — poursuivait Klara — mais vous avez été autrefois si bonne et si gentille avec moi... Vous aviez une petite fille, si belle, si mignonne... Est-ce que votre petite fille...

Elle hésita à terminer sa question, Mais Marta devina sa pensée.

— Mon enfant — dit-elle — est vivante...

Ce dernier mot s'arracha à ses lèvres certainement malgré elle car, aussitôt et confusément, vibra en lui une amertume qui n'avait encore jamais existé dans la voix de Marta. Klara resta silencieuse un moment, comme si elle réfléchissait, puis dit :

— Quand j'ai appris la mort de monsieur Świcki j'ai tout de suite pensé à vous, comment vous allez pouvoir vous en sortir... en plus avec un enfant. J'ai été très contente en vous voyant arriver dans notre magasin, pensant que vous alliez travailler avec nous. C'eût été très bien, car madame N. est bonne et paie assez bien… il n'y a que mademoiselle Bronisława qui est un peu capricieuse et fait parfois des histoires, mais quand on est pauvre il faut bien supporter de temps en temps des choses… pourvu qu'on ait du travail. Aussi ai-je été désolée, très désolée, en entendant que madame N. refusait de vous engager… Cela m'a tout de suite rappelé ma pauvre Emilka[42]…

La couturière avait prononcé cette dernière phrase plus bas, et comme pour elle-même, mais Marta en fut davantage frappée que par toutes les précédentes.

— Qui est donc cette pauvre Emilka, mademoiselle Klara ? — demanda la jeune veuve.

— C'est ma cousine du côté de ma mère, de quelques années ma cadette. Ma mère et la sienne étaient sœurs germaines mais, comme cela arrive souvent, n'ont pas eu la même destinée. Sa mère épousa un fonctionnaire, la mienne un artisan. A l'adolescence, Emilka était une petite demoiselle, moi une simple jeune fille. En outre elle était belle, tandis que moi la variole m'avait définitivement enlaidie dès l'âge de douze ans. Aussi ma tante avait-elle coutume de dire : « Je vais donner une bonne instruction à Emilka pour ensuite bien la marier ». Elle lui donna une gouvernante pour commencer, puis l'envoya dans une petite pension. Au début ma mère se faisait énormément de souci à cause de la variole qui m'avait tellement enlaidie, mais mon père ne s'en souciait guère. « Et alors ? — disait-il — elle sera laide, ne se mariera pas, la belle affaire ! Plus d'un homme n'est pas marié sur cette terre, et ne s'en porte pas plus mal ! » Ma mère répondait : « Un homme c'est pas pareil ! Si Klara, à Dieu ne plaise, ne se marie pas, elle mourra de faim ! » Mais mon père, au lieu de se faire du souci comme ma mère, en riait, et même parfois se fâchait. « Ah, vous les bonnes femmes ! — disait-il. — Pour vous, si on ne se marie pas, alors on va obligatoirement mourir de faim ! Une jeune fille ça n'a pas de bras, ou quoi ? » Il faut dire que lui-même était charpentier et aimait se vanter

---

[42] Diminutif d'Emilie.

de sa force. Il avait coutume de dire : « Les bras, monsieur, c'est la base ! La tête, Dieu la donne à certains et pas à d'autres, mais tout le monde a des bras ! » J'avais treize ans quand mes parents m'ont envoyée à une école de couture : évidemment qu'ils payaient pour moi, et beaucoup, mais grâce à Dieu j'ai appris tout ce qu'il fallait...

— Et vous avez appris pendant longtemps ? — demanda Marta, écoutant avec toujours plus d'intérêt le récit sans fioritures de la couturière.

— Oh ! J'ai appris un bon trois ans ! — répondit mademoiselle Klara. — Et même après je n'ai pu être payée tout de suite, j'ai travaillé gratis au magasin pendant toute une année, pour me faire la main dans la coupe, la couture à la machine, et pour m'éduquer le goût. Mais maintenant, j'en sais assez pour pouvoir installer un atelier de couture ou un magasin à mon compte, si j'avais de l'argent, car pour cela il faut ne serait-ce qu'un peu d'argent... Mais notre père est décédé il y a trois ans, et à part moi sont restés près de ma mère mes deux frères cadets, dont l'un termine chez un menuisier, et l'autre poursuit des études... pour les études des deux il faut payer, et à ma mère aussi, une femme plus très jeune, il faut procurer tant soit peu de confort...

— Et vous seule travaillez pour tout ce monde ?

— Presque, car de mon père ne nous est restée qu'une petite maison rue Solna[43], dans laquelle nous habitons... au moins, nous n'avons pas de loyer à payer... Du reste madame N. me paye correctement et avec ce que je reçois d'elle nous nous en sortons tant bien que mal, à la fois pour en vivre et pour donner une situation à mes frères.

— Mon Dieu ! — s'exclama Marta — que vous êtes heureuse !

— Oui — répliqua Klara. — A vrai dire ce n'est pas une vie très joyeuse de rester assise ainsi pendant des journées entières au travail et ne sortir dans le monde de Dieu que le dimanche ou les jours de fête, mais quand je pense que mon travail donne de quoi vivre à ma

---

[43] Ancienne rue du centre-ville de Varsovie, incorporée au Ghetto et détruite pendant la Seconde Guerre mondiale, aujourd'hui remplacée par l'avenue Jean-Paul II.

mère et assure bon an mal an un avenir à mes frères, je me sens très heureuse et j'éprouve beaucoup de pitié envers ceux qui, comme mon père avait l'habitude de le dire, n'ont ni tête ni bras. Que de souci je me suis fait avec cette Emilka, que de fois ai-je pleuré à cause d'elle…

— Elle ne s'est pas mariée ? — demanda Marta.

— Eh bien il s'est passé que, tout en ayant de l'instruction et étant belle, elle ne s'est pas mariée. Son père a perdu son emploi et de détresse est tombé malade ; à ce jour, le pauvre hère est toujours couché dans son lit, ni vivant, ni mort. La mère est une femme également souffreteuse et, il faut le reconnaître, capricieuse, grincheuse ; en plus d'Emilka, elle a encore chez elle une fille cadette et un fils, dont elle ne sait que faire, car pour les études il faut partout payer, alors qu'à la maison c'est la misère, la faim, comme pas possible… Dès qu'ils furent tombés dans l'indigence, ma tante commença à exhorter Emilka à travailler, mais en plus que la jeune fille à qui les bals et les belles tenues avaient tourné la tête n'avait pas envie de se mettre au travail, il s'avéra que cette belle instruction que ma tante lui avait donnée, ne lui avait donné ni tête, ni bras. Elle voulut être institutrice, mais pensez-vous ! Pour pianoter elle pianote sur un piano, et en français il paraît qu'elle parle pas mal, mais quand il s'est agi d'enseigner, rien du tout… personne n'en voulait… elle a obtenu deux cours à 40 *grosz* l'heure, et même ceux-là, elle les a vite perdus… Du reste, elle ne sait rien faire correctement… Où qu'elle se soit adressée pour du travail, on l'a rembarrée. Et à la maison, la mère ronchonne à cause de son oisiveté, le père malade geint dans son lit, le frère traîne dans les rues, à se demander quand il deviendra un voleur, la sœur d'ennui et de colère se dispute avec toute la famille, il n'y a rien à manger et rien pour allumer du feu dans le poêle… Emilka a bon cœur, aussi s'est-elle fait un sang d'encre, a dépéri, on croyait qu'elle allait attraper la tuberculose, quand, il y a de cela deux mois seulement, un gagne-pain s'est présenté…

— Ah, quand même ! — s'exclama Marta en poussant un profond soupir de soulagement, comme si un fardeau écrasant était tombé de sa poitrine.

En entendant l'histoire de la pauvre jeune fille, une inconnue, elle avait l'impression qu'on faisait le récit des quelques derniers mois de sa propre vie. La similitude de cette triste destinée avec son sort personnel éveillait en elle une ardente compassion et de la curiosité. Klara, toutefois, resta silencieuse pendant un moment. Ce n'est qu'après réflexion et comme après une légère hésitation, qu'elle commença d'une voix un peu embarrassée :

— Quand vous êtes sortie de notre magasin j'ai essayé de vous rattraper dans la rue… Par chance c'est l'heure où je rentre chez moi tous les jours pendant deux heures pour manger et aider ma mère à la cuisine, ensuite je retourne au magasin pendant cinq heures… Voilà, j'ai couru derrière vous pour vous dire que si… si par hasard… vous vous trouviez dans la même situation que ma pauvre Emilka il y a deux mois, alors peut-être… peut-être que vous consentiriez à travailler là où elle travaille à présent…

L'embarras avec lequel elle s'exprimait laissait entrevoir d'avance que sa proposition n'était pas des plus mirifiques. Mais Marta, aussitôt et comme se réveillant d'un long sommeil, saisit le bras de la couturière.

— Mademoiselle Klara — s'exclama-t-elle — parlez, parlez vite, je consentirai à tout, absolument tout ! Je suis résolue à tout.

Sa voix, lorsqu'elle parlait, était étouffée et tremblante, sa main serrait presque convulsivement le bras de la couturière.

— Ah, mon Dieu ! — s'exclama à son tour mademoiselle Klara. — Qu'il est heureux que cette idée me soit venue, étant donné que vous vous trouvez dans une situation si pénible, et avec un enfant encore… ce joli petit ange avec qui vous me permettiez parfois de jouer quand je vous rapportais des robes rue Graniczna. Bien que, encore une fois… il ne soit pas enviable le sort des femmes travaillant chez Szwejcowa…

— Qui est cette Szwejcowa ? Où habite-t-elle ? Que fait-elle ? — demanda Marta avec une curiosité et une inquiétude fébriles.

— Szwejcowa, madame, tient un établissement de couture rue

Freta[44] dans lequel on confectionne de la lingerie de toute sorte. Mais c'est un drôle d'établissement en vérité, important et même très prospère, une vingtaine de femmes y travaillent, mais sans la moindre machine. Depuis au moins six ans dans tous les ateliers de couture et magasins on ne travaille pas autrement que sur machine, mais Szwejcowa n'en a pas acheté une seule, elle s'occupe elle-même avec sa fille de la coupe, et pour la couture elle n'engage que des ouvrières ne sachant pas coudre à la machine et ayant absolument besoin de travail... aussi les paie-t-elle, les paie-t-elle... on a même de la honte et du chagrin à en parler...

— Tout cela ne change pas ma résolution, mademoiselle Klara — l'interrompit vivement Marta. — Moi aussi, comme votre cousine, je ne sais rien faire comme il faut et je dois aller là où on est le moins exigeant.

— Et où l'on paie le moins — acheva tristement Klara. — C'est sûr — poursuivait-elle — qu'il vaut mieux avoir quelque chose que rien du tout. Puisque vous le souhaitez, je peux vous conduire chez Szwejcowa.

— Son adresse exacte me suffira, j'irai seule. Vous n'avez pas beaucoup de temps à perdre.

— Non, j'irai avec vous ; je serai seulement en retard pour manger, mais cela ne fait rien ; ma mère ne va pas s'inquiéter, car il arrive parfois qu'on me retienne au magasin plus longtemps que d'habitude, quand il y a du travail urgent. En plus, je n'ai pas vu Emilka depuis longtemps ; nous irons ensemble.

Marta remercia la brave couturière en lui serrant derechef le bras et les deux femmes prirent le chemin de la rue Freta. En marchant Klara expliquait à Marta :

— Szwejcowa est une femme d'un certain âge et on raconte toute sorte de choses à propos de son passé. Elle a installé son atelier de

---

[44] Rue du centre-ville de Varsovie, où se trouvaient des ateliers de couture, de modistes, qui devint un centre de prostitution du temps de la tutelle russe, et fut intégrée partiellement dans le Ghetto en 1940.

couture il y a déjà une vingtaine d'années, mais cela ne marchait pas particulièrement bien tant qu'il n'existait pas de machines à coudre. Depuis qu'on a commencé à coudre à la machine, Szwejcowa s'est enrichie. Cela peut paraître bizarre, mais c'est comme ça. J'ai entendu madame N. dire en discutant avec mademoiselle Bronisława que Szwejcowa *exploite* de pauvres ouvrières peu qualifiées, qui en raison de leur grande misère doivent travailler pour presque rien. Je ne comprends pas bien ce que ce mot veut dire, mais il me semble que si Szwejcowa fait du tort à de pauvres femmes, la faute n'en revient pas qu'à elle, mais aussi à quelqu'un d'autre...

Là la couturière se tut et devint pensive. Visiblement, elle n'arrivait pas à préciser une idée qui lui trottait dans la tête.

— Je ne sais pas en vérité à qui est la faute, mais, madame, pourquoi donc existe-t-il sur terre des femmes à qui on peut faire du tort ? Que dis-je ? Des femmes qui viennent et demandent même qu'on leur fasse du tort, pourvu seulement qu'on leur donne en même temps un morceau de pain noir ?

Marta continuait à presser le pas ; elle marchait si vite que Klara peinait à la suivre. Aussi se retrouvèrent-elles rapidement rue Freta.

— C'est ici, madame — dit Klara, entrant sous la porte cochère basse et humide de l'un des immeubles.

La porte franchie, elles pénétrèrent dans une cour toute en longueur, sombre, entourée sur ses quatre côtés de vieux murs élevés et humides, que surmontait un rectangle allongé de ciel gris. Il devait toujours y faire gris et étouffant car au-dessus de ces murs élevés se dressaient bon nombre de cheminées d'où sortait une fumée qui, rabattue vers le bas par un air chargé d'humidité, tourbillonnait dans cet enclos étriqué et déployait ses gros panaches gris à différents endroits de la cour.

Au plus profond de celle-ci, face à la porte cochère, surmontant une porte quelque peu vermoulue avec plusieurs petites marches en surélévation, était suspendu un écriteau long et étroit avec figurant dessus en grandes lettres jaunes sur un fond couleur bleu marine sale l'inscription suivante :

ETABLISSEMENT DE CONFECTION DE LINGERIE MASCULINE ET FEMININE DE B. SZWEJCOWA.

Klara précédant Marta pénétra dans un grand vestibule, où se devinait dans une profonde pénombre un escalier menant aux étages supérieurs de l'immeuble, et ouvrit une des portes situées de chaque côté du vestibule. Un intense courant d'air humide et sentant le moisi frappa le visage des deux femmes qui entraient. Elles entrèrent tout de même et se retrouvèrent dans une vaste pièce, plus longue que large, éclairée par trois fenêtres donnant sur la cour, voilées sur leur moitié inférieure d'un rideau de mousseline blanche, pièce dont le fond était plongé dans une obscurité presque complète. Le plafond y était bas, garni de poutres apparentes et empoussiéré, le plancher en simples planches de bois brut, les murs crépis mais déjà quelque peu gris de poussière, et couverts dans les coins et au-dessus du plancher de grandes taches noires et bleuâtres d'humidité.

Sur la grisaille de cette pièce sinistre ressortaient en couleurs floues mais avec des formes bien nettes de nombreuses figures féminines, tantôt regroupées autour des fenêtres et des tables, tantôt assises isolées à proximité d'énormes armoires, derrière les vitres desquelles se voyaient des montagnes de tissus cousus ou préparés pour être cousus. Au milieu se trouvait une grande table peinte en noir, sur laquelle étaient penchées deux femmes avec une paire de ciseaux dans une main et une feuille piquetée d'épingles dans l'autre.

Se tenant à quelques pas du seuil, Klara fit un signe de tête à quelques ouvrières qui avaient levé les yeux sur elle, puis se tourna vers la table au milieu de la pièce.

— Bonjour madame Szwejc — dit-elle.

Une des femmes debout près de la table se tourna vers l'arrivante et sourit très aimablement.

— Ah, c'est vous, mademoiselle Klara ! Vous venez sûrement rendre visite à votre sœur[45]. Mademoiselle Emilia ! Mademoiselle

---

[45] Ici dans le sens de « cousine germaine » (cf. la note 23 supra).

Emilia !

A l'appel deux fois répété de son prénom l'une des femmes assises toutes seules et dans l'ombre releva la tête. Elle était apparemment si concentrée sur son travail ou si absorbée dans ses pensées qu'elle ne voyait rien du tout de ce qui se passait autour d'elle. A présent elle jeta un regard brouillé devant soi et aperçut Klara. Elle ne se leva pas, cependant, brusquement de son siège, ni ne bondit à la rencontre de sa sœur. Elle se leva lentement, posa son ouvrage sur un tabouret et s'avança lentement de quelques pas.

— Ah, c'est toi, Klara ! — dit-elle en tendant vers l'arrivante une main blanche, très maigre, aux doigts pleins de piqûres d'aiguille.

A présent qu'elle apparaissait à la pleine lumière affluant des fenêtres, Marta, la toisant du regard, reconnut en elle cette jeune fille qu'elle avait rencontrée dans l'escalier du bureau d'information lorsqu'elle s'y rendait pour la première fois. Emilia portait même la robe qu'elle avait alors, à ceci près que pendant ces trois mois écoulés cette robe avait perdu encore davantage de ses couleurs, exhibant çà et là des reprises et des rapiéçages, tandis que le visage de la jeune fille avait pâli et maigri. Sa tenue et son apparence révélaient l'une et l'autre que la vie avait entamé sur elle prématurément et menait à bien rapidement son sinistre processus de destruction.

Les deux sœurs, se tendant les mains, se saluèrent brièvement et en silence. Emilia regagna la place qu'elle venait de quitter, Klara se tourna vers la directrice de l'établissement.

— Madame Szwejc ! — dit-elle — Je vous présente madame Marta Świcka qui désirerait travailler chez vous.

Depuis un moment déjà Szwejcowa observait Marta, mais il était impossible de deviner l'expression de ses yeux masqués par des lunettes. Mais le ton de sa voix était très aimable, suave, presque tendre lorsqu'à l'interpellation de Klara elle répondit :

— Je vous suis très reconnaissante, madame… comment déjà ? madame Świcka d'avoir pensé à mon modeste établissement, mais vraiment… j'ai déjà tant d'ouvrières que je ne sais pas si je vais pouvoir…

Marta voulut dire quelque chose, mais Klara la tira légèrement par la manche de son manteau et lui coupa vite la parole.

— Ma chère madame Szwejc — dit-elle avec la détermination d'une personne tout à fait indépendante et sentant quelque part sa supériorité — à quoi bon se perdre inutilement en paroles ? Vous avez dit la même chose à Emilka quand elle est venue ici pour la première fois, et pourtant vous l'avez bien embauchée… le tout est de s'accorder sur un salaire le plus bas possible, n'est-ce pas ?

Szwejcowa sourit.

— Toujours aussi vive, mademoiselle Klara ! — dit-elle sans se départir de sa suavité. — Vous comparez le salaire que touchent les ouvrières chez madame N. avec celui que peut offrir notre pauvre maison, et c'est pourquoi il vous semble que nous payons excessivement peu…

— Quant à ce qu'il me semble, chère madame Szwejc, je le sais déjà moi-même — l'interrompit Klara. — Je voudrais seulement que vous nous disiez au plus vite si vous avez du travail pour madame Świcka, car dans le cas contraire nous irons voir ailleurs…

Szwejcowa joignit les mains sur sa poitrine et baissa la tête.

— L'amour du prochain — commença-t-elle tout bas et d'une voix traînante — l'amour du prochain ne permet pas de refuser du travail à une personne…

Klara eut un mouvement d'impatience.

— Chère madame Szwejc — dit-elle — l'amour du prochain n'a rien à voir ici. Madame Świcka vous offre son travail, pour lequel vous allez la payer, un point c'est tout. C'est pareil lorsqu'on va au magasin, qu'on prend un article et pose sur la table l'argent pour l'acheter. Que vient faire ici l'amour du prochain ?

Szwejcowa soupira tout bas.

— Chère mademoiselle Klara — dit-elle — vous savez bien à quel point je prends soin de la santé de mes ouvrières, et surtout de leurs mœurs…

A ces derniers mots son visage allongé et ridé prit véritablement une expression dure et sévère.

Klara sourit.

— Tout cela n'est pas mon affaire. Je voudrais seulement vous entendre dire à la fin si vous prenez madame Świcka dans votre établissement, oui ou non ?

— Que dois-je donc faire ? Que dois-je donc faire ? Bien que, vraiment, j'aie déjà tant d'ouvrières que même le travail manque…

— Et donc à quelles conditions ? — insistait vivement Klara.

— Pardi ! Aux mêmes que celles de toutes ces dames travaillant ici, quarante *grosz* par jour. Dix heures de travail.

Klara secoua la tête en signe de refus.

— Madame Świcka ne travaillera pas pour ce prix — dit-elle résolument, ajoutant en riant : — quarante *grosz* pour dix heures de travail, ça fait quatre *grosz* de l'heure… Vous plaisantez sans doute.

Elle s'adressa à Marta et dit :

— Partons, madame, allons voir ailleurs.

Klara se tournait déjà vers la porte, mais Marta ne lui emboîta pas le pas. Elle resta un moment comme clouée sur place, et soudain releva la tête et dit :

— J'accepte vos conditions. Je vais coudre dix heures par jour pour quarante *grosz*.

Klara voulut encore dire quelque chose, mais Marta ne la laissa pas parler.

— C'est décidé — dit-elle, ajoutant plus bas : — vous avez dit vous-même il y a une heure, mademoiselle Klara, qu'il vaut mieux avoir quelque chose que rien du tout.

L'accord fut conclu. Marta devait commencer à partir du lendemain son métier de couturière dans l'établissement de Szwejcowa. Finalement donc, après de longues recherches, d'efforts vainement entrepris, d'humiliations elles aussi vainement subies, après s'être inutilement démenée sur toutes sortes de pistes et en mendiante avoir frappé à de nombreuses portes, Marta avait trouvé un travail, la possibilité de gagner sa vie, ce socle sur lequel devait s'édifier son existence et celle de son enfant. Et pourtant, lorsque fatiguée d'avoir longuement arpenté la ville elle rentra dans sa chambrette, elle ne souriait pas comme ce jour heureux où elle était rentrée du bureau d'information, n'ouvrit pas ses bras à son enfant accourant à elle, et ne lui dit pas avec la larme à l'œil et le sourire aux lèvres :

— Remercie Dieu !

Pâle, pensive, le front creusé d'une profonde ride et les lèvres serrées, Marta aujourd'hui s'assit à la petite fenêtre, contemplant de ses yeux embués les toits des bâtisses alentour et, incapable d'en différencier le moindre son, s'absorba dans l'écoute du brouhaha de la grande ville.

Le faible montant du salaire promis ne l'effrayait pas ; trop peu de temps encore s'était écoulé depuis qu'elle avait commencé à ficeler et rafistoler ses moyens d'existence comme on raccommode une loque délabrée qui se déchire et vous tombe en lambeaux dans la main ; elle était encore trop inexperte en matière de cette comptabilité en *grosz* des pauvres, et trop ignorante de cet essaim de petits détails quotidiens dont chacun, plus minuscule que le plus minuscule des moucherons en suspension dans l'air, pèse pourtant le poids d'une pierre sur les épaules du pauvre, pour être dès maintenant en mesure de comparer son futur salaire avec ses besoins futurs et se rendre compte clairement de l'insuffisance du premier et du caractère prégnant des seconds.

Elle ne savait pas encore exactement si elle pourrait, elle et son enfant, s'en sortir avec quarante *grosz* par jour ; ce petit montant d'aujourd'hui était d'ailleurs grand comparé à celui d'hier, qui s'élevait à zéro. Mais si Marta était novice, encore que novice déjà sévèrement éprouvée, à l'école des praticiens de la vie et au sein de la morne corporation qui parcourt le monde à l'ombre de l'étendard de la misère, elle possédait cependant une dose suffisante de bon sens et d'instruction pour comprendre combien était bas sur l'échelle du travail humain l'échelon sur lequel elle était descendue et sur lequel elle s'était arrêtée sans la moindre perspective de s'élever un jour à un échelon supérieur.

C'était un échelon sur lequel prenait place tout ce qu'il y avait d'incapable, luttant pour ne pas mourir de faim.

C'était un échelon sur lequel ne descendaient que ceux à qui il avait manqué de force pour se maintenir sur les échelons supérieurs.

C'était un échelon plongeant dans des bas-fonds où règnent une constante obscurité, un travail ennuyeux, fastidieux, ne permettant pas de souffler, fournissant du pain noir au corps et tenant l'esprit enchaîné aux besoins éternels et jamais suffisamment assouvis de ce corps.

C'était, pour finir, un échelon sur lequel des araignées tissaient des toiles serrées et entortillaient les mouches tombant de leur plein gré sur lui, où régnait l'injustice écrasant des têtes qui humblement se courbaient, reconnaissant par là leur propre incapacité.

Jamais, au grand jamais, ni aux jours de sa prospérité et de son aisance, ni au moment de tomber dans l'esseulement et la pauvreté, ni même lorsqu'elle avait essayé d'emprunter toutes sortes de pistes et avait dû toutes les abandonner après y avoir accompli quelques pas, Marta n'avait imaginé que ses forces étaient aussi faibles, son savoir aussi limité, que de descendre dans des sphères aussi basses pouvait être son destin.

Ce destin, elle l'avait accepté avec une hâte fébrile et une disponibilité totale et résolue, et pourtant ce fut une surprise pour elle : elle avait beau y avoir été préparée par certains signes les jours précédents — cela n'en restait pas moins une surprise.

Des pensées nouvelles, inconnues d'elle jusqu'à présent, se pressaient en une cohue bruyante, tapageuse, sinistre, vers le cerveau de la jeune femme dans la grande pièce sombre, humide, de la rue Freta, où elle était assise devant un bout de tissu qu'elle cousait consciencieusement, levant et descendant la main à l'unisson de vingt mains qui se levaient et descendaient autour d'elle.

En venant ici pour la première fois en tant qu'ouvrière, Marta avait observé plus attentivement que la veille le cercle de ses nombreuses camarades de travail et d'infortune.

Quel ne fut pas son étonnement lorsqu'elle constata que la plupart d'entre elles étaient des femmes dont les traits délicats, les tailles souples, les mains blanches révélaient qu'elles venaient d'un autre milieu social que celui dans lequel elles étaient tombées : le matin s'avérait pour le moins différent du midi et du soir de leur vie. Il y avait là, d'ailleurs, des femmes d'une grande variété d'âge, d'apparence, et aussi, visiblement, de tempérament.

Certaines d'entre elles étaient assises sur leur tabouret, silencieuses et immobiles à l'exception de leurs mains qui bougeaient sans arrêt. Leurs têtes, penchées pendant des heures sur leur ouvrage, au moment de le quitter se relevaient avec une évidente lourdeur ; en quittant la salle elles traînaient les pieds, et leurs prunelles éteintes, presque toujours recouvertes de paupières rougies, ne s'enflammaient même pas à la vue du soleil de l'après-midi dorant les rues animées de la ville, même pas à la vue de cette animation, même pas au bruit des insouciantes conversations humaines qui les entouraient d'un brouhaha plein de vie au moment où, muettes et anesthésiées, elles sortaient de leur lugubre atelier pour entrer dans le monde de Dieu.

Leurs robes étaient déchirées, maculées par la boue des rues ; leurs cheveux à peine peignés, ramenés en un informe chignon derrière la nuque, se dispersant en désordre sur leur maigre cou, et de temps en temps seulement, un col de lin mais d'une blancheur immaculée, une alliance brillant à un doigt et semblant moquer de ses éclats dorés toute leur minable figure, rappelaient quelque ancienne habitude, quelques sentiments et relations de cœur, qui avaient fui dans un lointain hors de portée sur la vague par trop rapide d'un passé sans retour. C'étaient des créatures qui, déjà fatiguées par le court chemin parcouru, défaillantes de cœur et d'esprit, avec un corps malade, et dans celui-ci une âme agonisante, traînaient leur existence obscure, pénible et sans espoir, dans le silence, ultime habit que leur aurait laissé le sort pour obstinément masquer leur intérieur blessé.

Ce n'étaient pas cependant eux, ces corps défaillants et ces esprits mortellement tristes, qui offraient dans l'atelier de Szwejcowa le spectacle le plus triste. Au plus près des fenêtres, à l'instar de petits oiseaux emprisonnés cherchant la lumière du jour au travers des barreaux de leur cage, se trouvaient des ouvrières plus jeunes, peut-être pas en années de vie mais en années de souffrance, au caractère plus dynamique, aux envies plus tenaces chevillées au cœur, dont le sourire, contenu et réprimé, n'acceptait cependant pas de disparaître ni de leur cœur ni sur leurs lèvres. Leur visage était pâle et maigre, leur habillement très pauvre. Mais sous leur front blême brillaient des yeux se levant de leur ouvrage presque sans arrêt, à la recherche du regard de leurs compagnes, parfois facétieux ou bien moqueurs et malicieux, ou encore s'évadant avidement quelque part au-delà des murs humides et lugubres de la pièce. De temps en temps, entres leurs joues creusées qui de jour en jour pratiquement se faisaient toujours plus jaunes, apparaissaient des sourires, exprimant la même chose que leur regard : espièglerie, raillerie, nostalgie ou rêverie. Il y avait là des têtes magnifiquement couronnées d'une abondance de tresses, au milieu desquelles brillaient parfois ne serait-ce qu'un petit ruban, une cocarde, un petit nœud, de couleur rose ou bleue ; un collier de perles colorées leur entourait parfois le cou, jurant presque avec leur corsage troué et rapiécé qu'il était censé décorer. Et tous ces regards, sourires et ornements offraient un spectacle plus douloureux et plus ambigu que le silence, la lassitude et l'anesthésie des autres ouvrières… S'y manifestait le virulent conflit de leurs sentiments et désirs avec leurs oppressantes conditions de vie, de leurs rêves de luxe avec leur profonde misère. Chez celles-là s'était déjà produite une déchéance passive, chez celles-ci, semblait-il, menaçait à tout instant de se produire une déchéance active. Ces misérables-là étaient déjà proches du terme de leur parcours terrestre, celles-ci se rapprochaient du début — d'une vie dépravée. Devant celles-là s'ouvrait la tombe, devant celles-ci — le bourbier.

Quand Szwejcowa et sa fille étaient debout à la grande table noire, régnait en apparence un total silence dans l'atelier et le seul bruit nettement audible provenait, aigu, des énormes ciseaux que manipulaient presque sans arrêt leurs mains expertes.

Mais ce silence n'était qu'apparent ; outre le seul bruit distinct qui le dominait, s'y entendaient une multitude d'autres bruits, seulement ils étaient indistincts, intermittents, formant toutefois un murmure incessant et ondoyant doucement, explosant de temps en temps comme en une vague impétueuse, ou derechef s'atténuant et se fondant presque dans le silence. Ce murmure provenait du bruissement de plus de vingt mains en mouvement, de la respiration de vingt poitrines, de toux sèches et brèves, ou violentes et incontrôlées, de chuchotements de lèvres remuant à peine, de gloussements très discrets et vite étouffés. Les ouvrières assises dans le fond de l'atelier toussaient ; les ouvrières se pressant aux fenêtres chuchotaient et gloussaient. Szwejcowa relevait de temps en temps la tête et de derrière ses lunettes promenait un regard attentif autour de la pièce. Ses yeux à l'éclat perçant luisaient derrière de gros verres : elle veillait à la bonne exécution du travail. De temps à autre elle posait ses ciseaux sur la table et entamait, d'une voix traînante et doucereuse, un long discours.

Elle parlait des autres ateliers où les ouvrières perdaient la santé en travaillant sur des machines qui, on le sait, épuisent leurs forces et provoquent toute sorte d'infirmités, et affirmait avoir renoncé à tous les avantages qu'elle eût pu tirer de leur introduction dans son atelier, cela afin de ne pas obérer sa conscience du péché de détruire la santé de son prochain. La conscience est, en effet, la seule chose qui compte, tout le reste est illusoire veau d'or. Szwejcowa n'imposait qu'une seule chose à ses ouvrières. C'était qu'elles eussent des mœurs irréprochables. Et elle était intraitable à cet égard, d'abord parce qu'elle ne voulait pas que son établissement offre un spectacle de dépravation, et finalement parce qu'elle craignait de perdre sa clientèle de personnes respectables et dans la foulée se retrouver plongée dans la misère avec ses enfants et petits-enfants.

Les ouvrières écoutaient ces discours dans un profond silence. Pas une seule d'entre elles, probablement, ne croyait aux paroles de Szwejcowa. Toutes, probablement, savaient qu'elles étaient exploitées, et pourtant elles écoutaient et humblement se taisaient. Elles savaient qu'à l'extérieur des murs de cette pièce où elles se trouvaient, pour aucune d'entre elles rien d'autre n'existait que la tombe ou — le bourbier.

De temps à autre également, Szwejcowa ou sa fille quittaient l'atelier, sortant par une porte donnant sur l'arrière du bâtiment. Par l'ouverture de cette porte parvenait alors aux oreilles des ouvrières le son d'un piano d'excellente facture sur lequel tantôt on jouait avec aisance et doigté, tantôt on apprenait à jouer. On voyait également derrière cette porte un alignement de pièces luxueusement meublées ; y luisaient des parquets bien cirés et d'imposants miroirs, les damas écarlates recouvrant les meubles éblouissaient les yeux fatigués des ouvrières. C'est pourquoi certaines d'entre elles souriaient tristement, d'autres regardaient devant elles avec mélancolie, d'autres encore clignaient des yeux malicieusement. La douleur, l'envie, le ressentiment travaillaient alors vingt poitrines féminines. A trois heures on allumait de grandes lampes au plafond et les ouvrières travaillaient à la lumière artificielle jusqu'à ce que neuf heures sonnent à la grande horloge murale de l'appartement de Szwejcowa.

Lorsque Marta, après une journée entière passée dans cet endroit, revenait chez elle, elle pouvait à peine se tenir sur ses jambes.

Rien de nouveau, pourtant, ne l'avait fatiguée ni même attristée. Mais elle était choquée, jusqu'au plus profond de sa poitrine et de son cerveau, jusqu'à la moelle de ses os.

***

Vous, lecteurs distingués, et surtout vous, sentimentales lectrices avides de sensations, me pardonnerez-vous ce récit totalement dénué d'intrigue mystérieusement nouée et de captivante perspective sur deux cœurs transpercés de flèches enflammées ?

Tout phénomène peut servir de thème à un récit de diverses manières. L'histoire de la pauvre Marta, au lieu de se dévider sous vos yeux en un fil homogène et de couleur uniforme, pourrait à coup sûr être embellie, magnifiée par une multitude de sentiments antagonistes, de contrastes frappants, d'évènements foudroyants ; pourrait être insérée dans une série d'épisodes, dont chacun en illustrerait soit la grâce, soit la fascination ou l'horreur, ou alors être considérée comme un épisode en soi complétant un tout plus impressionnant et enthousiasmant, un *baudrier* accroché à l'histoire des heureux ou des désespérés, des pastoureaux ou des héros, des favorisés du sort ou des persécutés — de Numa et de Pompilius[46].

Pardonnez-moi ! Rencontrant Marta en ce monde j'ai regardé partout autour de moi, cherché, mais n'ai trouvé nulle part de Pompilius à proximité. Ne l'ayant pas trouvé, j'ai voulu raccourcir l'histoire de cette femme, la comprimer et l'enclore dans un épisode — je n'ai pu, m'étant rendu compte qu'elle est digne de constituer un tout en soi ; j'avais l'intention, à la fin, de l'insérer dans un tissu d'intrigues, dans une suite d'épisodes — je ne l'ai pas fait car il m'a semblé qu'il lui siérait le mieux d'être lâchée toute seule dans ce monde.

Pardonnez-moi la simplicité des moyens que je mets en œuvre pour vous présenter un des phénomènes les plus désespérants de notre société d'aujourd'hui, et continuez à me suivre sur le chemin qu'emprunte le triste personnage d'une femme pauvre, peut-être digne d'un meilleur sort que celui qui lui a été infligé par… quoi ? Ce quoi, cette chose qui, telle une fatale malédiction écrase les cerveaux, entrave les pieds et broie les cœurs d'une multitude d'êtres humains, vous en apprendrez le nom en lisant l'histoire de Marta.

Varsovie était en liesse, bruyante, illuminée. C'était la semaine de Noël. Les lumières allumées en nombre dans les branches vertes des sapins de Noël venaient à peine de s'éteindre, et dans l'air semblaient encore vibrer et joyeusement danser les gammes de rires enfantins et les bruyantes conversations des heureuses familles rassemblées autour de tables décorées pour la fête. Demain un mystérieux invité devait se pointer sur terre : le nouvel an. Les intérieurs des maisons et les vitrines des magasins avaient fière allure. Une épaisse couche de neige tapissait les rues, damée par le gel et étincelant d'un million d'étoiles sous les rayons du soleil qui brillait dans un ciel dégagé.

Des ribambelles de traîneaux filaient dans différentes directions, la

---

[46] Allusion à la pastorale de Jean-Pierre Claris de Florian (1755-1794) « Numa Pompilius Second Roi de Rome », publiée en 1786 en 12 livres, et dédiée à la reine Marie-Antoinette. Le grand-prêtre Tullus, qui a élevé Numa, lui apprend que son père est Pompilius, prince sabin.

foule des piétons envahissait les trottoirs. Autant il y avait de têtes au sein de cette foule bariolée et remuante, autant il y avait d'écheveaux de pensées se dévidant en secret à travers l'espace, se livrant à une invisible traque tous azimuts d'objets proches et lointains, sublimes et terre à terre. Amour, cupidité, adorations, haines, craintes, espoirs, affaires et passions les plus variées, envies et aspirations les plus diverses, se déroulaient et s'entrecroisaient dans les milliers de têtes de la population de la grande ville, laquelle marchait, roulait, courait là où la poussaient les grandioses objectifs de l'existence ou les minuscules finalités du jour. Au milieu de ce brouhaha secret et inaudible à toute oreille de chair, en dessous duquel, comme sur un pont inférieur, évoluaient les paroles et les actes de milliers de gens, il y avait un fil de pensée qui, ignoré et à l'insu de tous, se déroulait en silence dans une humble tête féminine, à laquelle personne ne prêtait attention.

« Deux dizaines[47] par jour… huit zlotys par semaine… ! Dix *grosz* par jour à la femme du gardien pour la garde de Jancia quand je suis chez Szwejcowa… 15 *grosz* pour le pain et le lait de l'enfant… 15 *grosz* pour le repas… et pour le dimanche il ne reste déjà plus rien… ».

Telle était la pensée de Marta marchant lentement et tête basse sur un trottoir du Krakowskie Przedmieście[48].

« Deux mois de loyer coûtent 45 zlotys… à l'épicerie je dois 20 zlotys… en vendant ma fourrure j'ai récupéré 100 zlotys… 60 ôté de cent… 40… Jancia a absolument besoin de chaussures, les miennes se déchirent déjà également… il me faut acheter du bois… la petite a toujours froid… ».

Au terme de cette réflexion Marta fut prise d'une toux sèche, brève mais tenace. Un mois s'était écoulé depuis le jour où pour la première

---

[47] Sans doute deux pièces de dix kopeks soit 40 *grosz*, un kopek valant 2 *grosz* ; en comptant 6 jours de travail par semaine cela fait 240 *grosz*, soit bien 8 zlotys, un zloty valant 30 *grosz*.
[48] Rue « du Faubourg de Cracovie », artère chic de Varsovie débouchant sur la place du Château Royal et la Colonne de Sigismond, à l'entrée Sud de la Vieille-ville.

fois elle avait pris place comme ouvrière dans l'atelier de Szwejcowa. Elle avait beaucoup changé. Sous la blancheur diaphane de son visage transparaissaient çà et là des traînées jaunes, des cernes sombres avaient encerclé ses yeux qui s'étaient enfoncés et agrandis, au milieu de son front admirablement dessiné un profond sillon s'était creusé. La robe noire de Marta, propre et intacte, bien que brunie par l'usage, avait un aspect net, mais passé ; elle ne portait plus ni chapeau sur la tête, ni fourrure sur les épaules. Un châle de laine noir lui couvrait les cheveux, encadrant de plis grossiers son front pâle et ses joues creuses.

La population de la grande ville s'écoulait bruyamment sur le large trottoir de la prestigieuse rue, avec elle s'écoulaient dans l'espace, par milliers, les courants de pensées humaines, parmi lesquels se démenait, toujours et encore, la silencieuse, humble et lancinante pensée de la femme pâle se frayant son chemin à travers la foule.

« Dix *grosz* plus cinq... quinze, plus deux... dix-sept... dix-sept ôté de quarante... vingt-trois... »

Qu'elle était insignifiante, mesquine, sèche, cette pensée ! Elle se traînait par terre quand le ciel d'hiver s'illuminait du plus pur azur, elle se figeait dans le froid des chiffres quand, à l'approche du nouvel an, la population bouillonnait de désirs, de sensations, d'espoirs...

Oui ; c'était en fait un acte psychique, se déroulant à l'intérieur d'un être humain, acte ô combien prosaïque et trivial, c'était le décompte en *grosz*, en piécettes, du pauvre...

Mais les pensées de Marta ne s'étaient pas toujours traînées aussi bas ; il y avait eu une époque où elle aussi levait les yeux vers l'azur, accueillant le cœur battant et avec un sourire d'espoir le nouvel an descendant sur terre. Elle s'en souvint à cet instant. Elle souleva ses paupières et promena son regard alentour. Dans ses yeux, qui ne reflétaient initialement que le tracas résultant de la juxtaposition et de la combinaison de chiffres en *grosz*, s'allumèrent maintenant les lueurs de sentiments montant dans sa poitrine. C'était d'abord de la nostalgie, ensuite du chagrin, et enfin une ardente révolte de son esprit oppressé par une fatalité à laquelle il ne s'était pas encore résigné. Les yeux renfoncés de Marta brillèrent d'un éclat flamboyant, quelque chose en elle se souleva, cria de douleur, gémit d'effroi, se rebella avec la force pas encore épuisée de sa volonté. Elle s'arrêta un instant, releva la tête, et murmura entre ses lèvres tremblantes :

— Non ! Cela ne peut durer ainsi ! Il ne doit pas toujours en être ainsi !

Elle reprit sa marche, cogitant qu'il était pourtant invraisemblable, totalement invraisemblable, que la seule place lui étant assurément destinée ad vitam aeternam fût ce tabouret dans l'atelier de Szwejcowa, sur lequel, dans l'obscurité, l'humidité, l'air sentant le moisi, environnée de visages émaciés qui se meurent, elle passait des journées entières à coudre, ne pouvant même pas en échange gagner de quoi dormir tranquille la nuit, et s'affranchir pendant ses minutes de liberté du règne des chiffres en *grosz*...

Par sa naissance, par tout son passé, elle faisait pourtant partie de la classe des gens instruits, avait toujours été considérée, et se considérait elle-même, comme une femme instruite. Pourquoi donc, quand elle fut victime de la dure main du destin, se retrouva-t-elle, dans la hiérarchie sociale, dans le domaine des tâches, des avantages et des honneurs accordés aux gens, sur cet échelon le plus bas, sur lequel, semblait-il, ne devraient se retrouver que les plus malheureux, les plus sévèrement déshérités des bienfaits des armes et des instruments procurés par l'instruction ? Son instruction souffrirait-elle de quelque infirmité rédhibitoire ? Ne serait-elle qu'un joujou sculpté et décoré en vue de l'amusement d'un esprit tranquille habitant dans un corps repu et contenté, joujou qui se désagrégerait en une poussière inutilisable dès lors que l'esprit désirerait l'employer pour se protéger contre l'épuisement et l'effondrement, et le corps contre la perte de forces utiles à l'esprit ? Cette instruction ne devait-elle être, en définitive, qu'illusion ? L'instruction de Marta, dans son étendue et ses caractéristiques, suscitait des envies sans apporter quoi que ce soit de nature à les satisfaire, attisait en l'esprit la nostalgie des sphères célestes tout en l'enchaînant au sol par les liens d'un corps affamé, ne magnifiait les sentiments du cœur que pour les imprégner d'amertume, les agiter d'une mortelle angoisse...

Marta cogitait tout cela et le ressentait, mais n'extrapolait pas sa pensée ni ses sentiments, ne se rendait pas précisément compte du phénomène très complexe qui présidait à son destin. Elle s'accrochait à sa seule conscience, émanant de son passé, de faire partie des gens instruits, devant qui, assurément, s'ouvraient en grand tant et tant de voies.

Devrait-elle donc pour toujours stationner sur celle au milieu de laquelle elle s'était arrêtée ? N'y aurait-il donc par pour elle d'endroit sur terre autre que celui où elle pénétrait avec honte, auquel, de loin, elle pensait avec effroi ? Elle avait certes imploré Dieu de lui donner un petit endroit sans prétention au soleil, un endroit où pourraient vivre deux êtres humains unis par les liens et les sentiments les plus étroits et les plus sacrés ; mais ce qui, après bien des épreuves et efforts, lui fut alloué, ce n'était pas un endroit au soleil, mais un autre sombre dans lequel deux êtres humains non pas vivaient, mais, enchaînés par les besoins les plus élémentaires, les plus triviaux, cependant jamais satisfaits, n'ayant jamais de fin, se mouraient à petit feu.

Oui, se mouraient à petit feu. Ce n'était en aucune manière une métaphore, mais une affreuse réalité. Il n'y a encore pas si longtemps, Marta, se penchant sur la situation qui était devenue la sienne, et sur les obligations qui pesaient à présent sur son cœur et sa conscience, se répétait en guise d'encouragement et de consolation : « Je suis jeune et en bonne santé ». Aujourd'hui, seule une moitié de cette phrase exprimait la vérité. Elle était jeune, mais plus en bonne santé. Des facteurs physiques et moraux, réunis, formaient une espèce d'invisible scie qui amaigrissait et affaiblissait son corps.

Marta toussait, commençait depuis quelques semaines à ressentir des faiblesses inconnues d'elle auparavant, son sommeil était fiévreux, elle en sortait la tête lourde et la poitrine douloureuse.

C'est ainsi qu'avaient dû commencer leur carrière ces ouvrières, aujourd'hui à moitié mortes, avec des rougeurs de phtisique sur la face. Il n'y a pas longtemps l'une d'elles avait quitté l'atelier de Szwejcowa quelques heures plus tôt que le règlement de l'établissement ne l'autorisait, et n'était plus revenue. Lorsque, le lendemain, Marta s'enquit

d'elle auprès de ses camarades, d'une douzaine de bouches dans la salle s'échappa ce murmure étouffé, mais non moins déchirant :
— Elle est morte !

Morte ? Et pourtant Marta savait qu'elle avait à peine vingt-six ans et que quelque part sous les toits ou dans un sous-sol, vivaient et attendaient tous les jours son retour deux petits enfants...

— Que sont devenus ses enfants ? — demanda avec une fiévreuse curiosité à ses camarades la jeune mère d'une jolie petite fille aux yeux noirs.

La réponse qu'elle obtint résonna âprement, sauvagement, à son oreille :

— La petite fille est allée à l'orphelinat, le garçon a disparu quelque part.

A l'orphelinat ? Et donc aux bons soins de la charité publique, aux mains d'étrangers, pour un avenir incertain. Disparu ? Où a-t-il pu passer ? Dans sa naïveté d'enfant il a peut-être cherché sa mère, qu'on a descendue de sa mansarde là-haut, et dans les rues enneigées par une nuit glaciale est mort quelque part en silence, recouvert du linceul d'une blanche congère, ou bien, horreur !, ayant rejoint d'autres parias de la société de son âge...

Marta ne put penser plus longtemps à cette sinistre histoire, qui reflétait peut-être son propre avenir. Son avenir à elle ? Ah, peu lui importait ! Les êtres qui lui étaient chers n'étaient déjà plus de ce monde, elle se sentait lasse, mortellement triste et aurait peut-être fermé les yeux avec plaisir pour un sommeil éternel qui, sa foi le lui promettait, la réunirait à ceux dont son cœur blessé se languissait ! Mais l'avenir de son enfant... quel sera-t-il, quel peut-il être si elle vient à manquer sur terre, si un jour apparaissent sur ses joues les mêmes rougeurs enflammées, injectées de sang, si son front s'inonde de la même pâleur cadavérique, si le souffle vient à lui manquer comme à cette pauvre ouvrière qui, il y a peu de jours, quitta l'atelier de couture de Szwejcowa d'un pas chancelant, pour ne plus jamais revenir...

Marta, le corps quelque peu penché vers l'avant dans sa réflexion, se redressa.

— Non ! — dit doucement, mais avec force, la jeune femme. — Il ne peut en être ainsi ! Il ne doit pas en être ainsi !

En disant cela, elle ressentait visiblement l'envie innée à chaque être humain de s'extirper du malheur, et le droit de chaque être humain à l'amélioration, l'élévation de son niveau de vie.

Marta promena autour d'elle un regard dans lequel énergie et esprit d'initiative étaient réapparus à la place du désarroi et de la lassitude d'il y a un instant. Plein de choses l'entouraient de partout, son regard s'arrêta sur l'un d'elles. Il se fixa sur la large et haute vitrine richement pourvue de l'une des librairies les mieux achalandées de la ville. A la vue des quelques dizaines de volumes dont les couvertures de toutes couleurs apparaissaient derrière les vitres transparentes, la jeune femme éprouva trois sensations différentes, à savoir : réminiscence du passé, nostalgie et espoir. Elle se souvint de ces jours heureux où, au bras de son mari jeune et instruit, elle fréquentait parfois cet endroit. Elle éprouva la nostalgie des plaisirs intellectuels raffinés auxquels elle avait goûté jadis de temps à autre, dont elle était complètement sevrée depuis longtemps, et qui sur le sombre fond de sa vie actuelle s'illuminèrent pour elle d'une indicible séduction ; et enfin elle distingua quelques noms de femmes imprimés en dessous des titres des livres. De ces noms, l'un d'eux appartenait à une personne qu'elle avait connue jadis, chez qui personne n'avait soupçonné de talent jusqu'à ce qu'elle l'eût révélé, et cela encore avec un succès progressif, très long à s'affirmer. Et pourtant son nom figurait maintenant en bonne place parmi de nombreux noms réputés, illustres, d'écrivains nationaux, à présent cette femme, dont Marta savait qu'elle était seule comme elle, pauvre comme elle, avait sa place au soleil, était respectée des gens et d'elle-même…

— Qui sait ? — murmura la femme entre ses lèvres tremblantes, et son visage blême s'empourpra entre les plis de laine noire qui l'encadraient lugubrement.

Elle s'avança de quelques pas et s'arrêta devant la porte de la librairie. Elle jeta un regard à travers les vitres et aperçut son propriétaire au fond d'une grande salle. C'était un visage bien connu d'elle à l'époque, qu'elle voyait fréquemment aux temps prospères, un visage exprimant la réflexion, l'honnêteté, la gentillesse…

La sonnette tinta à la porte vitrée, Marta entra dans la librairie. Elle s'arrêta un instant après avoir franchi le seuil, jeta un regard rapide, quelque peu inquiet, alentour. Elle craignait certainement de trouver des clients dans la librairie, en présence desquels il lui serait impossible de dire ce qui l'amenait.

Le libraire était seul, occupé derrière son comptoir à faire des comptes dans un grand livre ouvert sur un petit support. Il leva la tête à l'ouverture de la porte et, voyant la femme entrer, adopta une posture mi accueillante et mi expectante. Marta s'avança lentement et s'arrêta devant cet homme qui, visiblement, attendait qu'elle dise le premier mot.

Pendant quelques secondes ses paupières restèrent baissées, et ses lèvres pâles tremblaient légèrement. Mais elle releva vite son regard sur le visage du libraire, un regard dans lequel s'étaient présentement concentrées toutes les forces de sa volonté et toute sa présence d'esprit.

— Vous ne me reconnaissez pas ? — prononça-t-elle à voix basse, mais fermement.

Depuis le moment même de son entrée, le libraire l'avait observée avec une grande attention.

— Mais bien sûr ! — s'écria-t-il. — Que nous vaut le plaisir de votre visite, madame Świcka ? Il me semblait bien vous avoir tout de suite reconnue, mais… je n'étais pas sûr.

Ce disant, il toisa d'un rapide regard la pauvre tenue de la jeune femme.

— Qu'y a-t-il pour votre service ? — dit-il aimablement, avec une pointe de tristesse dans la voix.

Marta garda le silence un moment. Le visage très pâle, le regard profond et immobile, elle commença à parler :

— Je suis venue vous faire une demande qui vous paraîtra certainement singulière, bizarre…

Sa voix s'interrompit soudain. Elle leva les deux mains et se les passa sur son front blême. Le libraire sortit vite de derrière son comptoir et glissa à la jeune femme un tabouret recouvert de velours, puis revint à sa place.

Il paraissait attristé, et plus encore confus.

— Asseyez-vous, je vous prie — dit-il. — Je vous écoute avec attention…

Marta ne s'assit pas. Elle appuya ses mains entrelacées au comptoir et posa derechef sur le visage de l'homme devant elle son regard profond, mais de plus en plus lumineux.

— La demande qui m'amène est en effet singulière, bizarre — disait-elle — mais… je me suis souvenue que vous aviez été jadis ami de mon mari…

Le libraire s'inclina.

— Oui — l'interrompit-il — monsieur Świcki a laissé un souvenir amical et plein de respect à tous ceux qui l'ont connu de près.

— Je me souviens — poursuivait Marta — avoir eu le plaisir de vous recevoir plusieurs fois chez moi…

Le libraire s'inclina derechef respectueusement.

— Je sais que vous n'êtes pas uniquement libraire, mais aussi éditeur… et que par conséquent…

Sa voix faiblissait et s'éteignait progressivement, elle se tut un instant. Soudain elle leva à nouveau la tête, avança quelque peu ses mains entrelacées et respira profondément plusieurs fois.

— Donnez-moi un travail… montrez-moi le chemin… enseignez-moi ce que je dois faire !...

Le libraire parut en effet quelque peu étonné. Pendant un moment il regarda la femme qui se tenait debout devant lui avec des yeux sévères, presque inquisiteurs. Mais le beau et jeune visage de Marta ne présentait pas, pour le moins, d'énigme difficile à déchiffrer. La misère, l'inquiétude, de vains désirs et une ardente imploration l'avaient marqué de stigmates très lisibles. Les yeux gris, intelligents, du libraire, qui sous son front de patricien avaient d'abord observé Marta avec insistance et même un peu sévèrement, s'adoucissaient petit à petit jusqu'à se voiler de leurs paupières, tristes et songeurs. Le silence s'établit pendant un moment entre ces deux personnes. Le libraire fut le premier à le rompre.

— Ainsi donc — dit-il avec un brin d'hésitation dans la voix — monsieur Świcki en mourant ne vous a laissé aucun patrimoine ?

— Aucun ! — répondit doucement Marta.

— Vous aviez un enfant…

— J'ai une petite fille…

— Et vous n'avez pu trouver aucun emploi pour vous jusqu'à présent ?

— Si… je fais de la couture, ce qui me rapporte quarante *grosz* par jour…

— Quarante *grosz* par jour ! — s'exclama le libraire. — Pour deux personnes ! Mais, c'est une misère !

— Une misère — répéta Marta. — Si ce n'était qu'une misère pour moi et pour moi seule, et pour laquelle il n'est point de remède sur cette terre ! Oh, croyez-moi, monsieur, je pourrais alors souffrir sans broncher, vivre sans mendier, et mourir sans me plaindre ! Mais je ne suis pas seule, je suis mère ! Si je n'avais pas un cœur de mère aimant, j'entendrais en moi la voix de ma conscience me rappelant mon devoir ; si je n'avais pas de conscience aimante, j'entendrais la voix de mon cœur. J'ai l'un et l'autre, monsieur ! Le désespoir me gagne quand je vois le visage amaigri de mon enfant, quand je pense à son avenir, mais quand je songe que jusqu'à présent j'ai été incapable de faire quoi que ce soit pour elle, j'ai tellement honte que je voudrais sans cesse tomber face contre terre et me rouler la tête dans la poussière ! Car, enfin, il existe bien des gens pauvres qui s'extirpent, eux et leurs enfants, du malheur, pourquoi donc suis-je incapable de le faire ? Ah, monsieur ! La misère est certes pénible à supporter, mais se sentir impuissante face à elle, s'attaquer à tout, et de partout s'en aller avec le sentiment de sa propre incapacité, souffrir et voir souffrir aujourd'hui un être cher en pensant que cette souffrance va durer demain, après-demain, toujours, et se dire : « Je ne peux rien contre cette souffrance » — ah, c'est là une torture pour laquelle il n'est d'autre nom que : la vie d'une femme pauvre !

Marta avait prononcé ces paroles d'un seul jet et avec fougue. Aux dernières phrases sa voix baissa d'intensité et deux filets de larmes inondèrent ses joues avec une violence impossible à réprimer. Elle voila son visage de son châle et pendant un moment resta immobile, luttant manifestement contre ses larmes qui ne voulaient pas s'arrêter de couler, étouffant des sanglots qui secouaient de plus en plus fort sa poitrine. C'était la première fois qu'elle s'était mise à pleurer devant un témoin, la première fois qu'elle avait énoncé tout haut dans une plainte ce qu'elle portait en elle depuis longtemps. Elle n'était plus ni aussi forte, ni aussi fière qu'alors, lorsque chez les Rudziński, l'œil sec et le visage tranquille, elle renonçait volontairement à un travail qu'elle ne pouvait accomplir.

Le libraire se tenait debout derrière son comptoir, les bras croisés, immobile. Rendu d'abord un peu confus par la violente explosion de sentiments dont il était témoin, il fut visiblement gagné par l'émotion après un moment.

— Mon Dieu ! — dit-il à mi-voix. — Que le sort des hommes est versatile sur cette terre ! Vous connaissant d'avant, pouvais-je m'attendre à vous voir un jour dans cet état de tristesse et de pauvreté ? Vous viviez tellement à l'aise, vous faisiez un couple si aimant, si heureux.

Marta enleva le châle de son visage.

— Oui — dit-elle d'une voix étouffée — j'étais heureuse… Quand l'homme que je chérissais est décédé, j'ai cru que je ne lui survivrais pas… J'ai survécu… Le chagrin et la tristesse me sont restés, taraudants, non cicatrisés, mais j'ai cherché à soulager mon cœur mortellement blessé par l'accomplissement de mon devoir de mère, et n'ai pu jusqu'à présent l'accomplir. Seule et triste, je suis partie dans le vaste monde pour lutter et gagner un peu de tranquillité pour moi et, pour mon enfant, assurer sa vie et son avenir — en vain…

Le libraire fixait le vide, ses yeux étaient sérieux et songeurs. Il avait une nombreuse famille. Il était frère, mari et père. Il se peut qu'à l'évocation de Marta lui soient apparus les visages de ses femmes bien-aimées : sa jeune sœur, sa mignonne fillette, sa chère épouse.

Chacune d'entre elles ne risquait-elle pas un jour de subir le même sort que celui qui se tenait devant lui en la personne de cette femme esseulée, sans abri, le cœur endolori et les lèvres brûlant d'une fièvre provoquée par la faim et le désespoir ? N'avait-il pas lui-même évoqué il y a un instant la cruelle versatilité du sort !

Son regard lentement s'abaissa sur le visage de Marta, il lui tendit la main.

— Calmez-vous, madame — dit-il doucement et gravement. — Je vous prie de vous asseoir et de vous reposer un instant. Vous ne m'en voudrez pas si, désirant vous être utile, je vous demande quelques indispensables détails. Avez-vous déjà essayé un autre travail que celui qui vous rapporte une si misérable rémunération ? Pour quel emploi vous sentez-vous la mieux faite, la mieux qualifiée ? Le sachant, peut-être imaginerai-je … trouverai-je quelque chose…

Marta s'assit. Les larmes avaient séché sur son visage, ses yeux exprimaient ce bon sens et cette lucidité qui leur étaient propres toutes les fois que la jeune femme concentrait les forces de sa volonté et de son esprit. L'espoir avait pénétré son cœur ; elle avait compris que sa concrétisation dépendait de l'entretien qu'elle devait passer ; elle se sentit derechef enhardie et paraissait tranquille.

Cet entretien, pourtant, ne dura pas longtemps. Marta parlait sincèrement, mais avec concision, ne s'arrêtant que sur des faits de son passé. Sous l'emprise du sentiment de fierté qui s'était de nouveau réveillé en elle, elle parla peu, sinon pas du tout, de son vécu personnel. Le libraire la comprenait à merveille. Son œil exercé ne quittait pas son visage, mais on voyait qu'à travers le récit de la jeune femme il percevait davantage que son cas et son sort personnels.

Les grands problèmes sociaux, la grande injustice, peut-être, rongeant le corps social, s'offrirent à la réflexion de cette homme bon et instruit, alors qu'il écoutait avec attention, intérêt et émotion l'histoire de cette femme pauvre, incapable de se trouver une place sur terre en dépit de son énergie, de ses efforts, de la peine qu'elle se donnait.

Marta se leva de son tabouret, sur lequel elle était restée assise pendant quelques minutes, et, tendant la main au libraire, dit :

— Je vous ai tout dit. Je n'ai pas eu honte de vous avouer les déceptions que j'ai rencontrées jusqu'à présent, car si mes forces m'ont trahie, mes intentions étaient honnêtes. J'ai fait tout ce qui était en mon pouvoir et en mon savoir. Tout mon malheur vient de ce que mon pouvoir était limité, et mon savoir insuffisant en tout. Cependant mes tentatives à ce jour n'ont pas encore couvert tout l'éventail des multiples activités humaines, peut-être y trouverai-je encore mon bonheur. Puis-je avoir quelque espoir ? Dites-le-moi sincèrement et sans hésiter, je vous en prie au nom de celui à qui vous avez jadis accordé votre amitié et qui à présent n'est plus, et au nom des êtres qui vous sont chers…

Le libraire serra la main tendue. Sa poignée de main était chaleureuse et cordiale. Après un instant de réflexion, il commença :

— Puisque vous m'avez enjoint d'être sincère, je dois vous dire une triste vérité. L'espoir pour vous d'améliorer votre sort en travaillant ne peut être que mince et des plus incertains ! Vous avez évoqué l'éventail des activités humaines. Mais l'éventail des activités humaines dans leur ensemble et l'éventail des activités féminines ont, quant à leurs ouvertures respectives, des amplitudes infiniment différentes. Vous avez presque complètement épuisé le second lors de vos essais infructueux.

Marta écoutait ces paroles les yeux baissés, immobile. Le libraire lui portait un regard plein de compassion.

— Je vous ai dit tout cela pour que vous ne vous leurriez pas d'un espoir démesuré et ne connaissiez une nouvelle déception, peut-être plus douloureuse que les autres. Je ne voudrais pas cependant que vous sortiez d'ici en pensant que je n'ai pas voulu vous tendre une main secourable. Vous avez été, madame, pendant cinq années la compagne de vie de tous les jours d'un homme instruit, cela a beaucoup d'importance ; je sais que vous aviez l'habitude, par les soirées d'automne et d'hiver, de lire ensemble, vous avez dû de ce fait emmagasiner une petite réserve de connaissances. Par ailleurs, permettez-moi de vous dire que votre façon de vous exprimer ainsi que votre vision de la vie témoignent d'un esprit qui n'est pas complètement en jachère. C'est pourquoi je pense que vous pourriez et devriez tenter un travail dans un nouveau domaine encore.

Sur ces dernières paroles le libraire prit sur une étagère un livre de petites dimensions. Les yeux de Marta s'illuminèrent.

— C'est un petit ouvrage récent d'un penseur français, dont la traduction pourrait s'avérer utile à notre clientèle et à mes affaires. J'avais l'intention de la confier à quelqu'un d'autre, mais à présent je suis heureux de pouvoir grâce à elle rendre service à l'épouse de notre cher et regretté monsieur Jan…

Ce disant, le libraire enveloppait dans du papier le petit volume de couleur bleu ciel.

— C'est un ouvrage traitant d'un des problèmes sociaux du moment ; écrit clairement, accessible, il ne devrait pas être trop difficile à traduire. Et pour que vous sachiez à quoi vous en tenir, je peux vous préciser que les honoraires (pardonnez-moi ce terme administratif) que je pourrai vous accorder seront de six cents zlotys. Si ce type de mission vous convient, il se trouvera peut-être même quelque chose d'autre à traduire dans un deuxième temps. Pour finir, je ne suis pas le seul éditeur sur la place et, pour peu que vous vous fassiez un nom dans la traduction, on fera appel à vous ici et là. A propos de l'allemand, vous m'avez dit que vous le maîtrisiez très peu. C'est dommage. Les traductions d'allemand seraient plus demandées et mieux rémunérées. Mais si vous réussissez une ou deux missions, vous aurez peut-être les moyens de prendre quelques dizaines de leçons… le jour vous traduirez des œuvres françaises, la nuit vous vous perfectionnerez dans la langue des Teutons… c'est ainsi que les femmes doivent travailler. Pas à pas et *self-help*.

Marta prit en tremblant le livre qu'on lui tendait.

— Monsieur ! — dit-elle en serrant dans ses deux mains celle du libraire. — Que Dieu vous récompense en accordant le bonheur à ceux que vous aimez.

Elle n'était pas en état d'en dire davantage, et se retrouvait déjà dans la rue quelques secondes plus tard. Elle marchait maintenant d'un pas alerte. Elle pensait avec attendrissement au comportement généreux du libraire à son égard, à l'obligeance et la serviabilité dont il avait fait preuve vis-à-vis d'elle. De cette réflexion se dégagea une autre idée.

« Mon Dieu — se dit in petto la jeune femme — je rencontre tellement de gens bienveillants sur mon chemin, pourquoi donc la vie m'est-elle si pénible ? »

Le livre qu'elle emportait lui brûlait les mains. Elle eût voulu rejoindre sa chambrette à la vitesse d'une flèche pour feuilleter ce livre qui allait peut-être la sauver. En chemin cependant elle entra dans une modeste boutique de chaussures et acheta une paire de tout petits souliers. Quand finalement elle eut pénétré en courant sous la porte cochère du grand immeuble de la rue Piwna, elle ne monta pas directement les escaliers, mais se dirigea au fond de la cour vers la petite porte du logement du gardien. C'est là, en effet, que Jancia passait tous les jours les longues heures pendant lesquelles Marta cousait dans l'atelier de Szwejcowa, sous la garde rémunérée par Marta de la femme du gardien. Ces derniers temps, des changements étaient intervenus dans la physionomie de l'enfant, encore plus importants et plus profonds que dans celle de sa mère. Les joues de Jancia s'étaient creusées et revêtues d'un jaune maladif ; sa robe de deuil, brunie et en quelques endroits déchirée, pendait sur son petit corps amaigri, ses yeux noirs s'étaient agrandis, avaient perdu leur éclat et leur vivacité d'antan, et exprimaient cette doléance muette, douloureuse, qui caractérise le regard d'enfants meurtris physiquement et moralement.

Voyant sa mère, Jancia ne se jeta pas à son cou, ne babilla pas comme avant, ne frappa pas dans ses menottes. La tête basse, ses maigres petits bras glacés enfoncés dans le châle de laine qui l'emmitouflait, elle entra en compagnie de sa mère dans la mansarde et s'assit vite par terre devant la cheminée vide, recroquevillée et prostrée. Marta posa le livre sur la table et sortit quelques bûches de derrière le poêle. Jancia la suivait du regard de ses yeux dilatés et éteints.

— Tu ne vas plus sortir aujourd'hui, maman ? — dit-elle après un moment, sur un ton amorti et sérieux qui contrastait de façon flagrante avec cette menue figure enfantine.

— Non, mon enfant — répondit Marta. — Je ne vais plus sortir nulle part aujourd'hui. Demain c'est une grande fête et cet après-midi on ne nous a pas commandé de venir.

Ce disant, Marta plaça les bûches dans la cheminée et, s'agenouillant, voulut embrasser sa petite fille.

Mais à peine lui eut-elle touché l'épaule qu'un cri aigu de douleur s'échappa des lèvres de Jancia.

— Qu'as-tu donc ? — s'écria Marta.

— J'ai mal ici, maman ! — répliqua l'enfant, sans manifester de plainte, mais très bas.

— Tu as mal ! Pourquoi ? Depuis quand ? — interrogeait la mère avec inquiétude.

Jancia se taisait et restait assise sans bouger, les yeux baissés. Seules ses petites lèvres pâles tremblaient légèrement, comme il en est d'habitude avec les enfants qui s'efforcent de ne pas fondre en larmes. Le silence obstiné de l'enfant inquiétait Marta peut-être davantage que la douleur qui s'était manifestée. Elle dégrafa vite le petit corsage qui flottait sur le corps de l'enfant et dégagea l'un de ses bras. Sur l'épaule maigre, blanche, que la main de la mère avait dénudée, apparaissait une sombre tâche violacée. Marta joignit les mains convulsivement. Une pensée horrible avait dû lui passer par la tête.

— Es-tu tombée ou t'es-tu cognée ? — demanda-t-elle doucement, les yeux rivés sur la marque sombre.

Jancia resta encore un moment silencieuse, mais soudain releva ses paupières baissées et découvrit ses yeux embués de larmes. Elle continuait cependant à se retenir de pleurer, sa petite poitrine se faisait violence, ses petites lèvres fines tremblaient comme des feuilles.

— Maman — chuchota-t-elle après un moment en se penchant vers sa mère — aujourd'hui j'étais assise là-bas, près du poêle... j'avais froid — Antoniowa[49] portait de l'eau à chauffer... elle a accroché ma robe, a renversé l'eau et de colère elle m'a frappée fort... très fort...

Elle prononça ces derniers mots très bas et, tremblant de tout son

---

[49] La femme d'Antoine.

corps, blottit sa tête et sa poitrine contre la poitrine de sa mère. Marta n'émit ni plainte ni cri ; son visage parut comme pétrifié pendant un moment, mais ses lèvres blêmies se pinçaient de plus en plus fort et ses yeux fixant le vide irradiaient une lumière de plus en plus vive, de plus en plus sinistre.

— Ah ! — finit-elle par gémir, prenant son front brûlant entre ses mains jointes. Dans ce bref gémissement vibraient une sourde colère et une douleur sans bornes. Pendant plusieurs minutes la mère et l'enfant formèrent un groupe de deux poitrines, étroitement serrées l'une contre l'autre, de deux visages, dont l'un, celui de la femme, se penchait avec des yeux secs, brûlant d'un lugubre éclat, sur l'autre, enfantin, tout pâle et inondé de larmes. Après un moment seulement, Marta ôta les mains de son front pour les porter à la tête de sa fille. Elle dégagea de son front ses cheveux emmêlés, essuya les larmes de ses maigres joues, reboutonna sur sa poitrine son petit corsage, réchauffa dans ses mains ses menottes glacées. Elle accomplit tout cela en silence. A plusieurs reprises elle ouvrit la bouche comme pour dire quelque chose, mais la voix certainement lui manqua. Finalement elle se releva et souleva Jancia. Elle l'assit sur le lit et sortit de sa poche les petits souliers enveloppés dans du papier.

Sur ses lèvres flottait à présent un sourire, un étrange sourire ! Il y avait dedans quelque chose d'artificiel, mais en même temps quelque chose de sublime : à côté d'un insigne effort de volonté, on y percevait l'amour et le courage d'une mère transfigurant sa propre douleur en sourire pour en assécher les larmes de son enfant…

La journée était finie, les horloges de la ville annoncèrent minuit, dans la mansarde la lampe brûlait toujours ; cette pièce avait à présent un aspect encore plus triste que lorsque la jeune veuve en franchit le seuil pour la première fois. Il n'y avait plus ni armoire ni commode, ni les deux mallettes en cuir. La locataire avait rendu au régisseur de l'immeuble les deux premiers meubles ainsi que les deux chaises neuves, n'ayant plus les moyens d'en payer la location, et avait vendu les deux autres aux jours de grand froid afin de se procurer du combustible avec l'argent de leur vente. Ne restaient dans la pièce que le lit, sur lequel dormait présentement Jancia, enveloppée dans le châle noir de sa mère, deux chaises bancales et une petite table peinte en noir. Sous le flot de lumière blanche de la lampe, encadré par les tresses de son épaisse chevelure noire, le visage de la femme assise à la table détachait dans la pénombre ses magnifiques et sévères contours. Marta ne s'était pas encore mise à l'œuvre, bien que tous les composants de son futur travail fussent réunis devant elle : livre, papier, plume. Mais un rêve irrépressible, irrésistible, s'était emparé d'elle. De brillantes perspectives s'étaient inopinément ouvertes devant elle, elle ne pouvait en détacher son regard fatigué par l'obscurité. Elle n'était plus aussi confiante que lorsque, à cette même table, elle s'asseyait avec un crayon à la main, mais n'avait pas assez de force pour écouter le murmure de ses doutes. Ils existaient en elle, ces murmures, mais elle en détournait son oreille, ne cessant en revanche de la tendre aux paroles du libraire qui monopolisaient son esprit. Ces paroles se dévidaient en un long fil de rêveries dorées de la femme, de la mère. Pouvoir accomplir un travail agréable, bien que difficile, qui vous élève l'esprit et répond à ses besoins les plus profonds, quel bonheur ! Gagner en quelques semaines six cents zlotys — quelle fortune ! Une fois devenue riche, grande dame, la première chose qu'elle ferait serait d'engager une brave servante, assez âgée, qui aurait des enfants à elle, ou du moins les aimerait, et pourrait donc garder Jancia avec sollicitude, en personne raisonnable. Ensuite… (là Marta se demanda si elle ne rêvait pas trop) ensuite elle quitterait peut-être cette pièce nue, froide, sinistre, où elle-même se sentait si triste, pièce si malsaine pour son enfant, pour louer quelque part dans quelque rue petite, mais propre, calme, deux petites pièces bien chauffées, sans humidité, ensoleillées… Ensuite… si elle se faisait un nom dans la traduction et était sollicitée çà et là, si ces six cents zlotys, cette somme gigantesque, lui arrivaient de nombreuses fois dans les mains, elle trouverait des professeurs de langues et de dessin, apprendrait, oh oui ! apprendrait jour et nuit, sans repos, avec ardeur et patience, car c'est bien ainsi que doit travailler une femme, pas à pas et ne comptant que sur ses propres forces… Ensuite… Jancia deviendrait adolescente.

Avec quelle vigilance son œil maternel traquerait et détecterait ses capacités innées, afin de n'en laisser aucune en friche, mais bien de façonner à partir de chacune d'elles, pour la femme qu'elle sera, un trésor pour son esprit et une arme dans sa lutte pour la vie... Les études de Jancia, sa formation, la vigueur, le bonheur et la sécurité de tout son avenir seront le fruit du travail de sa mère... Avec quelle tranquillité alors elle fermera les yeux pour un sommeil réparateur, avec quel plaisir elle les rouvrira tous les matins, accueillant une nouvelle journée de labeur et de devoirs, mais aussi de tranquillité et de contentement ! Avec quelle fierté alors elle prendra place parmi les gens, sentant qu'elle leur est égale en force et dignité humaine, avec quel allègement et bienheureux attendrissement au cœur elle s'agenouillera sur la tombe de l'homme qu'elle a aimé et dira à son image éternellement présente à ses yeux : « J'ai été digne de toi ! Je n'ai pas succombé au mauvais sort ! J'ai évité de mourir de faim et de vivre de mendicité ! J'ai réussi à offrir une protection et à élever pour l'avenir ton enfant et le mien ! ». Ensuite...

Là le regard de Marta tomba sur le petit tableau fixé au mur à côté d'elle. C'était ce dessin que des employeurs avaient refusé et lui avaient retourné. Elle en avait décoré la pauvre chambrette nue, et à présent y noyait en silence son regard enfiévré. La maisonnette villageoise, l'arbre déployant ses branches, les oiseaux chantant au-dessus d'un buisson de lilas, l'air cristallin de la campagne et le profond silence des champs odorants... Ah, mon Dieu ! Si elle pouvait gagner suffisamment, suffisamment pour qu'un tel petit coin modeste, dans la fraîcheur et la verdure, puisse devenir sa propriété ! Elle serait alors une femme d'âge avancé ; une petite brise susurrant dans les branches rafraîchirait son front éreinté par les épreuves de la vie, ses yeux fatigués s'abreuveraient de la couleur de la végétation nouvelle, et le petit oiseau qui chantait lorsqu'elle était au berceau lui chanterait, au-dessus de sa tête s'endormant pour un sommeil éternel, son dernier chant terrestre.

C'est ainsi que rêvait la femme pauvre. Cette nuit-là dans la mansarde la lampe resta allumée jusqu'au point du jour. Marta lisait le livre en langue étrangère qu'on lui avait demandé de traduire. Elle lut d'abord lentement, avec attention, puis avec enthousiasme, avec un intérêt quasiment fébrile. Elle comprit la pensée de l'auteur, le thème de l'œuvre pénétra son esprit, s'affichant clairement et nettement devant ses yeux. Sa compréhension devenait comme un cercle élastique, circonscrivant un ensemble de plus en plus étendu, de plus en plus complet ; l'intuition, ce don rare et éminent qui fait de l'homme un demi-dieu, émergea des profondeurs de l'esprit de la jeune femme, lui soufflant à l'oreille le sens des termes qu'elle ne connaissait pas.

Le jour pointait lorsque Marta éteignit la lampe et se saisit de la plume. Elle écrivait, arrachant de temps à autre son regard à la feuille de papier pour le diriger du côté de la pièce où se trouvait le lit avec l'enfant endormi. A la lumière blafarde de ce petit matin d'hiver Jancia paraissait pâle et souffrante. Quand le premier rayon de soleil pénétra dans la pièce elle ouvrit les yeux. Alors sa mère se leva, s'agenouilla près du lit et, entourant de son bras le petit corps de l'enfant à moitié endormie, reposa sur l'oreiller sa tête fatiguée, brûlante de fièvre.

Au même moment monta le vacarme de l'animation urbaine. Les véhicules se mirent à gronder, les cloches des églises à sonner, les conversations, rires et cris à fuser. Varsovie accueillait le nouvel an.

***

Six semaines s'étaient écoulées depuis le jour où Varsovie accueillait le nouvel an. A une heure de l'après-midi Marta, comme d'habitude, quitta l'atelier de couture pour rentrer chez elle et préparer son repas ainsi que celui de son enfant. Elle embrassa Jancia qui, triste et abattue dans la loge étriquée du gardien, s'animait quelque peu à la vue de sa mère ; ayant mis à chauffer sur le petit poêle la gamelle avec la nourriture, la jeune femme ouvrit le tiroir de la petite table et en sortit une douzaine d'*arkusz*[50] de papier. C'était la traduction complète

---

[50] Grande feuille correspondant environ à 4 feuilles d'un format type A4.

de l'ouvrage en français. Elle avait travaillé cinq semaines à sa réalisation, et une semaine à sa recopie. Elle parcourait à présent, le sourire aux lèvres, les feuilles couvertes d'une écriture régulière et nette.

Pendant tout ce temps, de nouveaux changements étaient intervenus dans sa physionomie, mais tout à fait différents des précédents. Elle travaillait doublement, car à la fois le jour et la nuit. Elle cousait pendant dix heures le jour, écrivait pendant neuf heures la nuit, passait une heure à parler à son enfant, et dormait quatre heures. Ce n'était certes pas un mode de vie répondant en tous points aux principes de l'hygiène, et pourtant les traînées d'un jaune maladif avaient disparu du visage de Marta, son front était redevenu lisse, et ses yeux avaient retrouvé leur éclat d'antan. Elle toussait plus rarement, avait l'air de bien se porter, presque guillerette. Son esprit, baigné de tranquillité et ragaillardi par l'espoir, avait raffermi son corps qui auparavant s'affaissait, une estime de soi de bon aloi avait redressé sa taille svelte et rendu la sérénité à son front. Après avoir préparé et pris son repas se composant d'un seul plat d'une extrême simplicité et d'un morceau de pain noir, Marta enveloppa le manuscrit qu'elle venait de feuilleter dans une fine feuille de papier blanc. Elle procédait avec un soin tout particulier, avec une application et en même temps un profond plaisir intérieur qui se lisaient sur son visage. Deux heures sonnèrent à l'un des campaniles de la ville. Marta reconduisit Jancia dans la loge du gardien et sortit. A trois heures il lui fallait rejoindre sa place habituelle dans l'atelier de couture de Szwejcowa, et elle voulait encore passer auparavant à sa librairie.

Le libraire-éditeur se trouvait comme à l'accoutumée derrière son comptoir, occupé à inscrire des chiffres et des notes dans son grand livre. A l'entrée de Marta il leva la tête et salua très aimablement l'arrivante.

— Vous avez déjà fini votre travail — dit-il, prenant le manuscrit des mains de Marta. — C'est bien, je l'attendais avec impatience. C'est le moment ou jamais d'éditer cet ouvrage... Un sujet d'actualité, brûlant, ne peut attendre... Aujourd'hui il intéresse tout le monde, demain il peut lui être indifférent. Je vais me dépêcher de parcourir le manuscrit. Veuillez venir demain à la même heure, je pourrai vous dire ce qu'il en est.

Ce jour-là Marta ne fit pas grand-chose à l'atelier de Szwejcowa. Elle s'efforçait de réaliser au mieux ce qu'en dépit de tout elle considérait comme étant son devoir, mais en était incapable. Ses mains tremblaient, un brouillard sombre voilait ses yeux par moments, son cœur battait la chamade, lui bloquant la respiration dans sa poitrine. Maintenant, en ce moment même peut-être, le libraire-éditeur déroulait son manuscrit, le lisait... parcourait peut-être la cinquième page... Ah ! Pourvu qu'il la parcoure rapidement, car là justement figure un passage qui, le plus difficile à comprendre, était le moins bien rendu dans sa traduction... en revanche la fin du manuscrit, ses dernières feuilles, sont superbement traduites... En les rédigeant, Marta s'était sentie emportée par une réelle inspiration, la pensée du maître se reflétait dans ses phrases comme l'auguste visage du sage dans un miroir argentin... L'horloge dans l'appartement de Szwejcowa sonna les neuf heures, les ouvrières s'égaillèrent, Marta rentra chez elle. A minuit elle imaginait que le libraire-éditeur devait justement à cette heure être en train de refermer, après l'avoir lu, le cahier qu'elle avait couvert de son écriture.

Que n'eût-elle donné pour voir à cet instant la mine qu'il faisait ? Est-elle satisfaite ou morose, sévère ou prometteuse ? La lumière blafarde du jour pointant dans la pièce trouva Marta adossée à son oreiller, contemplant de ses yeux qui ne s'étaient pas fermés un seul instant de la nuit un carré de ciel à travers les petits carreaux. Dans ces yeux, grand-ouverts, immobiles sous son front pâle, se lisait une immense imploration, il en jaillissait une muette, mais ardente prière. A huit heures, elle devait comme à l'accoutumée se rendre à l'atelier de couture, mais ses jambes tremblaient tellement sous elle, sa tête était si brûlante et sa poitrine si douloureuse qu'elle se laissa tomber sur un tabouret, se prit la tête dans les mains et se dit :

— Je ne peux pas...

En se relevant, en peignant ses longs cheveux soyeux, en revêtant sa robe de deuil défraîchie, en préparant le déjeuner pour son enfant, et même en parlant avec Jancia, elle avait toujours une seule idée en tête : « Acceptera-t-il mon travail, oui ou non ? Suis-je capable de faire ce genre de travail, oui ou non ? ». « Beaucoup, pas du tout » — murmurait la belle Gretchen, arrachant les uns après les autres les pétales blancs comme neige d'un aster des champs. « Capable, pas capable » — pensait la femme pauvre en allumant dans la cheminée deux malheureuses bûches, en faisant cuire leur misérable pitance, en balayant la sinistre pièce, et en blottissant contre sa poitrine son pâle enfant chéri. Qui pourra vraiment dire en laquelle de ces deux femmes perplexes résidait le drame le plus profond, le plus horrible, laquelle le sort, par sa réponse, devait fracasser le plus cruellement, laquelle des deux était la plus malheureuse et, moins exigeante vis-à-vis du monde, la plus sévèrement menacée ?

Vers une heure de l'après-midi Marta était de nouveau sur le trottoir du Krakowskie Przedmieście. Plus elle se rapprochait de son but, plus elle ralentissait le pas. Déjà elle se trouvait devant la porte de la librairie, mais n'entra pas tout de suite ; elle fit quelques pas dans la direction opposée et, s'appuyant de la main à la balustrade de l'une des somptueuses résidences, s'arrêta un moment, la tête baissée.

Ce n'est que plusieurs minutes après qu'elle franchit le seuil au-delà duquel l'attendaient soit la joie, soit le désespoir.

Cette fois, outre le patron de l'établissement, se trouvait dans la librairie un homme d'un certain âge, chauve, avec une large face aux grosses joues rebondies. Il était assis au fond de la vaste salle, penché sur quelques dizaines de volumes éparpillés sur la grande table, avec un livre à la main. Marta n'accorda pas la moindre attention à l'inconnu, ne le vit quasiment pas. Toutes les forces de son esprit se concentrèrent dans son regard, qui dès le seuil se braqua sur le visage du libraire et s'y noya. Le libraire était cette fois assis derrière son comptoir et lisait le journal. Devant lui était déposé un rouleau de papiers. Marta reconnut son manuscrit et ressentit un frisson la parcourant de la tête aux pieds. Pourquoi ce manuscrit se trouvait-il là, enroulé comme s'il devait être rendu bientôt à quelqu'un ? Peut-être le libraire s'apprête-t-il à se rendre tout de suite à l'imprimerie et a donc déposé devant lui ce cahier, ou alors ne l'a-t-il pas encore lu, n'en ayant pas eu le temps… En tout cas, il ne se trouve pas là pour être remis à celle qui a passé dessus plusieurs dizaines de nuits, en est tombée amoureuse, l'a dorloté, y a enfermé son espoir le plus cher… son unique espoir ! Non, ce n'est pas possible ! O Dieu miséricordieux, ce n'est pas possible ! Ces pensées, telles une gerbe d'éclairs brûlants, traversèrent en quelques secondes le cerveau de Marta.

Elle s'avança vers le libraire qui, se levant et regardant en direction de l'homme d'un certain âge présent dans la librairie, lui tendait la main. Marta se rendit compte de cet embarras, mais l'attribua vite à la présence d'un témoin. Ce dernier pourtant semblait plongé dans sa lecture ; il se trouvait éloigné d'une douzaine de pas de l'endroit où Marta se tenait debout face au libraire. Marta respira profondément et demanda tout bas :

— Avez-vous lu mon manuscrit ?

— Je l'ai lu, madame — répondit le libraire.

Mon Dieu ! Que peut signifier le ton sur lequel il a prononcé cette phrase ? Dans sa voix assourdie il y avait comme du mécontentement tempéré par un sincère regret.

— Et quelle est votre réponse ? — prononça la femme à voix encore plus basse que précédemment, retenant sa respiration et fixant de ses yeux grand ouverts le visage du libraire. Ah, si sa vue pouvait la tromper ! Mais sur ce visage se lisait de la confusion mêlée à la même compassion qui vibrait dans la voix !

— Ma réponse, madame — commença le libraire à mi-voix et lentement — ma réponse n'est pas bonne… J'ai de la peine, beaucoup de peine, de devoir vous dire cela… mais je suis un éditeur responsable devant ma clientèle, un commerçant tenu de préserver ses intérêts. Votre travail a beaucoup de qualités, mais… ne remplit pas les conditions pour être imprimé…

Les lèvres de Marta remuèrent faiblement, mais n'émirent aucun son. Le libraire, après un moment de silence durant lequel il cherchait visiblement dans sa tête les paroles adaptées aux circonstances, commença :

— En disant que votre traduction n'était pas dénuée de certaines qualités, j'ai dit la vérité ; et de plus, pour autant que je puisse en juger, je peux affirmer à coup sûr que vous possédez d'évidentes aptitudes pour l'écriture. Votre style reflète de façon assez énergique ces aptitudes : il est vigoureux, vivant, par endroits plein de verve et d'enthousiasme. Mais… pour autant que j'aie pu en juger d'après votre travail, ces aptitudes incontestables restent, pardonnez-moi de m'exprimer ainsi, à l'état brut, non poli. Il leur manque le soutien des études, le renfort que seule peut procurer la connaissance de la technique de l'art d'écrire. Les deux langues auxquelles vous aviez à faire ici vous sont trop peu familières pour que vous puissiez les maîtriser comme l'exigeaient le sujet et le vocabulaire scientifique. Qui plus est, une part importante du langage littéraire relevé, maniant une multitude d'expressions inexistantes dans l'usage courant, vous est visiblement très peu familière. D'où de fréquentes périphrases, des expressions inadéquates, des obscurités et du jargon dans le style. En un mot, vous avez des aptitudes, mais avez étudié trop peu, et l'art d'écrire, quand bien même il ne se limiterait qu'à des traductions, exige nécessairement un certain acquis, assez large, un certain savoir, assez étendu, aussi bien dans le domaine scientifique général que technique spécialisé…

Après avoir énoncé tout cela, le libraire se tut et, après un moment seulement, ajouta :

— Voilà toute la vérité, je l'ai énoncée avec tristesse. En tant que personne vous connaissant, je regrette que vous n'ayez pu saisir cette opportunité de travail que vous espériez ; en tant que personne tout court, je suis triste que vous n'ayez pas cultivé suffisamment vos aptitudes. Vous avez des aptitudes indéniables, dommage seulement, vraiment dommage, que vous n'ayez pas étudié davantage, plus largement, plus en profondeur…

Sur ces dernières paroles, le libraire prit le rouleau de papiers sur la table et le tendit à Marta. Mais elle ne tendit pas la main, ne fit pas le moindre geste ; elle restait toujours droite, raide, comme pétrifiée, et seul un étrange sourire tremblait sur ses lèvres blêmes. C'était le genre de petits sourires qui sont des millions de fois plus tristes que des larmes, car on y perçoit un esprit commençant à se moquer de lui-même et du monde. Les paroles du libraire jugeant du travail littéraire de Marta étaient pratiquement la répétition mot pour mot des paroles du littérateur énonçant son verdict il y a quelques mois à propos de son dessin. C'est certainement ce rapprochement qui fit naître ce sourire convulsif sur les lèvres tremblantes de la femme.

— Toujours la même chose ! — murmura-t-elle après un moment, puis, baissant la tête, dit plus haut : — Mon Dieu, ô mon Dieu !

Ce gémissement s'arracha à ses lèvres, bref, étouffé, mais déchirant. Et maintenant, donc, non seulement elle pleurait en présence de témoins, mais aussi faisait entendre des gémissements. Où donc étaient passées son ancienne fierté et sa vaillante retenue ? Ces qualités, qui caractérisaient Marta, avaient partiellement fondu en présence d'une progressive accoutumance à d'incessantes humiliations, il lui en restait cependant encore assez pour que, après une douzaine de secondes, elle réussît à relever la tête, retenir ses larmes sous ses paupières, et porter un regard, assez clair même, au libraire. Ce regard exprimait, hélas, l'imploration ! Une fois de plus implorer, et donc s'humilier !

— Monsieur ! — dit-elle. — Vous avez été si bon pour moi, et si je n'ai pu profiter de cette bonté, c'est ma faute, assurément...

Elle s'arrêta soudain. Son regard s'embua, tourné vers l'intérieur.

— Ma faute ? — murmura-t-elle très bas sur un ton interrogatif.

Elle se posait visiblement la question à elle-même, le problème social dont elle était une des représentantes et victimes l'étreignait de plus en plus fort entre ses bras vigoureux, la contraignant à contempler son hideux visage. Cependant, elle se secoua vite de cette involontaire contemplation. Elle leva son regard redevenu lumineux sur le visage de l'homme qui se tenait debout devant elle.

— Ne pourrais-je pas apprendre encore maintenant ? N'y a -t-il pas un endroit au monde où je pourrais encore apprendre quelque chose ? Dites-moi, monsieur, dites-moi !

Le libraire, mi confus, mi ému :

— Madame — répondit-il en faisant un geste de regret. — Je n'ai connaissance d'aucun endroit de la sorte. Vous êtes une femme.

A ce moment un des employés sortit de la pièce voisine et s'approcha du libraire, tenant à la main une longue liste ou un décompte.

Marta prit son manuscrit et partit. Quand elle tendit la main au libraire pour prendre congé, ses doigts étaient d'une raideur glacée, son visage avait l'immobilité du marbre et seul continuait à trembler sur ses lèvres son sourire sporadique, troublant, semblant répéter à l'infini les mots prononcés par elle à l'instant : « Toujours la même chose ! ».

La porte s'était à peine refermée derrière Marta que l'homme d'un certain âge, à la large face et au crâne chauve, jeta sur la table le livre dans lequel il semblait absorbé jusqu'alors, et éclata d'un rire sonore.

— De quoi riez-vous ? — demanda le libraire étonné, levant les yeux de la liste qu'on venait de lui remettre.

— Comment ne pas en rire ! — s'exclama l'individu, les yeux pétillant d'une franche gaîté derrière leurs gros verres sales. — Comment ne pas en rire ! Il a pris envie à madame de devenir femme de lettres, autrice ! Voyez-vous ça ! Ha ! Ha ! Ha ! Vous l'avez bien rembarrée ! J'avais vraiment envie de sauter de ma chaise et aller vous embrasser pour cela !

Le libraire regarda son visiteur un peu sévèrement.

— Croyez-moi — répliqua-t-il un brin contrarié — que c'est vraiment avec déplaisir, je dirais même à regret, que j'ai été amené à faire de la peine à cette femme…

— Comment cela ! — s'écria l'individu assis devant le tas de livres. — Vous parlez sérieusement !

— Tout à fait sérieusement ; c'est la veuve d'un homme que je connaissais, aimais et respectais…

— Allons, allons ! Je vous garantis qu'il s'agit de quelque aventurière ! Les femmes bien ne traînent pas en ville, à la recherche de ce qu'elles n'ont pas perdu ; elles restent chez elles, s'occupent de la maison, élèvent les enfants et chantent les louanges de Dieu…

— Mais enfin, monsieur Antoni, cette femme n'a aucune maison, elle est dans la misère…

— Allons donc, monsieur Laurenty[51] ! Je m'étonne de votre naïveté ! Ce n'est pas de la misère, monsieur, c'est de l'ambition ! De l'ambition ! Ça voudrait se faire mousser, devenir célèbre, occuper la place la plus élevée dans la société et obtenir ainsi la liberté d'en faire à sa guise, et camoufler ses frasques derrière son imaginaire supériorité, son semblant de travail !

Le libraire haussa les épaules.

— Vous êtes pourtant un littérateur, monsieur Antoni, et devriez être mieux informé de la question de l'éducation et du travail des femmes...

— La question féminine ! — s'écria l'individu en faisant des bonds sur sa chaise, le visage soudain écarlate et les yeux lançant des flammes. — Savez-vous ce que c'est, cette question féminine...

Il se tut un instant car, essoufflé du fait de son vif emportement, il fut obligé de reprendre sa respiration. Après un moment, il ajouta d'une voix déjà plus calme :

— A quoi bon d'ailleurs devrais-je vous dire ce que je pense de cette affaire. Lisez mes articles.

— Je les ai lus, je les ai lus et pour le moins n'ai pas été convaincu, pour que...

— Eh bien ! Si vous ne me croyez pas — le coupa le littérateur aux grosses lunettes — vous ne prendrez pas à la légère, au moins, tout ce que professent à ce sujet des autorités... des sommités... Il n'y a pas longtemps le docteur Bischoff[52]... Vous savez bien qui est Bischoff ?

— Bischoff — dit le libraire — est certainement un grand savant mais, outre que vous abusez de ses paroles et exagérez leur signification, je doute qu'il puisse être un oracle condamnant des milliers de

---

[51] Laurent.
[52] Theodor von Bischoff (1807-1882) est un médecin anatomiste, embryologiste et physiologiste allemand qui s'est rendu célèbre en plaidant dans un ouvrage de 1872 l'inaptitude des femmes à l'étude et l'exercice de la médecine, sur la base de ses considérations anatomiques comparées de leur cerveau et de leur crâne.

malheureuses créatures...

— D'aventurières ! — l'interrompit derechef le littérateur. — Croyez-moi, d'aventurières seulement, de créatures ambitieuses, orgueilleuses et dénuées de moralité. Qu'avons-nous à faire, je vous le demande, de femmes savantes, comme le professent certains, indépendantes ? Beauté, douceur, modestie, docilité et dévotion — voilà les vertus qui conviennent à la femme, la tenue du ménage domestique — voilà son domaine d'activité, l'amour pour son mari — voilà la seule vertu qui leur soit appropriée et utile ! Nos arrière-grands-mères...

A cet instant plusieurs personnes entrèrent dans la librairie, et le propos sur les arrière-grands-mères resta en suspens, inachevé, sur les lèvres pulpeuses et ouvertes du littérateur. Mais combien d'arguments puissants eût-il puisé en faveur de la théorie qu'il venait juste d'énoncer, que de choses nouvelles eût-il pu dire et écrire à propos de l'ambition et de la jalousie qui amenaient les femmes à dépasser les limites que leur avaient prescrites la nature et les sommités, s'il avait pu à cet instant pénétrer la pensée de Marta marchant dans la rue !

Après être sortie de la librairie elle fut d'abord comme abasourdie et anesthésiée. Elle ne pensait à rien et ne sentait rien. La première pensée consciente à naître dans son cerveau se formulait en ces termes : « Qu'ils ont de la chance ! ». Le premier sentiment à s'éveiller distinctement en elle fut — la jalousie.

Elle marchait alors sur le trottoir qui faisait face à celui derrière lequel le palais Kaźmirowski[53] étendait ses imposantes et prestigieuses constructions. Sur l'esplanade du palais grouillaient des figures juvéniles aux visages animés, en superbes uniformes d'étudiants de

---

[53] Appelé aujourd'hui *Kazimierzowski*, ce palais datant du 17ème siècle abrita l'Ecole militaire des Cadets de 1765 à 1794 et devint à partir de 1824 le siège de l'Université de Varsovie ; cet imposant ensemble de constructions, doté d'une entrée donnant sur le Krakowskie Przedmieście, abrite également différents établissements d'enseignement ainsi que la bibliothèque de l'Université. Détruit à 50% pendant la Seconde Guerre mondiale, il fut reconstruit dans les années 1945-1960 et constitue aujourd'hui un vaste campus.

l'université. Certains d'entre eux portaient sous le bras de gros livres reliés simplement ou sans reliure, abîmés, à moitié déchirés par l'usage, d'autres enroulaient dans du papier des objets élastiques ou ayant un éclat métallique, certainement des instruments de laboratoire qu'ils emportaient chez eux pour se livrer à de savantes expériences et observations. Pendant quelques minutes ils remplirent l'esplanade du vacarme de leurs conversations plus ou moins bruyantes. Ils discutaient, gesticulaient vivement, de temps à autre jaillissait de tel ou tel groupe une gamme de rires juvéniles, ou bien s'élevait un éclat de voix trahissant l'enthousiasme, l'ardeur d'une jeune poitrine et le sujet d'études préféré d'un cerveau exalté. Après quelques minutes les groupes s'égaillèrent ; on voyait les jeunes gens se serrer la main, et les uns avec un joyeux sourire aux lèvres, d'autres pensifs, d'autres encore discutant vivement, quitter l'esplanade de l'université individuellement ou par groupes, et se mêler à la population qui envahissait le large trottoir.

Marta marchait très lentement, la tête toujours tournée vers le grand édifice, qui à présent avait pris dans son imagination l'allure d'un temple doté d'une mystérieuse force d'attraction. Les jeunes gens avec leurs livres sous le bras, leurs visages sereins ou plongés dans de graves réflexions, lui paraissaient en effet jouir de privilèges, d'une dignité et d'un bonheur sans doute semi-divins. La pauvre femme soupira du fond de sa poitrine.

— Les chanceux ! Ah, les chanceux ! — murmura-t-elle et, embrassant derechef du regard l'édifice qu'à présent elle laissait derrière soi, elle ajouta : — Pourquoi donc ne suis-je pas allée là-bas ? Pourquoi donc ne puis-je pas y aller maintenant ?

« Je ne peux pas ? — poursuivait-elle en pensée. — Pourquoi donc ne puis-je pas ? Je n'ai pas le droit ! Pourquoi n'ai-je pas le droit ?

Quelles sont donc ces infinies différences qui me séparent de ces gens ? Pourquoi obtiennent-ils ce sans quoi il est si difficile de vivre, tandis que moi je ne l'ai pas obtenu ni ne peux l'obtenir ? »

Pour la première fois de sa vie s'éleva dans la poitrine de Marta une vague d'ardente indignation, de sourde colère, d'amère jalousie.

En même temps, elle éprouva un sentiment d'indicible, prégnante humilité. Il lui semblait que le mieux pour elle serait maintenant de se jeter sur le pavement du trottoir, face contre terre, sous les pieds des passants. « Qu'ils me piétinent ! — pensa-t-elle. — Je ne mérite pas mieux, moi l'infirme, la bonne à rien, l'infâme créature ! »

Cette dernière phrase résonnait dans sa tête quand le rouleau de papiers qu'elle tenait s'échappa de ses mains et tomba à ses pieds.

Dans sa chute le cahier s'ouvrit ; elle se baissa pour le ramasser et vit sur fond d'une feuille couverte de son écriture deux billets de trois roubles.

C'était le don du charitable libraire qui en refusant le travail défectueux de cette femme avait néanmoins désiré lui donner une preuve concrète de sa pitié. Marta se redressa, tenant le cahier dans une main, et de l'autre les billets frémissants. Ses yeux avaient alors un éclat sauvage et perçant, sa poitrine était agitée d'un rire étouffé, assourdi.

— Oui ! — dit-elle presque tout haut. — A eux l'étude et le travail, à moi — l'aumône…

Les mots sifflaient entre ses lèvres presque aussi blanches que le papier qu'elle tenait dans sa main.

— Bien ! — dit-elle après un moment. — Qu'il en soit donc ainsi ! Pourquoi ne m'ont-ils pas donné ce qu'aujourd'hui ils exigent de moi, pourquoi exigent-ils de moi ce qu'ils ne m'ont pas donné ! Qu'ils me donnent de l'argent maintenant… oui… de l'argent… pour rien… je le prendrai… qu'ils m'en donnent…

D'un geste rapide et nerveux elle fourra les billets dans la poche de sa robe élimée et vacilla sur ses jambes. Ce n'est qu'alors, tandis que son esprit se trouvait derechef précipité dans le chaos d'une horrible tempête, que son corps lui rappela qu'elle avait faim, qu'elle avait passé plusieurs dizaines de nuits sur un travail qui n'avait servi à rien. Elle était incapable d'aller plus loin. A travers le brouillard qui voilait son regard elle aperçut des marches devant elle. C'étaient les marches de l'église Sainte-Croix. Elle se laissa choir dessus, se prit la tête dans une main et ferma les yeux. Peu après, ses traits figés s'adoucirent, la glace qui avait congelé ses sentiments dans sa poitrine fondit, sous ses paupières baissées des larmes se mirent à couler sur ses joues d'un blanc marmoréen, goutte après goutte, abondantes, pesantes, tombant sur ses maigres bras, et disparaissant entre les plis de sa robe de deuil.

Au moment où Marta vivait cela, deux personnes passaient sur le trottoir du Krakowskie Przedmieście : une femme et un homme. Ils marchaient d'un pas rapide et léger, discutant avec beaucoup d'ardeur. La femme était jeune, bien mise et jolie, l'homme jeune également, habillé avec élégance, et très bien fait de sa personne.

— Dites ce que vous voudrez, jurez ce que vous voudrez, je ne croirai pas que vous puissiez un jour dans votre vie être vraiment amoureux !

Ce disant, la jeune femme riait des lèvres et des yeux. Ses lèvres couleur corail découvraient deux rangées de petites dents blanches, ses yeux couleur noisette étincelaient et lançaient de rapides regards alentour. L'homme soupira. C'était une parodie de soupir, on y décelait davantage de plaisanterie et de gaîté que dans le rire de la femme.

— Vous ne me croyez pas, belle Julcia[54], et pourtant Dieu m'est témoin que j'ai été amoureux pendant toute une journée, pas seulement vraiment amoureux, mais à la folie, éperdument ! Imaginez-vous une créature divine ! Elancée comme un peuplier, de grands yeux noirs, une carnation d'albâtre, une chevelure de jais, énorme et pas factice, pas factice vous dis-je, mais véritable, et je m'y connais en la matière... Triste, pâle, malheureuse... ah, une déesse ! Mais tout ça n'est encore rien, dès l'abord elle me plaisait certes, et pourtant j'ai dit à mon cœur : « Tais-toi ! », car je savais que ma sœur l'avait prise sérieusement en affection et avait décidé de la protéger de moi comme du feu... Mais quand elle est venue voir ma sœur et a dit de sa charmante petite voix chérie de rossignol : « Je ne peux enseigner votre fille... ». Mais je vous ai déjà, belle... Julcia, raconté cette histoire... C'est alors, justement, que je suis véritablement tombé amoureux d'elle. Toute la journée ensuite j'ai arpenté, comme ivre, toutes les

---

[54] Juliette.

rues à la recherche de ma déesse…

— Et vous ne l'avez pas trouvée ?

— Je ne l'ai pas trouvée.

— Vous ne saviez pas où elle habite ?

— Non. Ma sœur le savait, mais pensez-donc !... Toutes les fois que je lui demandais l'adresse de la belle veuve, elle me répondait : « Pourquoi ne vas-tu pas au bureau, Oleś ? ».

La femme pouffa de rire.

— Votre sœur doit être une personne formidablement sérieuse ! — s'exclama-t-elle.

L'homme ne rit pas cette fois, ni ne soupira.

— Ne parlons pas de ma sœur, mademoiselle Julia — dit-il sur un ton où perçait une certaine fermeté. — Ecoutez plutôt la suite du drame de ma vie. Ah ! Ce fut un drame… Figurez-vous que ce jour-là, rencontrant dans la rue mademoiselle Malwina X., je ne l'ai saluée que de loin, suis passé à côté de chez Stępkoś[55] la tête baissée, ai soupiré en voyant à l'affiche *La belle Hélène* et ne suis pas allé au théâtre, en un mot j'ai été plongé dans un désespoir si noir que si le brave Bolek[56] ne m'avait pas conduit le lendemain dans une certaine habitation rue Królewska[57] où j'ai aperçu la plus belle des déesses terrestres…

— Ho ! Ho ! — l'interrompit la femme, moitié riant, moitié minaudant et faisant la fâchée. — Pas de compliments, pas de compliments, s'il vous plaît.

— J'aurais à ce jour — poursuivait l'homme — j'aurais à ce jour… retrouvé celle qui a disparu de ma vue.

— Et que vous n'avez plus recherchée…

— Non…

— Et que vous avez oubliée…

---

[55] Diminutif affectif de *Stępek*, lui-même diminutif dérivé de *Stepan* (Stéphane) ? La langue polonaise adore les diminutifs hypocoristiques.

[56] Diminutif du prénom Bolesław.

[57] La « Rue Royale » longe le parc Saski puis débouche en allant vers l'est sur le Krakowskie Przedmieście.

— Oh non, je ne l'ai pas oubliée. Mais la plaie de mon cœur s'est quelque part cicatrisée... Qu'y faire ? *Vivre c'est souffrir*...

Prononçant ces dernières paroles, le jeune homme leva un regard plein de mélancolie vers les cieux et se mit à siffloter l'aria de Calchas dans la *Belle Hélène*.

Soudain il cessa de siffler, s'arrêta et s'écria :

— Ah !

La femme marchant à ses côtés le regarda avec étonnement. Le joyeux Oleś avait les yeux rivés sur un point et, chose étrange !, son éternel sourire avait disparu de ses lèvres. Le contour régulièrement et délicatement dessiné de ces lèvres, ainsi que tous les traits du visage du jeune homme étaient en mouvement, palpitaient, comme il en va d'habitude chez les gens d'une nature impressionnable lorsqu'ils sont soudainement émus.

— Qu'y a-t-il donc là-bas ! — demanda la jolie femme sur un ton quelque peu désagréable. — Vraiment — ajouta-t-elle en minaudant — je devrais vous en vouloir, monsieur Oleś ! Vous êtes avec moi, et vous regardez je ne sais qui...

— C'est elle ! — murmura Oleś. — Ah, comme elle est belle !

Pendant un moment la jeune et élégante femme prénommée Julia chercha du regard le point sur lequel les yeux de son compagnon étaient si obstinément rivés. Soudain elle se pencha un peu et sortant ses mains qu'elle cachait dans son manchon de martre, s'écria :

— Mais c'est Marta Świcka !

Ils se trouvaient à quelques pas à peine des marches de l'église Sainte-Croix, sur lesquelles était assise une femme en robe de deuil, portant un châle de laine noir sur la tête, croisé sur sa poitrine.

Marta avait cessé de pleurer. Avec les larmes qui pendant un moment avaient coulé en abondance bien que silencieusement de ses yeux elle avait visiblement évacué une partie de ces sentiments corrosifs dont la tempête l'avait débilitée et jetée à moitié défaillante en ces lieux. Maintenant son visage était d'un blanc marmoréen, dirigé vers le haut, tandis que ses yeux secs, à l'éclat ardent, profondément expressifs, contemplaient, immobiles, le ciel d'azur. Tout son être, d'ailleurs, était immobile. Pas le moindre frémissement n'animait ses paupières relevées, ni ses lèvres serrées, ni ses mains glacées entrelacées dans les gros plis de sa robe. De loin on l'eût prise pour une statue ornant l'entrée du splendide sanctuaire, une statue représentant une âme priant ou interrogeant, ou encore priant et interrogeant à la fois.

Marta regardait le ciel, dans ses yeux se lisaient une ardente prière, mais en même temps une interrogation profonde, passionnée, presque lancinante.

— Comme elle est belle ! — répéta à voix basse le joyeux Oleś et, se penchant vers sa compagne, ajouta encore plus bas : — Si on pouvait la transporter ainsi, avec ces marches, sur la scène d'un théâtre… quel effet cela ferait !

— C'est vrai qu'elle est belle — chuchota en réponse la compagne du joyeux Oleś. — Mais je la connais très bien… Que lui est-il arrivé ?... Pourquoi est-elle assise là ? Et dans quelle tenue ! Une mendiante, ou quoi ?...

Echangeant ces propos, le jeune couple s'approchait de plus en plus de la femme qui avait attiré son attention.

Marta n'avait pas remarqué être l'objet de l'attention de quiconque. Depuis que, débilitée et déchirée par la tempête de ses sentiments, elle s'était assise là pour se reposer un moment, beaucoup de passants l'avaient regardée, peut-être, mais elle ne voyait personne. Toute son âme se perdait au sein de cet azur dans lequel ses yeux s'étaient noyés ; elle y recherchait quelque force propice et puissante qui voudrait et pourrait briser la fatalité qui l'opprimait. Deux voix se firent entendre juste au-dessus de la tête de la femme plongée dans ses pensées.

— Madame ! — disait l'une, masculine, atténuée par l'émotion ou le respect.

Marta ne l'entendit pas.

— Marta ! Marta ! — cria l'autre, féminine.

Marta entendit cette voix, dans laquelle vibraient des accents qu'elle connaissait bien d'il y a longtemps. Marta eut l'impression à cet instant que son passé l'appelait par son prénom. Lentement et comme à regret ses prunelles s'arrachèrent à l'azur céleste et descendirent sur le visage de la femme qui, se tenant debout devant elle, avait jeté par terre dans la neige son manchon de martre et lui tendait ses deux petites mains recouvertes de gants luisants couleur lilas.

— Karolina ! — murmura Marta, d'abord simplement étonnée ; mais après un moment son visage s'éclaira et son rayonnement fit fondre l'immobilité de ses traits.

— Karolcia[58] ! — prononça-t-elle d'une voix plus forte en se relevant. Elle saisit les deux mains que lui tendait la femme.

— Karolcia ! — répéta-t-elle. — Mon Dieu, est-ce bien toi, vraiment ?

— Est-ce bien toi, Marta ? — demanda en retour la femme en satin et fourrure de martre ; pendant un instant elle contempla tristement de ses yeux brillants ce visage pâle, amaigri, lequel à sa vue tressaillit de joie. Mais la tristesse, visiblement, ne pouvait résider longtemps dans les yeux de la femme en satin.

Elle se mit à rire et, se tournant vers son compagnon, dit :

— Vous voyez, monsieur Alexandre, comme le monde est petit ! Avec Marta nous nous connaissons depuis l'enfance !

— Oui, depuis l'enfance ! — répéta Marta, apercevant seulement maintenant le joyeux Oleś et le saluant.

— De qui portes-tu le deuil ? — demanda la femme en fourrure de martre, jetant un rapide regard sur la misérable tenue de Marta.

— De mon mari.

— De ton mari ! Tu es donc veuve ! Quel dommage ! C'était un beau brin de garçon, ton Jaś[59], tu es donc veuve. Où habites-tu ? A la campagne ou ici ?

— Ici, à Varsovie.

— Ici ? Et pourquoi n'es-tu pas revenue à la campagne ?

— Le village de mon père a été vendu aux enchères quelques mois

---

[58] Diminutif de Karolina.
[59] Diminutif de Jean, Jeannot.

après mon mariage.

— Aux enchères ! Ah bon ? Quel dommage ! Tu n'as donc plus aucun patrimoine, car ce brave Jaś t'aimait à la folie et a dû dépenser pour toi tout ce qu'il possédait. Que fais-tu donc maintenant ! Comment vis-tu ?

— Je suis couturière.

— Dur travail ! — se mit à rire la femme en satin. — Moi aussi j'en ai tâté un peu, mais ça n'a pas marché.

— Toi, Karolcia ! Tu as été couturière ! — s'exclama Marta, étonnée à son tour.

La femme en satin se remit à rire.

— J'ai essayé d'être couturière, mais visiblement ça n'a pas marché ! Qu'y faire ? C'est mon destin qui l'a voulu, destin dont je ne me plains pas du tout d'ailleurs…

Et elle se remit à rire. Un rire se répétant si souvent, mi frivole et mi aguicheur, semblait résulter davantage d'une habitude que d'une gaîté naturelle. Marta toisait maintenant les riches habits de la femme se tenant devant elle.

— Tu t'es mariée ? — demanda-t-elle.

La femme se remit à rire.

— Non ! — s'exclama-t-elle. — Non, non ! Je ne me suis pas mariée, ma chère ! C'est que, comment te dire ? Mais non, non ! Je ne me suis pas mariée…

Elle continuait à rire en disant cela, mais cette fois son rire avait une tonalité amère, un peu contrainte. Le joyeux Oleś, qui ne quittait pas Marta des yeux, à la dernière question de celle-ci jeta un regard à Karolina, caressa sa petite moustache et sourit.

— Ce n'est pas très malin ce que je fais là ! — s'exclama la femme en satin. — Avec mon bavardage je vous tiens dans le froid alors que nous pourrions prendre un fiacre et vite rejoindre mon appartement. Tu vas venir avec moi, Marta ? N'est-ce pas ? Nous pourrons discuter longtemps et nous raconter nos vies…

Elle se remit à rire et, jetant alentour des regards rapides et brillants, ajouta :

— Ah, ces vies ! Qu'elles sont amusantes ! Nous allons nous les raconter, n'est-ce pas, Marta ?

Marta sembla hésiter un instant.

— Je ne peux pas — dit-elle — mon enfant m'attend.

— Ah ! Tu as un enfant ! Et alors ? Il attendra bien encore un peu.

— Je ne peux pas…

— Alors viens chez moi dans une heure… d'accord ? J'habite rue Królewska… Elle indiqua le numéro de l'immeuble, serra dans ses mains le bras de Marta.

— Viens, viens ! — répétait-elle. — Je vais t'attendre… Nous nous rappellerons l'ancien temps.

L'ancien temps a toujours beaucoup de charme pour ceux à qui le nouveau n'a rien apporté d'autre que des larmes et de la douleur.

Marta se sentait revivifiée et vivement émue par les retrouvailles inopinées de sa compagne de jeunesse.

— Dans une heure — dit-elle — je viendrai chez toi, Karolcia…

Si quelqu'un avait alors observé avec attention ce groupe de trois personnes debout au milieu du trottoir, il eût pu remarquer que lorsque Marta prononça les mots : « Je viendrai », Oleś avait ressenti une envie presque irrépressible de sauter en l'air et de s'exclamer : « *Victoria !* » Il ne fit pourtant ni l'un ni l'autre, se contentant de se porter un peu en arrière et de claquer des doigts. Ses yeux noirs brillaient comme des charbons incandescents et se noyaient dans le visage pâle de Marta, lequel à cet instant s'illuminait d'un sourire. Quand finalement la jeune femme fut partie, l'homme au rire éternel s'adressa à sa compagne.

— De ma vie — s'écria-t-il avec ardeur — de ma vie je n'ai vu de créature si charmante, si attirante ! Comme cet abominable châle qu'elle porte sur la tête sied bien à son visage. Oh ! moi je l'habillerais de satin, de velours, d'or…

Madame Karolina leva soudain la tête et regarda le visage en feu du jeune homme.

— Vraiment ? — demanda-t-elle d'une voix traînante.

— Vraiment — répondit Oleś en plongeant à son tour un regard

qui en disait long dans les yeux de sa compagne.
La femme en satin se mit à rire d'un rire bref, sec.

***

Ce jour d'hiver tirait à sa fin. Dans un petit salon aux fenêtres donnant sur la rue Królewska, à l'intérieur d'une jolie cheminée entourée d'une grille de fer artistement forgée, brûlaient des charbons en quantité juste suffisante pour ne diffuser alentour qu'une chaleur agréable, non incommodante par son excès.

Devant la cheminée se trouvaient une petite causeuse tapissée d'un damas couleur amarante et un fauteuil bas à bascule, recouvert d'un tissu à fleurs, avec un repose-pieds sur lequel était brodé en fils de laine un magnifique petit braque à longues oreilles.

Sur la causeuse était à demi allongée une svelte figure féminine en robe noire avec une large bande blanche dans sa partie inférieure.

Sur le fauteuil, les pieds élégamment chaussés posés sur le repose-pieds, se balançait légèrement une autre femme, en costume moderne de satin couleur mauve, richement décoré de velours et de franges de la même couleur, avec une collerette de lin blanche comme neige agrafée avec un grand camée serti d'or, les cheveux blond clair relevés fortement au-dessus du front, imperceptiblement poudrés de blanc et retombant en longues mèches spiralées sur les épaules, la poitrine, le cou ; ses mains, qui se dégageaient, blanches et menues, de manchettes en lin, étaient jointes sur la tunique en satin de sa robe et faisaient chatoyer le grand brillant d'une seule, mais très précieuse bague.

Le salon où se trouvaient ces deux femmes n'était pas spacieux et frappait d'autant plus par le raffinement de sa décoration. Des rideaux de soie pendaient aux deux grandes fenêtres et habillaient une grande porte ; un large miroir reflétait des groupes de petits meubles aux formes harmonieuses disposés çà et là contre les murs, sur la cheminée se trouvait une grande horloge en bronze, les tables et guéridons supportaient de lourds vases en cristal remplis de fleurs, des sonnettes en argent, des bonbonnières ciselées, des chandeliers à plusieurs branches. Par la porte grande ouverte on distinguait dans la pièce voisine envahie par la pénombre le plancher recouvert d'un épais tapis, au milieu une table ronde vernie avec suspendu au-dessus un gros globe de verre qui devait irradier une lumière rosée. Une délicate odeur de plantes de serre fleurissant aux fenêtres emplissait ce petit appartement ; à proximité de la cheminée, à l'ombre d'un paravent vert, se trouvait une table garnie d'un service de porcelaine avec des restes, visiblement récents, de friandises.

Les femmes étaient assises en silence devant la cheminée. Leurs visages, éclairés par l'éclat rosé du foyer, avaient des caractéristiques tout à fait distinctes.

Marta appuyait sa tête sur l'oreiller de la moelleuse causeuse, ses yeux étaient à moitié fermés, ses bras pendaient ballants le long de sa robe noire. Pour la première fois depuis de nombreux mois elle avait goûté à une nourriture appétissante et abondante, s'était retrouvée dans une atmosphère suffisamment chauffée, environnée de jolis meubles harmonieusement assortis. La chaleur ambiante et la délicate odeur des fleurs l'avaient enivrée à l'instar d'un alcool. Elle sentait maintenant seulement à quel point elle était épuisée, combien de forces lui avaient enlevées le froid, la faim, la tristesse, la crainte et la lutte.

A demi couchée sur le moelleux canapé, envahie par une vague de chaleur réchauffant ses membres longtemps engourdis par le froid, elle respirait lentement et profondément. La voyant, on eût dit qu'elle avait arrêté en elle toute pensée, s'était débarrassée des pénibles spectres qui la faisaient craindre et souffrir, et, charmée par le calme, les senteurs, la chaleur et la beauté de ce paradis inconnu où elle était montée, elle se reposait avant de redescendre dans les sombres profondeurs de sa destinée…

Karolina regardait sa compagne de ses grands yeux attentifs, pénétrants. Ses joues blanches se coloraient d'un rouge plein de fraîcheur, ses lèvres avaient la couleur du corail, et ses yeux noirs — un éclat jeune et vif. La fraîcheur de cette femme n'était cependant pas complète. Tout en elle était jeune et, en apparence du moins, serein, à l'exception du front. Sur ce front, un œil sachant lire sur les visages humains eût pu discerner les stigmates d'une longue histoire, encore inachevée, histoire d'une vie, d'un cœur, et peut-être même d'une conscience. A côté d'un visage jeune, frais, ravissant, ce front en lui-même était flétri, et à moitié vieilli. Il était parcouru par un réseau à peine visible, mais dense, de ridules transversales filiformes, et un profond sillon s'y était creusé, certainement pour toujours, entre les noirs sourcils. En dépit de la fraîcheur des joues, du carmin des lèvres, de l'éclat des yeux et de la richesse des habits de cette femme, ce que trahissait son front aurait pu éveiller chez un fin et attentif observateur de visages humains trois sentiments : la défiance, la curiosité et la pitié.

Entre ces deux femmes le silence n'avait duré que quelques minutes. Marta l'interrompit la première. Elle releva la tête de l'oreiller sur lequel elle la tenait appuyée depuis un moment et, dirigeant son regard vers sa compagne, dit :

— Ton récit, Karolcia, m'a plongée dans une grande perplexité. Qui aurait pu supposer que madame Herminia agirait un jour de façon si horrible à ton égard ! Elle qui t'a pourtant élevée, ta proche parente semble-t-il...

Karolina s'appuya le dos au dossier incurvé de son fauteuil et, écrasant plus fortement de son pied menu le petit chien brodé sur le repose-pieds, elle imprima un rythme plus rapide à la bascule de son élégant berceau. Un petit sourire aux lèvres et les yeux contemplant le plafond, elle commença :

— Madame Herminia n'était pas une parente proche, mais assez éloignée, cependant je portais le même nom qu'elle, celui de mon père. Cela a suffi pour que cette dame fière, riche, daigne élever l'orpheline dans sa maison pour en faire ensuite une résidente[60] ou encore quelque chose comme une demoiselle de compagnie. Elle me rendit effectivement un grand service puisque jusqu'à la fin de ma vie et quoi qu'il

---

[60] Personne pauvre résidant chez un parent plus fortuné et vivant à sa charge en échange de divers services.

arrivât ensuite, je peux me vanter d'avoir été élevée en compagnie des toutous, des favoris de madame Herminia, une dame connue du grand monde. Notre éducation et notre mode de vie, à moi et aux toutous, se ressemblaient énormément : eux et moi dormions sur de moelleux coussins, trottions sur des parquets bien cirés, nous nourrissions de délicieuses friandises, et la seule différence, constante et immuable, entre nous était qu'eux portaient des mantelets en soie et des colliers en or, et moi des robes en soie et des bracelets en or, qu'eux à la fin restèrent au paradis et que moi j'en fus chassée par l'ange vengeur de l'orgueil maternel...

En disant ces derniers mots la femme au costume couleur mauve se mit à rire d'un rire bref, sec, dont la tonalité, contrastant avec toute sa fraîche apparence, s'accordait avec son front flétri et, comme lui, pouvait éveiller de la défiance ou de la pitié à son égard. Marta devait éprouver le second de ces sentiments.

— Pauvre Karolina ! — dit-elle. — Combien as-tu dû souffrir en partant ainsi dans le vaste monde toute seule, sans aucune ressource pour vivre...

— Ajoute à cela, ma chère — s'exclama Karolina en continuant à regarder le plafond — ajoute à cela que je partais dans le vaste monde avec un amour malheureux au cœur...

— Oui — ajouta-t-elle en se redressant et tournant son regard vers sa compagne — sache que j'aimais vraiment, j'aimais follement le fils de madame Herminia, ce monsieur Edward qui (tu te souviens certainement de lui) chantait avec tant de cœur : « O ange, qui de cette terre ![61] », avait des yeux si bleus qu'il semblait regarder au plus profond de votre âme... Je l'aimais tant... j'étais si sotte d'aimer...

Elle disait tout cela sur le ton de la plaisanterie, et à la fin éclata d'une sonore, longue et vibrante gamme de rires.

— Oui — criait-elle en riant — j'étais si sotte... J'aimais !... Oh,

---

[61] Allusion au final de l'opéra de Donizetti « Lucie de Lammermoor » créé en 1839 dans son adaptation française ?

que j'étais sotte !...

— Et lui ? — demanda tristement Marta. — T'aimait-il aussi vraiment ? Qu'a-t-il fait quand sa mère t'ordonna de quitter sa maison pour la misère, la solitude et l'errance ?...

— Lui ! — dit Karolina avec un *pathos* excessif. — Pendant toute une année il me regarda de ses magnifiques yeux bleus comme s'il désirait pénétrer au plus profond de mon âme et la conquérir de son regard ; il chantait au piano des chants qui faisaient fondre mon cœur, me serrait la main en dansant, puis me baisait les deux, jurant sur le ciel et la terre qu'il m'aimerait jusqu'à la tombe, puis m'écrivait d'une pièce à l'autre des lettres délirantes et enflammées, puis… quand sa mère, après avoir lu par hasard une de ces lettres, m'ordonna de ficher le camp, il partit pour le carnaval à Varsovie ; me rencontrant dans la rue, affamée, désespérée, presque en haillons, il rougit comme une pivoine, baissa les yeux, me croisa comme s'il ne me connaissait pas et, quelques jours plus tard à l'église des visitandines, il jurait devant l'autel à une belle et riche héritière fidélité et amour à vie… Voilà comment il m'a aimée et ce qu'il a fait pour moi…

Et elle se remit à rire, mais brièvement et sèchement cette fois.

— L'ignoble individu ! — dit Marta tout bas.

Karolina haussa les épaules.

— Tu exagères, ma chère — dit-elle avec une complète indifférence. — Ignoble ! Pourquoi ? Parce qu'il profitait du droit dont il savait qu'il lui bénéficiait et lui bénéficierait toujours en ce monde, à lui et à tous ses compagnons ? Ignoble parce qu'il s'est pris comme objet d'amusement une jeune et pauvre fille, assez bête pour croire qu'elle était l'objet de son amour ? Pas le moins du monde, ma chère. Monsieur Edward n'était certes pas un saint ni quelque singulier héros, mais n'était pas non plus, comme tu l'as dit, ignoble. Il avait ses grandes qualités, je t'assure, et ne faisait que ce que le monde lui permettait absolument de faire, profitait d'un droit qui lui était octroyé, était tel que le sont tous les jeunes, et même !, souvent les moins jeunes hommes.

Elle disait cela avec le plus grand sérieux, sans plaisanter ni railler le moins du monde, avec une totale conviction dans la voix ; elle se croisa ensuite les bras sur la poitrine et, sans quitter le plafond des yeux, se mit à chantonner doucement une chanson des *Dix filles à marier*[62]. Marta riva sur elle des yeux étonnés.

Après un moment, la femme en satin s'arrêta de chantonner, changea sa position semi couchée en une position assise et, le coude sur un genou et le visage dans la main, se pencha un peu vers sa compagne.

— Car, pour finir — commença-t-elle sur le même ton sérieux qu'auparavant — il faut bien, en jugeant les gens, prendre en compte leurs habitudes et leur point de vue sur la vie et ses histoires. Si, par exemple, les couleurs blanche et noire pouvaient penser et sentir, la première, habituée à la supériorité qu'on lui reconnaît constamment sur la seconde, pourrait très bien s'imaginer que la couleur noire n'a été créée que pour apporter toute sorte d'agréments, de divertissements et d'amusements à la blanche. La chose la plus importante, ma chère, dans les rapports humains, ce sont les différences entre les intéressés, et entre monsieur Edward et moi, celles-ci étaient énormes…

— Certainement — l'interrompit vivement Marta — lui était un homme riche, et toi une fille pauvre, mais la richesse autorise-t-elle à malmener ceux qui en sont privés ?

— En partie — répondit Karolina. — Mais je ne pensais pas à la richesse ni à la pauvreté en parlant des différences, car si je n'avais pas été une femme, mais un homme pauvre, monsieur Edward qui, je le répète, possède beaucoup de qualités, n'aurait même pas songé ni à me léser, ni à m'offenser. Un homme riche et en même temps honorable ne lèse ni n'offense un homme pauvre ; s'il le fait un jour, cela entache sa personnalité et l'expose aux foudres de la vindicte publique. Mais je n'étais pas un homme, j'étais une femme ; et l'offense, le tort, faits à une femme de la manière dont cela s'est passé entre monsieur Edward et moi, c'est une chose totalement différente de

---

[62] Opérette du compositeur autrichien Franz von Suppé, créée 1862, dont le titre original est « *Zehn Mädchen und kein Mann* » (Dix filles et aucun mari).

l'offense et du tort faits à un homme. *Ça ne tire pas à conséquence*. Cela attire même de l'admiration, ça s'appelle avoir du succès, du courage viril, rend le jeune homme intéressant, l'entoure d'un certain halo de gloire. « Un rude gaillard, cet Edziu[63] ! » « Sacré bourreau des cœurs ! » « Il est verni » « Il a de la chance avec les femmes » « Entourlouper une fille, pour lui, c'est comme croquer une noisette » etc., etc. Tout homme, ma chère, adore être loué, et craint comme le feu d'être blâmé. Une multitude de gens s'abstiennent du mal par crainte du blâme, mais font le bien par désir d'être loués. Monsieur Edward avait de la sympathie pour moi, rien d'étonnant : j'avais dix-huit ans et j'étais jolie... il céda à cette sympathie d'une façon qui certainement était agréable pour lui, rien d'étonnant non plus ; il savait bien depuis l'enfance qu'une telle faiblesse est son droit inaliénable, que s'il ne lui cédait pas il se ferait traiter de mauviette et d'incapable dans le monde et que s'il lui cédait il passerait pour un rude gaillard et intéressant jeune homme. Il a fait ce que tous auraient fait à sa place, aussi je ne lui en veux pas du tout, et même, je lui en suis reconnaissante... il m'a poussée dans le monde, m'a appris la vie et ses grandes vérités...

Elle tendit la main, prit dans une soucoupe de cristal posée sur la table une sucrerie rose et, la grignotant entre ses dents blanches, appuya derechef fortement son pied menu sur le petit braque brodé. La bascule se mit à osciller plus vivement, berçant la femme allongée dans le fauteuil. Ses yeux, errant lentement sur les meubles qui l'entouraient, ressemblaient à cet instant au gros brillant sur son doigt étincelant à la lueur du feu ; les couleurs vives de l'arc-en-ciel y chatoyaient comme dans les cristaux de glace lustrés par le froid. Mais les yeux de Marta qui contemplaient le visage de son ancienne amie d'enfance et de jeunesse, exprimaient une profonde perplexité jointe à une ardente inquiétude.

— Il t'a poussée dans le monde, dis-tu — énonça-t-elle après un moment, lentement et en baissant la voix. — Tu parles d'un bienfait !

---

[63] Diminutif de Edward, Edouard.

Ce monde est si terrible, si oppressant pour une pauvre femme... Il t'a appris les vérités de la vie ? Celles qui révèlent à la femme, pourtant être humain, les abyssales différences existant entre humains et humains ? Vérités atroces ! Elles ne viennent pas de Dieu, mais des humains...

— Qu'en avons-nous à faire ? — s'exclama Karolina, s'accompagnant de son rire bref, sec. — Qu'elles viennent de Dieu ou des humains, c'est assez qu'elles existent, ces vérités disant à l'homme : « Tu apprendras, travailleras, te procureras des revenus et profiteras ! », et à la femme : « Tu serviras de fioriture et de jouet à l'homme ! ». Ces vérités, qu'elles soient divines ou humaines, il nous faut les connaître afin de ne pas nous ronger le cœur dans d'inutiles tourments, ne pas consumer notre jeunesse en essayant vainement de saisir d'insaisissables rayons de soleil ; afin de renoncer à ce qui n'est pas fait pour nous en ce monde et ne pas, en poursuivant la vertu, l'amour, le respect humain, ou autres semblables merveilles — mourir de faim...

— Oui — dit Marta d'une voix à peine audible — ne pas mourir de faim... voilà le plus grand bienfait auquel tu rêves, auquel il est permis à une femme pauvre d'accéder !

— Vraiment ? — demanda Karolina d'une voix traînante et, désignant de son doigt, auquel précisément brillait le diamant, les objets alentour, elle ajouta :

— Et pourtant... vois, regarde autour de toi...

Marta ne regarda pas, se contentant d'ouvrir la bouche comme si elle voulait poser à sa compagne une question, qu'elle retint cependant rapidement. Les deux femmes restèrent assez longtemps sans parler. Karolina continuait toujours à se balancer lentement, grignotait sucrerie sur sucrerie, le regard fixé sur le visage de Marta, laquelle, plongée dans ses réflexions, était assise la tête appuyée sur une main et les paupières baissées.

— Sais-tu, Marta — la femme en satin interrompit le silence — que tu es vraiment belle. Quelle grande taille ! Tu dois me dépasser d'au moins une demi-tête. La misère ne t'a pas du tout enlaidie jusqu'à présent, encore que l'éclat rosé du feu qui en ce moment te tombe sur le visage et te donne de délicates couleurs relève beaucoup ta beauté et te donne un air superbe avec ton immense chevelure de jais ! Que serait-ce si, au lieu de cette méchante robe de laine de couleur brunâtre tu mettais une tenue de couleur vive et élégamment coupée, au lieu de ce col de lin lisse tu t'entourais le cou d'une dentelle transparente, si tu relevais un peu tes tresses et les habillais d'une rose rouge vif ou d'épingles en or… Tu serais superbe, ma chère, et il te suffirait de te montrer une paire de fois dans une loge du premier niveau à une représentation de quelque comédie moderne pour que toute la jeunesse varsovienne demande unanimement : « Qui est-ce ? où habite-t-elle ? permettra-t-elle que nous déposions nos hommages à ses pieds … »

— Karolina ! Karolina ! — l'interrompit Marta, se redressant et regardant sa compagne avec des yeux remplis d'étonnement. — Pourquoi dis-tu tout cela ? Quel rapport peuvent avoir tes paroles avec la situation dans laquelle je me trouve, avec la douleur d'une veuve, l'angoisse d'une mère ? Qu'ai-je à faire de beauté ? Qu'ai-je à faire de riches tenues ?

— Qu'ai-je à faire ? Qu'ai-je à faire ? Ho ! Ho ! Ho !

Ces exclamations fusèrent dans l'espace en même temps qu'une gamme de rires saccadés, brefs et secs, et s'arrêtèrent en même temps qu'elle. Les deux femmes derechef se turent, plus longtemps que précédemment.

— Marta ! Quel âge as-tu ?

— Je viens d'entamer ma vingt-cinquième année.

— Et moi ma vingt-quatrième. J'ai donc un an de moins, et combien de sagesse en plus ! Quelle distance sur le chemin de la vie ai-je parcouru en plus par rapport à toi, pauvre victime de rêves et d'illusions !

Elles se turent à nouveau. Marta leva la tête, la détermination se lisait sur son visage.

— Oui, Karolina, je le vois moi-même que tu dois être plus sage que moi, que tu es allée plus loin sur le chemin de la vie. Tu as tout ce qu'il faut, tu ne crains certainement pas le lendemain ; si, comme moi, tu avais un petit enfant, tu n'aurais pas besoin de le livrer à la maltraitance des gens, ni de le voir faiblir, blêmir, dépérir sous tes yeux… Je te connais depuis aussi longtemps que ma mémoire me le permet ; ensemble nous avons été enfants et jeunes filles, nous nous aimions… et pourtant je n'ai pas osé jusqu'à présent te demander d'où t'est venue cette opulence que je vois autour de toi, par quel moyen tu as pu t'extirper de la pauvreté, de la misère, que tu évoquais dans ton discours… Je n'ai pas osé te le demander car je voyais que tu esquivais mes questions, mais, pardonne-moi, Karolina, ce n'est pas bien de ta part… à ton ancienne compagne de jeux de ton enfance, il n'y a encore pas si longtemps la confidente de tes rêves de jeunesse, tu devrais dire comment tu as vaincu ce fatalisme qui s'accroche aux pas et accable le cerveau des femmes pauvres… Peut-être que cela projettera quelque lumière sur mon chemin également…

— Oh que oui, cela projettera sans aucun doute une lumière très claire sur ton chemin, très lumineuse ! — dit la femme aux cheveux blonds défaits. Ses yeux ressemblaient à nouveau à deux éclats de froid cristal, dans lesquels miroitent les couleurs de l'arc-en-ciel, sur ses lèvres fines flottait un sourire tremblotant, mais sa voix avait des intonations fermes et apaisées.

Marta poursuivait :

— Quand je me suis retrouvée pour la première fois seule dans le vaste monde à lutter pour mon existence et celle de mon enfant, on m'a dit que la femme ne pouvait sortir victorieuse de cette lutte que si elle excellait dans quelque compétence, que si elle possédait un talent véritable et confirmé… Possédais-tu quelque compétence, Karolina ?

— Non, Marta, je n'en possédais aucune. Je savais seulement danser, amuser les invités, et bien m'habiller.

— Quant au talent, je n'ai jamais su que tu en possédais…

— Je n'avais pas le moindre talent.

— Peut-être avais-tu des proches riches, qui t'ont donné du bien ?

— J'en avais, mais ils ne m'ont rien donné.

— Alors… — commença Marta.

— Alors — l'interrompit la femme en satin, se levant soudain de son siège mobile. Le petit chien brodé se mit à osciller fortement dans la foulée, la bascule du berceau percuta bruyamment le sol. Quant à elle, elle se retrouva debout devant la causeuse où Marta était assise.

— J'étais jolie — dit-elle — et… j'avais compris où se trouvait le seul endroit possible pour moi sur terre.

— Ah ! — s'exclama tout bas Marta, semblant vouloir s'arracher à sa position assise. Mais la femme debout devant elle la maintenait clouée sur place par la force de son regard. Elle était là, le corps et le visage immobiles, ses cheveux blonds et sa fine, souple silhouette flottant dans le halo rose du feu de la cheminée. Les sourcils légèrement relevés, elle regardait Marta en face, avec insistance, avec un regard perçant dans lequel brillait à présent la sombre lueur d'une sinistre flamme.

— Eh bien ? — fit-elle après un moment. — Tu as pris peur, naïve créature, tu veux te sauver ? C'est bon, alors va-t'en ! Tu as parfaitement le droit de ramasser une poignée de boue et de me la jeter à la figure. Qui aujourd'hui peut te refuser ce droit ? Aujourd'hui tu l'as encore…

Marta se voila la face de sa main.

— Tu te voiles la face ; tu ne veux pas me regarder. Tu interroges ton esprit pour savoir si c'est bien moi qui suis cette innocente, naïve, idéale Karolcia qui courait après toi dans la prairie en fleurs de ton père et voltigeait dans une valse étourdissante sur les parquets luisants de madame Herminia ; qui aimait passionnément les roses blanches et l'odeur du muguet, et voyait les yeux bleus de monsieur Edward submergés par l'éclat de la lune ?... Oh oui, c'est bien moi, la même… mais si ma vue par trop te blesse, tu peux ne pas me regarder… contente-toi d'écouter…

Elle s'avança de quelques pas et s'assit sur la causeuse, à côté de Marta.

— Ecoute — répéta-t-elle. — T'es-tu déjà demandé un jour et rendu précisément compte de ce qu'est une femme en ce monde ? Sûrement pas. Moi je vais te le dire. J'ai oublié ce qu'il en est selon cette loi de Dieu que tu évoquais à l'instant… mais selon la loi et les mœurs humaines la femme n'est pas un humain, la femme est une chose. Ne détourne pas la tête. Je dis la vérité, relative peut-être, mais la vérité. Tu veux voir des humains ? Regarde les hommes. Chacun d'eux vit autonome dans le monde, n'a pas besoin qu'on lui adjoigne un chiffre pour cesser d'être un zéro. La femme est un zéro s'il n'y a pas d'homme à son côté comme chiffre la complétant. On enchâsse la femme dans une monture étincelante afin que, comme un diamant artistement taillé chez un joaillier, elle focalise sur elle le plus grand nombre de regards d'acquéreurs. Si elle ne se trouve pas d'acquéreur ou, l'ayant trouvé, le perd, elle se recouvre de la rouille d'une éternelle souffrance, de taches d'une misère sans issue, redevient un zéro, mais un zéro émacié de faim, tremblant de froid, s'échignant à essayer vainement de se bouger et de se traîner. Souviens-toi de toutes les vieilles filles, abandonnées ou veuves, que tu as connues dans ta vie, regarde tes collègues de l'atelier de Szwejcowa, regarde-toi… Que représentez-vous toutes en ce monde ? Quelles sont vos espérances ? Où est la possibilité pour vous de vous extirper des marécages et aller là où les gens aspirent à aller ? Vous êtes des plantes cultivées en serre dont les tiges n'ont pas la force de résister aux vents et aux tempêtes, et il ne peut en être autrement, dès lors que les bardes et les philosophes de ce monde ont appelé la femme « la plus belle des fleurs de la nature ». La femme est une fleur, un zéro, un objet auquel n'a pas été donnée la faculté de se mouvoir par lui-même. Pour elle, point de bonheur ni de pitance sans homme. La femme doit nécessairement se greffer, d'une manière ou d'une autre, à un homme pour vivre. Sinon direction l'atelier de couture de Szwejcowa et mort lente. Et que fera-t-elle donc, s'il lui prend une envie passionnée de vivre ? Devine ! Tu devines ? C'est bien ! Voile-toi donc la face de ton autre main aussi, pour que tu ne puisses même plus voir le moindre bout de ma robe, mais continue à m'écouter…

J'étais jeune, jolie, habituée à l'aisance et à la paresse ; quand on m'a chassée de la maison de mes riches parents, je ne possédais en tout et pour tout que quelques robes, un bracelet en or venant de ma mère, et cette bague avec un émail bleu que tu m'as offerte, Marta, le jour de ton mariage. J'ai vendu le bracelet et la bague. Je pensais que cela me suffirait en attendant de trouver un gagne-pain. Je m'imaginais être un humain, et à cause de cette stupide erreur j'ai souffert l'enfer pendant quelques mois. Je l'aurais souffert peut-être encore plus longtemps si par chance je n'avais rencontré monsieur Edward sur le trottoir du Nowy Świat[64]. Je l'aimais encore. Quand il passa sans me saluer, je fus définitivement convaincue que j'étais une chose, qu'on avait le droit de prendre et jeter à volonté. Se trouverait-il quelqu'un pour agir avec un être humain comme a agi avec moi celui dont je rêvais les jours de tranquillité, celui dont j'invoquais l'image aux heures de famine et de torture ? Mes souffrances se sont achevées à partir du moment où j'ai perdu la croyance en mon humanité. Tu as peut-être entendu parler de ce jeune monsieur Witalis[65] qui a une femme âgée, des biens importants aux abords de Varsovie, et une belle maison à Varsovie. Il passait souvent à la petite boutique de la rue Ptasia[66], où je remplaçais la patronne pour vendre des bougies et du savon, en échange d'une paillasse étendue dans un coin de la chambre d'enfants la nuit, d'une écuelle de soupe au gruau et d'un verre de lait le jour. A vrai dire mon travail méritait d'être payé bien plus, mais la bonne femme exploitait une tâcheronne qu'elle avait ramassée sur le pavé fatiguée, famélique et en haillons. Deux jours après cette rencontre avec monsieur Edward, après deux nuits que je ne serais même plus capable de raconter aujourd'hui, je cessai de vendre des bougies et du savon... A monsieur Witalis je dis « D'accord ! » et quittai la petite boutique avec sa chambre où criaillaient et se battaient cinq gamins malpropres ; je vins habiter ici...

Marta se tenait assise comme pétrifiée. Derrière la main dont elle se couvrait les yeux on voyait son visage d'une pâleur et d'une immobilité de marbre. Un frisson à peine perceptible la parcourut de la tête aux pieds lorsque résonna quasiment à son oreille le petit rire sec et

---

[64] Rue du centre-ville de Varsovie, dans le prolongement du Krakowskie Przedmieście.
[65] Vital ou Vitalis (prénom d'origine latine).
[66] Rue proche de la rue Graniczna.

bref, rappelant maintenant la crécelle d'un veilleur de nuit.

— Je ne sais pas comment c'est arrivé, mais j'ai l'impression que je suis en train de pérorer ! — criait en riant la femme aux cheveux blonds défaits. — C'est ta robe de deuil, Marta, elle m'a assombri mon salon. Je n'aime pas le noir, je me complais dans les lumières, j'aime rire aux comédies, et chez moi manger des bonbons… crois-moi… c'est mieux ainsi…

Elle prit la main de la veuve pendant inerte dans les plis de sa robe noire et se rapprocha d'elle.

— Ecoute, Marta — commença-t-elle en se penchant presque à l'oreille de sa compagne — je t'ai aimée en son temps, aujourd'hui tu me fais beaucoup de peine… La bague que tu m'as donnée m'a nourrie pendant plusieurs semaines, maintenant c'est moi qui vais t'épauler par mes conseils et mon assistance… Jusqu'à présent je ne t'ai exposé que la théorie, maintenant je passe à la pratique… A côté de mon appartement, il y a trois pièces à louer, pratiquement les mêmes que celles-ci… tu veux ? Demain nous serons voisines. Tu transporteras ici ton enfant, il sera au chaud, confortablement installé… Après demain tu enlèveras cette méchante robe de deuil…

Marta enleva la main de ses yeux et leva la tête.

— Karolina ! — dit-elle en se levant. — c'est assez, ne dis pas un mot de plus…

— Alors ? — s'exclama la femme en satin. — C'est non ?

La femme en deuil ne répondit pas tout de suite. Sur son visage alternaient une mortelle souffrance et une rougeur couleur de sang, sa voix tremblait et se brisait dans sa poitrine lorsqu'elle commença :

— Il n'y a pas encore si longtemps, pas si longtemps, si quelqu'un avait osé me parler comme tu viens de me parler, Karolina, je me serais sentie mortellement offensée… je me serais peut-être mise dans une colère folle… à présent je ne ressens plus qu'une grande souffrance, et une honte encore plus grande. Il faut vraiment que je sois quelque chose de moins qu'un être humain, puisque, n'ayant commis rien de répréhensible, pas l'ombre d'une mauvaise action, ne cherchant rien en ce monde, rien d'autre qu'un travail honnête, j'aie rencontré… ce que j'ai rencontré… Oh, que je suis tombée bas, tombée bas !... Et pourquoi ? Et pour quelle faute ?

Elle resta un moment immobile, ses yeux fixant lugubrement le sol. Après un moment, elle dit d'une voix un peu radoucie :

— Je ne te méprise pas, Karolina, ni ne te jette de poignée de boue, comme tu l'as dit. Mon Dieu ! Je suis bien placée pour savoir ce qu'est la vie d'une femme pauvre… j'y goûte depuis plusieurs mois… aujourd'hui j'en ai avalé la goutte la plus amère. Je ne te méprise donc pas, mais aller sur tes pas, je ne le peux pas… non, jamais… jamais…

Elle se tut à nouveau et cette fois fixa d'un regard clair un point de l'espace. Elle y vit avec les yeux de son imagination une des scènes de son passé.

Ce n'était pourtant aucune des scènes de ses joies et de son bonheur passés, elle reflétait en effet un moment d'infinie douleur. Marta vit sur son lit de malade le seul homme qu'elle eût aimé sur terre.

Son visage se figeait sous l'emprise de la mort, sa respiration se bloquait dans sa poitrine épuisée par la maladie, mais ses yeux restaient fixés sur son visage, rayonnants du dernier éclat de la vie, sa main agitée par les spasmes de l'agonie serrait sa main entre ses doigts qui se raidissaient. « Ma pauvre Marta, comment vas-tu vivre sans moi ? ». Avec ces mots sur ses lèvres violacées, il la quitta pour l'éternité.

— Ah, comme je l'aimais ! Comme je l'aime encore ! — murmura la veuve ; en même temps ses mains tombèrent, inertes, sur sa robe noire et un énorme soupir souleva sa poitrine. — Non, Karolina ! Par Dieu, non ! — s'écria-t-elle en relevant bien haut son visage rayonnant de pâleur. — J'ai eu plus de chance que toi. L'homme que j'ai aimé n'a pas fait de moi une chose. Il m'a épousée, aimée, respectée. Agonisant, il pensait encore à moi et à mon avenir. Je l'aime encore, bien qu'il ne soit plus sur terre, j'honore son nom, que je porte. Mon amour pour lui et son souvenir se dressent en moi comme des autels ; devant eux brûle une lampe remplie des larmes de mon cœur, éclairant mon triste chemin…

— Lequel chemin te mènera bientôt aux Champs Elysées, où des anges blancs se joindront à ton défunt époux ! — retentit la voix pénétrante, entrecoupée de la gamme de rires aigus, de Karolina.

Marta se trouvait déjà à quelques pas d'elle et se couvrait la tête de son châle de laine noir.

— Porte-toi bien, pauvre Karolina, porte-toi bien ! — s'exclama-t-elle d'une voix étouffée et s'enfuit dans la pièce voisine, où la lampe rose était déjà allumée au-dessus de la table en acajou. Elle était près de la porte quand elle se sentit retenue par l'épaule. Près d'elle se tenait Karolina, ses lèvres tremblant de rire, son front flétri faisant onduler ses petites rides et ses yeux luisant d'un sombre éclat.

— Ecoute ! — dit-elle. — Tu me fais vraiment rire ! Tu es une exaltée, extraordinairement naïve, tu es, ma chère, encore un grand enfant. Et cependant j'ai de la peine pour toi ! Je ne sais même pas pourquoi car, après tout, que peut bien me faire ce que tu vas devenir ? Pour moi c'est même mieux que tu ne sois pas ma voisine, tu es trop belle… Mais… Mais ta bague m'a nourrie pendant plusieurs semaines… et mon mode de vie ne me voue pas nécessairement à l'ingratitude.

D'une main elle retenait avec force la jeune femme par l'épaule, de l'autre elle lui montra une fenêtre.

— Réfléchis — disait-elle — il fait si froid là-bas, c'est à la fois populeux et vide. La foule va te piétiner, le vide t'engloutir… Reviens…

— Lâche-moi — murmura Marta avec force — je ne te souhaite pas de mal, mais ne peux discuter avec toi… je suis venue ici à la recherche d'un moment d'amitié et de repos, et j'ai trouvé une nouvelle souffrance et la honte de ma vie… lâche-moi !

— Il te faut encore savoir une chose… Ce jeune homme qui m'accompagnait aujourd'hui dans la rue est fou amoureux de toi… il donnera tout ce qu'il possède…

— Lâche-moi ! — cria Marta, cette fois tout haut et avec un gémissement, arrachant avec une force convulsive son épaule à l'emprise de la femme penchée sur elle. Son bras lâcha prise. Marta se précipita vers la porte.

Elle avait déjà descendu quelques marches de l'escalier généreusement éclairé quand elle entendit derrière elle le froufrou du satin.

— Reviens ! — l'appela une voix d'en haut. — Tu seras mendiante !

La femme en deuil dévalait l'escalier sans répondre.

— Tu vas voler ! — répéta la voix.

La femme ne tourna pas la tête et descendit quelques marches supplémentaires.

— Tu vas mourir de faim, ainsi que ton enfant.

Entendant ces derniers mots, la femme s'arrêta, se retourna, mortellement pâle, et planta son regard brûlant d'un lugubre éclat dans la silhouette qui se tenait tout en haut de l'escalier. L'abondant éclairage au gaz inondait cette silhouette, peignant d'argent le mauve de sa robe ; le grand camée brillait à son cou d'une couleur azurée, les épingles d'or tremblotaient dans l'épaisseur de sa longue chevelure qui se soulevait légèrement au courant d'air pénétrant par la porte ouverte donnant sur la rue. Elle se tenait la tête et le corps penchés en avant, ses lèvres tremblotant de rire, ses yeux froids miroitant des couleurs de l'arc-en-ciel sous son front flétri. Marta planta en elle, l'espace d'un instant, son regard sec, enflammé, horrifié et sinistre, puis soudain se retourna, descendit précipitamment et disparut en un clin d'œil dans la pénombre de la rue.

Quelques minutes s'étaient à peine écoulées quand, par la même porte derrière laquelle Marta avait disparu, déboula le joyeux Oleś ; il monta en quelques sauts l'escalier et entra en trombe dans l'appartement de Karolina.

— Alors ? — demanda-t-il, le chapeau à la main, debout à l'entrée du petit salon. — Elle est partie ? Il me semble l'avoir reconnue marchant sur le trottoir d'en face. Quand revient-elle ?

Il posait ces questions sur un ton bref, pressé ; dans ses yeux noirs, brillants, se lisait l'impatience d'un homme sans volonté ni discernement, cédant à ses impressions du moment.

— Elle ne reviendra pas du tout — répondit la femme assise devant la cheminée à la même place que Marta il y a quelques minutes. Elle avait les bras croisés, les yeux rivés sur les charbons incandescents. Elle ne détourna pas son regard vers le jeune homme qui entrait, et à ses questions pressantes répondit sur un ton bref, plus qu'indifférent, réticent.

— Elle ne reviendra pas ? — s'exclama Oleś, jetant son chapeau sur le meuble le plus proche et pénétrant plus avant dans la pièce. — Comment cela elle ne reviendra pas ? N'êtes-vous pas, mesdames, des amies d'enfance ?

La femme se taisait. Le jeune homme s'impatientait de plus en plus.

— Qu'a-t-elle donc dit ? — demanda-t-il, rongeant son frein.

— Elle a dit — répondit lentement la femme sans changer ni sa position, ni la direction de son regard — elle a dit que pour l'instant elle aimait toujours son mari...

Oleś ouvrit de grands yeux.

— Son mari ? — prononça-t-il comme s'il n'en croyait pas ses propres oreilles. — Feu son mari ?

Il pouffa de rire, leva les yeux au plafond, et rit bruyamment et longtemps.

— Son mari ! — répéta-t-il. — Et qu'est-ce qu'elle lui veut encore, à ce malheureux ? Il n'est plus de ce monde ! Oh, cœur fidèle !... une veuve inconsolée, comme c'est attendrissant !

Il continuait à rire, mais dans ce rire vibrèrent à la fin de fausses notes. S'y manifestaient comme du dépit et une pénible irritation.

— Par Dieu ! — reprit-il, arpentant le petit salon à grands pas. — Voilà une femme peu ordinaire ! Continuer à aimer un mari défunt plusieurs mois après sa mort ? Que cela est beau ! Que serait-ce alors si elle aimait à présent quelqu'un de vivant ? Oh, si je pouvais être ce veinard !

— C'est très possible pour vous d'être ce veinard — se manifesta la femme assise devant la cheminée. Elle ne tourna cependant pas la tête, ni n'accomplit le moindre mouvement. Lui bondit vers elle. Des rougeurs intenses couvraient ses joues.

— Je pourrais l'être ? — s'exclama-t-il. — Elle ne m'a donc pas ôté tout espoir ! O belle, magnifique madame Karolcia d'or et de diamant, ayez pitié de moi ! Je suis vraiment amoureux à la folie. Je pourrais être ce veinard si... dites, madame, je vous en supplie, je vous en conjure, si quoi ?!

La femme pour la première fois leva les yeux sur lui. Au fond de ses prunelles, sur ses sourcils légèrement relevés, aux mobiles commissures de sa délicate bouche, se logeait une indicible ironie.

— Si — dit-elle lentement — si vous lui demandiez sa main et vouliez l'épouser.

Ces paroles eurent sur Oleś un effet étourdissant et stupéfiant. Il resta un moment immobile, abasourdi, la bouche entrouverte et les yeux rivés sur le visage de la femme qui le regardait avec insistance.

— L'épouser ! — répéta-t-il en s'étranglant.

Ses lèvres frémirent comme s'il allait bientôt éclater de rire ; mais il n'éclata pas de rire, se contentant de faire un geste désabusé de la main, de hausser les épaules et, disant moitié en colère et moitié indifférent : « Vous plaisantez ! » — il s'éloigna de la cheminée. La femme, pendant un moment, le suivit d'un regard froid et moqueur. Sur son visage défilèrent en une seule minute mille petits sourires, malicieux, narquois, méprisants. Le joyeux Oleś se dressa derechef devant elle.

— Vous êtes cruelle, madame Karolina ! — s'écria-t-il. — Vous me parlez de mariage ! Y a-t-il chose plus extravagante ? Me lier pour toute la vie à une personne que je connais à peine, une veuve, qui aime encore son défunt mari ? Devenir d'un seul coup père de je ne sais quel marmot, me fermer au monde, me charger du fardeau de tant de responsabilités, de tant de soucis ? Et cela à mon âge ? Dans l'heureuse situation où je me trouve ? Voilà vraiment une idée digne d'un brave bourgeois, nostalgique d'une savoureuse cuisine faite maison et d'une douzaine de bambins joufflus. Je pense que vous n'avez pas dit cela sérieusement ; je sais que vous aimez plaisanter ! C'est un de vos principaux charmes.

Karolina haussa les épaules.

— Bien sûr que je plaisantais — répondit-elle brièvement,

regardant à nouveau les charbons incandescents.

Le joyeux Oleś était de plus en plus troublé.

— Vous êtes d'une humeur impossible aujourd'hui — grogna-t-il. — N'apprendrai-je donc rien d'autre ?

— Vous m'ennuyez mortellement — répondit la femme.

— Où habite-t-elle ? — insistait le jeune homme.

— Je ne sais pas, j'ai oublié de le lui demander.

— C'est la meilleure ! Et que vais-je faire maintenant ? Il me faudra la chercher, mais la ville est une forêt, et avant de la retrouver je l'aurai à nouveau oubliée…

Il dit cela avec une extraordinaire excitation, presque avec de la colère et de la frustration dans la voix. Il craignait que sa mémoire capricieuse et le grand nombre de ses impressions quotidiennes ne lui enlevassent l'objet de sa passion du moment. Soudain il claqua des doigts, jeta un cri de joie et bondit derechef vers la cheminée.

— Eureka ! — s'exclama-t-il. — N'est-elle pas couturière ? Où cela ? Dans quelque établissement ? Belle, magnifique Karolcia en or, dites-le-moi…

La femme se leva et émit un grand bâillement.

— Mais là-bas… rue Freta, dans l'atelier de Szwejcowa — dit-elle avec une expression de suprême ennui. — Maintenant allez-vous-en, je dois m'habiller pour le théâtre…

Oleś semblait aux anges.

— Chez Szwejcowa ! Je connais ! Je connais ! Je la fréquente ! Une de ses filles, celle qui coupe — est un épouvantail, mais l'autre, toute jeune mariée, épouse d'un brasseur, et sa petite-fille, fille de son fils, mademoiselle Eleonora, ne sont pas mal du tout… C'est donc là-bas que va ma déesse ! Ah, demain… demain… j'y cours, j'y fonce, j'y vole.

Il saisit son chapeau et se trouvait déjà sur le seuil.

— Au revoir ! — cria-t-il.

Au-delà du seuil, il fit machine arrière.

— Madame Karolcia, vous allez au théâtre aujourd'hui. Qu'est-ce qu'on donne ?

La femme se tenait à la porte de sa chambre, une bougie allumée à la main.

— *Flik et Flok*[67] — dit-elle.

— *Flik et Flok* ! — s'écria l'homme au rire éternel. — Il me faut y être et voir Laura dans sa danse égyptienne ! Mais n'est-ce pas tard ? Je dois encore passer chez Bolek ! Au revoir ! Au revoir ! Je cours, je fonce, je vole !

***

Toutes les grandes villes en général, et Varsovie en particulier, recèlent en leur sein un certain nombre d'hommes de différents âges jouissant d'une réputation parfaitement établie et largement répandue de bourreaux de cœurs féminins et de destructeurs d'honneur de jeunes filles. Ces individus, dès que mère-nature leur a saupoudré la lèvre supérieure d'un premier petit duvet de moustache, jusqu'au moment, ou même parfois après que cette même mère universelle leur aura décoré la tête d'un petit frimas blanchâtre de calvitie, se font de l'adoration des charmes féminins comme un métier et une pratique quotidienne, platonique lorsqu'ils ne peuvent faire autrement, non platonique partout où cela leur est possible. Ce sont des gens très agréables, pleins d'entrain et d'humour, gais, serviables, recherchés en société, célébrés dans les amicales. Souvent ils ont non seulement un tendre, mais aussi un bon cœur. Pour rien au monde ils ne voudraient nuire à quiconque délibérément, avec préméditation et exprès, et si malgré tout ils occasionnent de fréquents dégâts, un esprit compréhensif et les comprenant comme il faut ne peut sans injustice leur appliquer une autre sentence que l'évangélique : « Seigneur, pardonne-leur, car ils ne savent pas ce qu'ils font ! ». Du reste, eu égard à la banalité du phénomène qu'ils représentent, eu égard à tous leurs agissements

---

[67] Ballet de Paolo Taglioni dont la première fut donnée à Berlin en 1858 sous le titre « *Die Abenteuer von Flick und Flock* » (Les aventures de Flick et Flock).

habituels, à ce qu'ils parviennent à faire dans la vie et à ce qu'ils signifient dans la société, ce sont en somme des marionnettes de très peu de poids dans celle-ci, de petits pions sur le grand échiquier de l'humanité, de microscopiques insectes, évoluant tranquillement avec leurs petites ailes déployées sur l'écorce de la vie, une écorce à d'autres rugueuse. Eu égard alors à leur insignifiance, on pourrait dans les considérations sur les phénomènes sociaux négliger complètement ces joyeux minables, et même s'amuser, en les voyant, à parodier cette célèbre exclamation du poète à propos du pollen inconsistant[68], si ce pollen inconsistant, ces minuscules pions éternellement remuants, ces innocents insectes éternellement joyeux, ne constituaient un danger mortel pour une certaine catégorie d'êtres humains. Cette catégorie, ce sont les femmes pauvres. Il n'est même plus question ici du cœur, car celui-ci, qu'il batte sous un corsage de soie ou de laine ou de calicot, constitue pour le beau sexe, comme on l'appelle, un endroit sensible et en même temps désarmé ; n'importe quoi peut le blesser, le conquérir. De là douleurs et chagrins, larmes et gémissements, cheveux arrachés et grincements de dents, que ce soit dans les salons ou dans les mansardes. Mais une chose qui dans les salons est extrêmement rarement abîmée par ces agréables libertins, et qui, en revanche, dans les mansardes, les sous-sols, les ateliers de couture et autres manufactures se retrouve sous leur complète emprise et mortellement succombe — c'est la réputation de la femme. A cet égard il est parmi eux des potentats si puissants que, parfois sans efforts particuliers, quelquefois sans intention explicite, par leur seule approche, quelques pas effectués aux côtés d'une femme, quelques regards jetés sur elle, ils tuent une bonne réputation et font naître de mauvais soupçons dans les têtes des gens. C'est là l'heureux fruit de leur renommée bien établie et largement répandue. Vraiment heureux pour eux, car il témoigne face au monde de leur énergie véritablement virile, de leur gigantesque

---

[68] Allusion à un vers de Mickiewicz dans *Les Aïeux* : « Femme ! Pollen inconsistant ! Créature volatile ! »

pouvoir d'influence sur le monde, de l'énorme richesse des sensations éprouvées et causées, des exploits par eux réalisés ; pas très heureux peut-être pour celles sur qui d'aventure se pose le regard du maître des créatures[69]...

Le maître des créatures marche dans une rue de la grande ville, agitant comme un sceptre sa canne flexible. Son chapeau resplendit sur sa tête, ses gants à double couture resplendissent à ses mains, sur sa poitrine brille et oscille avec grâce une chaînette en or sur le fond sombre de sa redingote confectionnée par les dignes mains du maître-tailleur Chabou[70]. Quelle splendeur ! Il chantonne à mi-voix un air de *La Belle Hélène*, jette des regards rapides alentour. Il effleure souvent de la main le bord de son chapeau, salue tout le monde, tout le monde le salue, il connaît tout le monde, tout le monde le connaît. Quelle éminente position sociale ! Voilà qu'il cesse de chantonner, tend le cou et reste un pied en l'air à l'image d'un braque qui a débusqué une proie, plisse les yeux pour mieux voir, sourit... Là-bas au coin de la rue est passé un joli minois, une belle petite frimousse blanche a brillé, des yeux noirs ont scintillé... En avant ! En avant la traque ! Attention ! La proie n'est plus très loin ! Il faut la coincer au plus vite, car elle est prête à se défiler ! Il arrive par le côté, soulève son chapeau, plein de respect (ô ironie) salue, et demande d'une voix imitant fidèlement la voix de Pâris qu'il a entendue hier sur scène :

— Me permettez-vous de vous accompagner ?

Elle permet ? Il marche à ses côtés. Elle ne permet pas ? Il marche tout de même. N'est-il pas le maitre des créatures ? En chemin il rencontre des gens qu'il connaît (il en connaît autant que la mer ne compte de gouttes d'eau), leur fait des clins d'œil malicieux et leur désigne sa compagne du regard. Par moments le cœur lui bat plus fort. Sont-ce les premiers frémissements d'un amour naissant de papillon ou peut-être la griserie du triomphe ? Le plus souvent, l'un et l'autre. Le maître

---

[69] L'homme est, d'après la Bible, le maître de toutes les créatures vivantes sur terre.
[70] Maison renommée de Varsovie, sur le Krakowskie Przedmieście.

des créatures, toutes les fois qu'il aperçoit un superbe, ou ne serait-ce qu'un joli exemplaire de visage féminin, jure devant tous et d'abord devant lui-même qu'il est follement, mortellement amoureux. Il le fait en toute bonne foi. Son cœur est un volcan qui entre en éruption plusieurs fois par jour. Par ailleurs il sent bien que les gens guettent avec intérêt un nouvel épisode de la grande épopée de sa vie. Leurs yeux sont tellement habitués à le voir invaincu que dès la première page ils devinent ce qui figurera sur la dernière — sa victoire !

Il s'est approché, et a donc charmé. Il a lancé une œillade, et a donc conquis. Ni lui, ni aucun de ceux qui le connaissent, ne soupçonnent qu'il puisse en être autrement. La gloire du vaillant garçon augmente ; la réputation de la femme pauvre coule. Sur la couronne qui ceint la joyeuse tête de celui-là pousse une nouvelle feuille de laurier, sur le front triste de celle-ci apparaît une tache… Tel était le joyeux Oleś, un parmi tant d'autres… Le seul fait de s'approcher de lui était compromettant pour la femme, s'entretenir avec lui la vouait à l'infâmie…

Szwejcowa avait trois filles et plusieurs jeunes petites-filles et connaissait donc Oleś. Il avait fréquenté sa maison, et elle-même prétendait qu'une des demoiselles Szwejc, celle qui s'occupait de la coupe avec sa mère, était restée célibataire à cause de lui. Toute laide qu'elle était, mais ayant une jolie petite silhouette et une langue bien pendue, elle avait jadis attiré le regard du maître des créatures. Il n'y avait donc rien d'étonnant qu'en de telles circonstances Szwejcowa rapprochât ses lunettes de ses yeux et collât son visage à la vitre lorsqu'elle vit un beau matin une de ses ouvrières traversant la cour en compagnie de l'irrésistible Oleś. Les filles en robes déchirées, aux visages jaunis avec des cocardes défraîchies dans les cheveux, observaient également à travers les vitres et, souriant, s'envoyaient mutuellement des clins d'œil et des signes du doigt entendus. La fille de Szwejcowa debout à la table ronde s'aperçut elle aussi de tout cela. Elle se dressa sur la pointe des pieds et jeta un coup d'œil par la fenêtre. De l'endroit où elle se trouvait elle put apercevoir la petite moustache et la barbichette d'Oleś… et comme c'étaient sa petite moustache et sa barbichette à lui… elle se sentit envahie par l'émotion et le souvenir. Elle tendit encore davantage le cou et cette fois aperçut nettement un châle de laine noir couvrant une tête féminine.

— Maman ! Avec quelle ouvrière est donc monsieur Alexandre ? Szwejcowa ôta son visage de la vitre.

— Avec madame Świcka — dit-elle en se rapprochant de la table.

Le front de la sévère matrone s'était assombri d'épais nuages : le *ś* et le *c* du nom de Marta étaient sortis de sa bouche en un long sifflement.

Les jeunes ouvrières échangèrent des regards en cachette.

L'air de la patronne et le son de sa voix n'auguraient rien de bon.

L'une d'elles prononça tout bas :

— Gare !

— Peut-être qu'elle va la congédier ? — demanda une autre encore plus bas.

— Hoho ! — chuchota, le plus bas, une troisième. — Elle peut maintenant se le permettre et s'en moque !

A cet instant Marta entra dans l'atelier. Rien que l'expression de son visage ce jour-là eût pu attirer les regards de toutes les personnes présentes si ces regards n'étaient pas déjà, de toute façon, prêts à la dévisager. Ses yeux étaient cernés de noir, éteints. Sur ses joues creusées apparaissaient des ronds de rougeurs sanguines, ses sourcils étaient séparés par un profond sillon. En entrant elle releva ses lourdes paupières gonflées, et rencontra une douzaine de regards rivés sur elle. Elle ne manifesta pourtant pas d'étonnement, ni aucun autre sentiment ; elle enleva le châle de sa tête et prenant son ouvrage, déjà préparé sur son tabouret, s'assit en silence. Au moment de dérouler sa pièce de tissu et d'enfiler son aiguille, ses mains tremblaient comme si elle avait la fièvre. Elle s'absorba dans son travail en baissant la tête, laquelle ce jour-là s'encadrait de tresses quelque peu défaites. Sa main, tremblante et rougie par le froid, se levait et s'abaissait rapidement, comme au rythme de sa pensée enfiévrée tournant à une vitesse vertigineuse. Elle respirait par saccades, ouvrant la bouche de temps à autre pour happer l'air qui visiblement faisait défaut à sa poitrine. A la table ronde, les deux paires de ciseaux faisaient entendre leurs couinements aigus et prolongés.

De dessous ses lunettes, Szwejcowa jetait des regards obliques à l'ouvrière qui venait d'arriver. Les commissures de ses lèvres charnues s'étaient affaissées, trahissant sa mauvaise humeur. Elle s'arrêta de couper et, sans lâcher les ciseaux d'entre ses doigts ridés, elle dit sur un ton traînant et assourdi :

— Vous n'êtes pas venue hier, madame Świcka.

Marta entendant prononcer son nom releva la tête.

— Vous m'avez parlé, madame ?

— Vous n'êtes pas venue hier, madame Świcka.

— Oui, madame., j'avais à faire en ville et n'ai pas pu venir.

— La non-exactitude des ouvrières au travail nuit grandement à l'établissement.

Marta baissa bien bas la tête. Elle reprit sa couture sans rien dire.

Il n'y avait plus qu'une paire de ciseaux à la table ronde à couiner et grincer, mais de plus en plus nerveusement.

On voyait que la vieille fille restée célibataire à cause de l'irrésistible Oleś se sentait de plus en plus troublée.

Sa mère restait les yeux tournés vers le groupe d'ouvrières, les ciseaux immobilisés dans sa main bronzée.

— Je vous ai vue en ville hier, madame Świcka. Vous vous trouviez alors aux marches de l'église Sainte-Croix en compagnie de deux personnes.

Marta ne répondait toujours pas. Que pouvait-elle dire ?

Le fait dont parlait Szwejcowa était absolument exact.

— Je connais moi aussi les personnes avec lesquelles vous discutiez dans la rue, madame Świcka. L'une d'elles a même travaillé dans notre établissement un certain temps, il y a quelques années de cela. Pas longtemps cependant, pas longtemps, car je me suis tout de suite aperçue que sa compagnie pouvait être un mauvais exemple pour nos ouvrières. Vous connaissez bien cette femme, madame Świcka ? Sa compagnie peut-être très dangereuse.

— Pas pour moi, madame — répondit pour la première fois Marta.

Elle n'avait pas relevé la tête de son ouvrage, mais sa voix tremblante vibrait de la révolte sourde et contenue d'une fierté féminine se sentant piétinée.

— Ah ! — Szwejcowa poussa un long soupir. — On ne peut pas avoir une telle confiance en soi. La présomption est mère de tous les péchés. Mieux vaut éviter, rester à distance de dangereuses compagnies... Et monsieur Alexandre Łącki, est-il lui aussi une de vos connaissances proches, madame Świcka ?

La paire de ciseaux qui n'avait jusqu'à présent cessé de couiner et de grincer s'arrêta. La vieille fille au visage ingrat qui malgré tout avait un jour attiré sur elle le regard du maître des créatures releva la tête.

— Il doit être, maman, bien connu, et de près, de madame Świcka, puisqu'elle se promène tous les jours avec lui.

On eût cru que ces paroles étaient des serpents qui avaient enlacé Marta de la tête aux pieds et dardé de leurs piqures toutes les parties de son corps, tant sa réaction fut soudaine : elle se redressa, releva la tête de la pièce de tissu déployée sur ses genoux et planta le regard de ses yeux grand ouverts sur le visage de la vieille fille qui parlait.

— Que signifie cela ? — énonça-t-elle dans un sourd et lourd murmure. En même temps, elle promena son regard alentour. Toutes les ouvrières, même celles qui d'habitude avaient l'air les plus apathiques et les plus amorphes, étaient à présent assises la tête relevée, les yeux braqués sur elle. Sur leurs visages se lisaient les sentiments les plus divers : pitié, curiosité, moquerie. Marta resta un moment comme pétrifiée. Les taches écarlates de ses joues s'élargissaient petit à petit, jusqu'à empourprer son front et son cou.

— Il n'y a pas de quoi se fâcher, chère madame, pas de quoi se fâcher — commença Szwejcowa. — Je suis depuis une vingtaine d'années la patronne d'un établissement dans lequel ont toujours travaillé quelque vingt et plus jeunes personnes, j'ai donc acquis beaucoup d'expérience. Je sais par ailleurs quelles sont mes obligations à l'égard des âmes que la Providence confie à mes soins ; je ne peux voir avec indifférence l'une d'entre elles s'exposer volontairement au danger. En outre, j'ai encore des filles, de toutes jeunes petites-filles. Que pourrait-on penser aussi d'elles, si, à Dieu ne plaise, notre établissement révélait de quelconques exemples de dépravation. Et enfin, sur la cour donnent les fenêtres de l'habitation d'une certaine dame, riche et pieuse, authentique protectrice et bienfaitrice de notre établissement. Une sainte dame ! Que penserait-elle en voyant se promener juste sous ses fenêtres et les miennes une de mes ouvrières avec un jeune galant ? Peut-être d'ailleurs l'a-t-elle déjà vu ! J'appréhende vraiment et me demande ce que je vais dire à notre protectrice si elle m'interroge ! Ai-je congédié l'ouvrière ? Mais cela ne va peut-être pas s'accorder avec la charité chrétienne ?...

— Vous lui direz, madame, que l'ouvrière qui a eu le malheur de rencontrer dans la cour ce jeune galant a quitté ces lieux d'elle-même et volontairement.

Ces paroles, prononcées d'une voix bien timbrée et profonde, se répandirent dans la grande pièce. Marta se leva de son siège et, la tête haute, les lèvres tremblantes, regardait Szwejcowa droit dans les yeux.

— Je suis une femme pauvre, très pauvre — poursuivit-elle — mais je suis honnête et vous n'aviez aucun droit de me parler de la sorte. Ce n'est pas la Providence qui m'a confiée à vos soins et m'a amenée ici, mais ma propre incapacité. Je suis venue ici parce que je n'ai pas su travailler ailleurs : vous le savez très bien et avez très bien su profiter de ma situation. Mon travail vaut plusieurs fois ce que vous m'en donnez... Mais là n'est pas mon propos. J'ai passé un accord de mon plein gré et l'ai respecté. Ma misère, il me faut l'endurer, mais supporter des offenses... en dépit de tout... je ne le peux pas... non... je ne le peux pas encore ! Je vous salue !

Sur ces dernières paroles elle se couvrit la tête de son châle et se dirigea vers la porte. Les ouvrières la traquaient du regard, les plus jeunes avec sympathie et comme un air de triomphe sur le visage, les plus âgées avec commisération et, plus encore, avec étonnement.

Tout ce qui était arrivé à Marta depuis hier : la déception chez le libraire ; un amer sentiment de jalousie qui pour la première fois s'était emparé d'elle à la vue du palais Kaźmirowski et de la jeunesse estudiantine masculine, pleine d'espoir ; sa visite rue Królewska, la sinistre proposition qu'on lui avait faite là-bas, une nuit sans sommeil, passée dans des torrents de larmes et le feu de la honte, et surtout ensuite la rencontre avec l'homme dont elle savait qu'il l'attendait là-bas avec une idée, déshonorante pour elle, en tête — tout cela avait mis son esprit dans cet état de fébrile tension qui ne peut durer longtemps, qui, silencieux, au moindre affront éclate en une incontrôlable tempête. Et l'affront occasionné par les paroles de Szwejcowa et de sa fille n'était pas des moindres. Dans la poitrine de Marta la corde de sa sensibilité tendue à l'extrême cassa et émit un pathétique cri de révolte. Avait-elle bien fait, cédant à l'irrépressible explosion de sa fierté de femme et de sa dignité humaine, de jeter son dernier quignon de pain aux pieds de la femme qui l'avait offensée ? Elle ne pensait pas à cela, ne se rendait pas compte de son acte, traversant en courant la longue cour en direction de la porte cochère donnant sur la rue.

A peine cependant eut-elle pénétré sous cette porte qu'elle recula, comme devant quelque horrible fantôme, son visage se recouvrit du masque d'un mortel affront. Sous la porte cochère il y avait toujours Oleś, discutant à mi-voix avec un jeune homme se trouvant en bas d'un escalier qu'il venait apparemment de descendre pour se rendre en ville. Marta se jeta sur le côté. On voyait qu'elle s'efforçait de passer inaperçue en rasant le mur, mais la leste biche pouvait-elle échapper à l'œil du chevronné chasseur ?

— Madame ! — s'écria Oleś en se retournant. — Quelle surprise ! Je ne pensais pas que vous quitteriez si tôt aujourd'hui cet antre qui — et là il baissa la voix — depuis quelque temps est devenu pour moi un paradis rêvé !

L'homme qui parlait avec Oleś il y a un instant dévala les dernières marches et sortit en courant dans la rue, jetant un regard fugace à la femme à qui s'adressait son compagnon, et camouflant son sourire en coin en chantonnant un air de *Flik et Flok*. Marta se tenait contre le mur, pâle comme le marbre, la silhouette redressée et avec des éclairs dans les yeux. Le joyeux Oleś se dirigeait vers elle, le sourire aux lèvres et les yeux rêveurs.

— Que me voulez-vous ? — s'écria la femme.

— Madame ! — lui coupa la parole le maître des créatures. — Il y a un quart d'heure vous m'avez repoussé par des mots très sévères, mais je ne désespère pas, par ma persévérance...

— Que me voulez-vous ? — répéta la femme, retrouvant la parole qui lui fut enlevée il y a un instant. — Oui — poursuivait-elle — j'ai quitté cet antre où se trouvait néanmoins ma dernière ressource, le dernier morceau de pain pour mon enfant et moi. A cause de vous. De quel droit, messieurs, vous mettez-vous en travers de notre chemin, à nous pour qui même sans cela ce chemin est déjà si difficile à suivre ? Avez-vous donc si peu de cœur et de conscience pour traquer des êtres qui même sans cela ne savent où se poser sur terre ? Oh, à vous il ne vous arrivera certainement rien de mal de ce fait ! Vous, on vous en félicitera, nous on nous en blâmera. Nous, nous perdrons notre réputation d'honnêteté, et souvent notre dernier morceau de pain, et vous, vous vous amuserez formidablement...

Elle disait tout cela avec précipitation, pratiquement sans reprendre son souffle, avec une ironie mordante dans la voix et le regard.

— Vous vous amuserez à souhait — répéta-t-elle avec un rire amer — mais permettez que la femme que vous avez daigné prendre comme objet de votre amusement vous répète les paroles d'une vieille fable : « Méchant, oh, méchant est votre amusement, pour vous c'est un jeu, pour nous, il en va de notre vie !...[71] ».

Ce disant, elle passa outre le jeune homme stupéfait et disparut derrière la porte.

Le maître des créatures se retrouva tout seul, baissa la tête, porta la main à sa petite moustache, planta son regard troublé dans le sol, et resta longtemps ainsi. Sur son visage se lisaient la honte et le regret. Il avait honte de sa défaite, il regrettait l'attirante et réfractaire (d'autant plus attirante qu'elle était réfractaire) apparition qui avait disparu de sa vue. Peut-être aussi qu'à la vue de la femme aux prunelles enflammées, au front assombri, et aux lèvres tremblant d'un fier chagrin,

---

[71] Allusion à la fable « Les grenouilles et les enfants » d'Antoine Houdar de la Motte, reprise par Ignacy Krasicki, à propos d'enfants jetant pour s'amuser des pierres sur des grenouilles.

frémit en lui un sentiment plus sérieux, peut-être qu'il ressentit avoir mal agi et avoir lésé quelqu'un sans le vouloir. Oui ! Sans le vouloir ! « Il en va de notre vie » — avait-elle dit.

Quelle idée ! Comme s'il avait l'intention de tuer quelqu'un ! Rien au monde n'était plus étranger à son tendre cœur, rien de plus inaccessible à sa pensée nullement encline au moindre drame, que l'intention de commettre un quelconque meurtre. Et pourtant avec quelle énergie lui avait-elle parlé ! Quels douloureux éclairs jaillissaient de ses prunelles, qu'elle était pâle, et si belle ! Oleś à cet instant eût donné sans hésiter quelques années de sa vie bénie de patachon afin de pouvoir la retrouver, implorer son pardon, compenser le cas échéant le dommage qu'il avait causé et… la reconduire chez elle.

Bof ! Et où donc se trouvait son habitation ? Il ne le savait. Il fronça les sourcils, claqua des doigts de contrariété et, relevant la tête, s'exclama presque en colère :

— Maintenant je ne la retrouverai sans doute plus !

Au même moment, venant de la rue, s'engouffra sous la porte cochère une toute jeune demoiselle, presque encore une adolescente, dans un manteau très ajusté et portant de merveilleuses petites bottines. A sa vue l'expression du visage d'Oleś changea soudainement. Il s'empressa d'ôter son chapeau et, saluant la jolie adolescente, dit en souriant :

— Il y a bien longtemps que je n'ai eu la chance de vous voir, mademoiselle Eleonora.

L'adolescente ne semblait pas mécontente de la rencontre.

— Ah ! Vous voilà devenu très gentil, monsieur Alexandre, vraiment ! Très gentil ! Voilà au moins un mois que vous n'êtes pas passé nous voir. Grand-mère et tantine ont dit plusieurs fois que vous n'étiez pas gentil, monsieur Alexandre.

Monsieur Alexandre suivait d'un œil rêveur les mouvements de la petite bouche rosée qui gazouillait ces phrases.

— Mademoiselle ! — dit-il. — Le cœur me pousse à aller chez vous, mais la raison m'en dissuade.

— La raison ! Je suis curieuse de savoir pourquoi la raison devrait

vous dissuader de nous rendre visite ?
— Je crains pour ma tranquillité ! — chuchota le maître des créatures.
L'adolescente rougit jusqu'au bout des oreilles.
— Allons, n'ayez plus peur et passez nous voir, sinon grand-mère et tantine vont se fâcher pour de vrai.
— Et vous ?
Moment de silence. Les yeux de l'adolescente fixent un clou dépassant du renfort de la porte, ceux du conquérant comptent les bouclettes dorées se déversant sur le front clair de dessous le petit chapeau.
— Moi aussi je serai fâchée contre vous.
— Ah ! Si c'est comme ça, je viendrai, je viendrai sûrement !
L'adolescente pénètre en courant dans la cour, où le maître des créatures n'ose la suivre. Avec une ouvrière pauvre c'est autre chose, mais se promener dans la cour avec la petite-fille d'une femme chez qui on fréquente, avec mademoiselle Szwejc qui, à ce qu'on dit, aura quelque cent mille zlotys de dot, ce n'est ni fait ni à faire.
Oleś sort dans la rue, et devant ses yeux défilent deux figures féminines : celle d'une pauvre ouvrière au regard enflammé et courroucé, et celle d'une belle adolescente au front clair entouré de bouclettes dorées. Il ne sait même plus lui-même laquelle des deux est la plus belle et la plus attirante. « Celle-là — se dit-il — c'est une déesse fière et fougueuse ; celle-ci — une mignonne petite déesse ! Les savants disent vrai ! De quelles inépuisables richesses regorge ce règne de la nature ! Que de nuances, que de genres ! Quand il nous faut choisir, on en a la tête qui tourne et le cœur qui fond. Mais pourquoi donc choisir ? * *tous les genres sont bons, hors le genre — vieux et laid !* *.
Homme ! Pollen inconsistant ! Créature volatile !

***

Et Marta ?
Marta, après les fortes émotions qu'elle avait subies, retomba complètement dans sa comptabilité en *grosz*. Elle remit au régisseur de l'immeuble les six roubles obtenus du libraire, remboursant ainsi sa

dette, jusqu'à présent impayée, et achetant par là même le droit d'habiter dans sa mansarde deux semaines supplémentaires.

— Il manque encore la location des meubles — dit le régisseur en prenant l'argent.

— Récupérez-les, car je n'ai pas les moyens de payer pour leur usage.

Un couple aisé habitant au premier étage avait besoin pour sa cuisine ou son vestibule d'une table, de quelques chaises et d'un lit. Le soir tombant, ces meubles avaient déjà disparu de la pièce de Marta. Elle étendit le couchage grandement amoindri sur le plancher nu et s'assit par terre devant la cheminée vide. Jancia s'assit de l'autre côté de la cheminée. La mère se tenait immobile, presque raide, l'enfant — contractée et tremblante de froid, et peut-être aussi de chagrin. Les deux faces blêmes, enveloppées de la pénombre du soir tombant et du profond silence de la pièce isolée, offraient un spectacle sinistre. C'était aussi un spectacle énigmatique. Deux malheureuses destinées y figuraient assises devant la gueule froide d'une horrible cheminée. Comment allaient-elles finir ?

Cette nuit-là Jancia eut un sommeil agité et entrecoupé.

Jusqu'à présent, même si elle pleurait fréquemment dans la journée, ses nuits au moins étaient tranquilles. Mais ce soir-là on avait emporté de la pièce les derniers objets lui servant de jouet : deux vieilles chaises bancales. Elle les regrettait comme deux bonnes amies avec qui elle jouait quand elle en avait le cœur, à qui elle confiait très bas ses misères et ses chagrins : faim, froid et les torgnoles d'Antoniowa quand, guidée par son instinct de brave enfant, elle ne voulait pas rapporter ses plaintes à sa mère. L'enfant pleurait à chaudes larmes en voyant qu'on emportait ses deux mamies chéries, infirmes, puis, couchée par terre, se rappelait peut-être son ancien petit lit en acajou entouré d'un petit garde-corps, recouvert d'une couverture tricotée de laine dont les dessins multicolores lui servaient à apprendre les couleurs et à s'émerveiller de leur beauté…

Minuit approchait. L'enfant faisait des bonds sur sa couche au ras du plancher, gémissait de temps en temps et pleurait dans son sommeil. Marta était toujours assise par terre près de la cheminée, plongée dans l'obscurité et les amers reproches qu'elle se faisait à elle-même.

Elle se reprochait amèrement, douloureusement, sa conduite avec Szwejcowa. Pourquoi, blessée dans sa fierté, s'était-elle emportée ? Pourquoi avait-elle quitté cette place où elle avait au moins la possibilité de gagner quelque chose ? Certes, l'offense qu'on lui avait lancée là-bas à la figure n'était pas méritée, était considérable, sanglante peut-être, mais quoi ? Est-ce qu'une femme dans sa situation a le droit, par suite d'une offense, de jeter à la figure de quelqu'un son dur, amer, mais ultime quignon de pain noir ? Ne rien savoir faire pour se sortir de sa situation d'incapable, et en même temps ne pas pouvoir supporter patiemment les coups et humiliations inhérents à cette situation, quelle inconséquence ! Après s'être livrée du fait de sa propre incapacité aux mains d'une femme exploitant cette incapacité, exiger d'elle qu'elle vous respecte et qu'elle vous rende justice ? Quelle déraison !

« Non ! — se disait Marta — de deux choses l'une. Dans le monde il faut être soit forte et fière, soit faible et humble. Il faut savoir soutenir et protéger sa dignité personnelle, ou renoncer à toute grande revendication. Je suis faible, il me faut être humble. Je ne peux par mes actes me hisser à une situation où j'impose aux gens de me respecter, aussi ne dois-je pas l'exiger. Et, du reste, en vertu de quoi les gens devraient-ils me respecter ? Moi-même, est-ce que je me respecte vraiment ? Puis-je regarder sans honte ni remords de conscience cet enfant pour qui je devrais être protection et soutien, et pour qui je ne suis rien ? Puis-je sans la plus profonde humiliation penser que, à l'instar d'une brebis sans défense et stupide, je baisse le cou devant une main malhonnête, lui permettant, la priant même, de s'enrichir soi-même et ses enfants à partir de mes journées de labeur, de la sueur de mon front ? Du reste, que suis-je pour le monde entier, pour les gens ? L'un rejette mon travail car il est mauvais, l'autre le refuse déjà par avance, convaincu qu'il doit être mauvais ; un autre encore l'exploite honteusement parce que justement il est mauvais ; un autre enfin ne voit même pas en moi un être humain égal à lui-même en honneur et en vertu, mais seulement une femme pas vilaine, que l'on peut… acheter ! Pourquoi donc ai-je exigé de Szwejcowa ce que le monde entier me refuse, ce que des gens et de moi-même — je n'ai pas su obtenir ? »

La nuit s'effaçait devant l'aube grise hivernale. Marta était toujours assise au même endroit, les coudes appuyés sur les genoux, la tête dans les mains. Elle se sentait humble à présent, très humble, souriait d'elle-même à l'idée qu'hier encore elle pouvait élever quelque prétention au respect humain, était certaine que désormais elle ne s'étonnerait plus jamais de sa propre humiliation, et ne renâclerait plus devant les mains qui l'humilieraient.

Avec la lumière du jour s'introduisit dans la mansarde le rappel des besoins quotidiens. Marta sortit un zloty de sa poche. Elle n'avait plus d'autre argent et plus de salaire.

« Il faut aller quémander ! » — se dit-elle.

Elle sortit en ville et se dirigea vers la librairie qu'elle connaissait. Elle allait voir l'homme dont la main charitable lui avait octroyé une première fois un travail, une seconde fois une aumône.

En ouvrant la porte de la librairie Marta éprouva un certain étonnement. Avant d'entrer, elle s'imaginait qu'il lui serait très pénible de franchir ce seuil, qu'elle s'enflammerait de honte, perdrait la parole pendant un instant avant de prononcer un mot de sa requête, comme cela s'était passé précédemment. Elle se trompait. Son cœur ne battit pas plus fort, le rouge n'inonda pas son front lorsque son regard rencontra celui du libraire.

Il était comme d'habitude debout à son comptoir, se penchant légèrement sur une pile conséquente de notes et de comptes. Quand il leva la tête au tintement de la sonnette, son front était moins serein qu'avant, dans ses yeux se lisait un peu d'inquiétude ou de souci. Il était visiblement préoccupé ou attristé par quelque chose. Peut-être avait-il connu un échec dans une affaire dont il attendait beaucoup, ou bien avait-il quelqu'un de malade dans sa famille, parmi ses amis ? Avec une évidente difficulté il s'arracha à ce qui le préoccupait et tourna vers la femme qui entrait un regard moins clair, moins bienveillant et moins aimable qu'avant. Marta s'en rendit compte. Il y a quelques jours, Marta eût fait machine arrière et serait sortie, ou au moins eût tu le but de sa visite ; mais aujourd'hui elle s'approcha du comptoir et, échangeant un salut avec le libraire, dit :

— Vous avez bien voulu m'aider par vos conseils et votre don, c'est pourquoi je suis revenue vers vous...

— Que puis-je pour vous ?

Il parlait poliment, mais plus froidement qu'avant. Son regard distrait revenait sans arrêt sur les papiers se trouvant sur la table.

— J'ai perdu mon emploi à l'atelier de couture où je gagnais quarante *grosz* par jour. Ne connaissez-vous pas une place possible pour moi, quelque...

Le libraire baissa les yeux et resta un instant silencieux.

A sa préoccupation antérieure s'ajoutait maintenant un peu de confusion, et même d'agacement.

— Ah ! — fit-il après un moment, montrant par un geste des deux mains qu'il était navré. — C'est difficile, madame ! Il faut avoir une compétence, absolument une compétence...

Il ne termina pas sa pensée et se tut. Marta serrait dans ses deux mains les extrémités du châle qu'elle avait sur la tête.

— Et donc — dit-elle après un moment — que vais-je faire ?

Elle dit cela d'une façon telle que le libraire leva les yeux et la regarda avec attention. Sa voix avait des intonations brèves et un peu aiguës, dans ses yeux enfoncés brûlait un feu, mais pas de douleur comme avant, ni de silencieuse, prégnante imploration, mais comme de colère sourde, étouffée. A la voir et entendre sa voix, on eût dit qu'elle ressentait à l'égard de son interlocuteur une espèce de rancune, que dans son esprit elle le rendait partiellement responsable de ce qui lui arrivait.

Le libraire réfléchit encore un moment.

— Je suis navré — dit-il — très navré de voir dans une telle situation la femme d'un homme que j'ai connu et estimé. Je crois que je pourrai encore faire quelque chose pour vous... encore que ce ne soit qu'un nouvel essai. Des connaissances, les Rzętkowski, ont justement besoin en ce moment de quelqu'un... de quelqu'un pour... des services domestiques… si vous vouliez bien d'une telle place.

— Je vous la demande — dit Marta sans réfléchir un seul instant.

— Dans ce cas je vais écrire quelques mots à monsieur et madame Rzętkowski. Si vous le voulez bien, allez les voir avec ce billet…

— J'irai certainement — dit la femme.

Le libraire griffonna rapidement quelques mots sur un quart de feuille et le remit à la femme qui attendait. Il était pressé, inquiet et comme constamment soucieux. Dès qu'il eut remis le billet il salua en s'inclinant…

Ce salut était clairement un adieu, ne voulant dire rien d'autre que : « je n'ai pas le temps et ne peux rien faire de plus ! ». Marta sortit de la librairie. Le billet qu'elle avait dans la main n'était pas cacheté. Elle déplia le quart de feuille plié en deux et le retourna plusieurs fois dans sa main. Elle semblait chercher quelque chose à l'intérieur des fines feuilles de papier. En fait, l'idée lui était passée par la tête que, de même que ce jour-là dans le cahier de son manuscrit, le libraire avait pu présentement introduire dans le quart de feuille un don à son intention. Mais il n'y avait pas de don. Marta pensa :

« Dommage qu'il n'ait rien donné ! »

Le libraire était une bonne personne, ayant la main très charitable. Mais les mains charitables ne sont pas propices à ceux qui ont besoin d'elles en ce sens qu'elles ne sont pas toujours dans les mêmes dispositions. Le meilleur des hommes ne peut être à chaque instant de sa vie systématiquement enclin à faire de bonnes actions. Les bonnes actions sont une espèce de luxe pour un esprit obligé de gagner son pain quotidien. Au moment de s'acquitter d'urgentes obligations une main charitable peut être fort peu disposée à accomplir de bonnes actions.

Quel changement ! Il y a quelques mois de cela, Marta avait gémi de douleur, de honte en obtenant une aumône, elle déplorait présentement de ne l'avoir pas obtenue !

Elle regarda l'adresse sur le billet qu'elle avait à la main et tourna dans la rue Sainte-Croix. Quelques minutes plus tard elle se retrouva dans la cuisine d'un appartement vaste et cossu. Elle y trouva la cuisinière à qui elle remit le billet du libraire. La cuisinière se rendit dans les intérieurs de l'appartement. Marta s'assit sur un banc en bois. Elle resta assise une bonne dizaine de minutes. Les Rzętkowski apparemment réfléchissaient ou tenaient conseil. Après dix minutes entra dans la cuisine une femme d'un certain âge, au physique agréable, aux habits dénotant l'aisance. Elle tenait à la main le billet du libraire. Elle s'approcha de Marta qui, la voyant, s'était levée, et la regarda attentivement pendant quelques secondes.

— Excusez-moi, madame — dit-elle avec un peu de gêne dans la voix — il y a quelques jours nous avions effectivement besoin d'une femme de ménage, mais ce n'est plus d'actualité... je regrette beaucoup... excusez-moi.

Ce disant, la dame d'un certain âge salua la femme qui se tenait debout devant elle beaucoup plus poliment qu'on ne le fait d'habitude avec une postulante femme de ménage, et quitta la cuisine.

Dans la pièce où elle entra était assis avec la pipe à la bouche un homme grisonnant, et deux jeunes demoiselles brodaient près de la fenêtre.

— Alors ? — demanda l'homme d'un certain âge. — Tu ne l'as pas engagée ?

— Naturellement que je ne l'ai pas engagée... La veuve d'un fonctionnaire... elle aurait sûrement exigé qu'on lui manifeste des égards particuliers... si mince, délicate... je ne la vois pas balayer les pièces ou rester des heures entières devant un fer à repasser... certainement même qu'elle ne sait pas faire la lessive ni repasser. Nous n'aurions que des ennuis avec elle et rien d'autre.

— C'est vrai — dit le mari de la femme d'un certain âge — mais c'est dommage tout de même de l'avoir ainsi renvoyée sans rien. Elle doit être très pauvre, pour que, aussi délicate que tu le dis, et veuve d'un fonctionnaire, elle veuille bien être femme de ménage. Il conviendrait peut-être d'essayer...

— Mais, mon Ignacy[72], monsieur Laurenty écrit qu'elle a un

---

[72] Ignace.

enfant ! Indépendamment de tout le reste, pouvons-nous engager une bonne avec un enfant ?

— C'est vrai, c'est vrai ! avec un enfant il n'y a pas moyen, ça coûte cher et c'est du souci… Et puis Dieu sait comment est l'enfant… Mais il y a qu'elle est recommandée par Laurenty. Je crains qu'il ne se vexe qu'on l'ait renvoyée ainsi sans rien, qu'il ne nous prenne pour des gens sans cœur…

— Alors, il faut lui donner un petit quelque chose ! Je préfère encore lui donner une bonne fois ne serait-ce qu'un rouble, que de récupérer du souci permanent… des problèmes… et par-dessus le marché accepter à la maison un enfant étranger…

Marta était déjà dans les escaliers lorsqu'elle entendit des pas rapides derrière elle et un appel deux fois répété :

— Madame ! S'il vous plaît, madame !

En se retournant elle aperçut une jeune et belle demoiselle qui, s'emmitouflant dans une robe de chambre bien chaude courait après elle.

— Madame, s'il vous plaît — commença la jeune demoiselle en s'arrêtant devant la veuve. — Maman m'a demandé de l'excuser grandement pour vous avoir dérangée inutilement… il fait si froid aujourd'hui, et vous avez pris la peine de venir jusque chez nous… maman m'a demandé de l'excuser grandement…

Elle disait cela en parlant rapidement, sur un ton embarrassé ; en terminant elle tendit un peu timidement un billet d'un rouble. Marta hésita l'espace d'une seconde, pas davantage, prit le petit billet frémissant de la main de la belle jeune fille, dit : « Merci ! » et s'en alla. En rentrant elle acheta un fagot de bois, un peu de pain noir, de la farine non blutée et du lait. Le pain c'était pour elle, le lait et la farine pour son enfant.

Ce jour-là elle ne sortit plus en ville. Elle prépara le repas avec la farine et le lait, le versa dans un plat en terre cuite, devant lequel elle plaça Jancia.

Mais la petite fille ne mangea pas beaucoup. Elle était silencieuse et anormalement sérieuse. Manifestement sa petite tête lui pesait car elle l'appuyait continûment sur son maigre bras ; elle se posa par terre à côté de sa mère, se coucha sur ses genoux et s'endormit d'un sommeil lourd, prolongé.

Le lendemain Marta prit peur en découvrant à la lumière du petit matin le visage de son enfant. Jancia était encore plus pâle qu'hier, ses yeux renfoncés et cernés exprimaient une silencieuse, mais poignante doléance La jeune femme se tourna vers la fenêtre et se tordit convulsivement les mains.

« Si je n'améliore pas son ordinaire — se disait-elle — elle va tomber malade... Un meilleur ordinaire, quelle folle idée ! Dans deux-trois jours je n'aurai pas de quoi chauffer la pièce et lui préparer un repas chaud ! »

— Ah ! — se dit-elle après un moment. — Rien à faire ! Il faut aller demander pardon à Szwejcowa !

Elle se rendit rue Freta. En ouvrant la porte du lugubre atelier, elle s'étonna encore davantage d'elle-même que lorsqu'elle était entrée chez le libraire. Elle se sentait certes un peu humiliée, mais ce sentiment n'était rien en comparaison de l'ardent désir qu'elle avait d'être réintégrée à la place qu'elle avait volontairement quittée il y a deux jours.

Szwejcowa ne manifesta pas le moindre étonnement en la voyant. Seul un bref sourire passa rapidement sur les lèvres pendantes de la sévère matrone et ses yeux brillèrent d'un vif éclat de derrière ses lunettes. Les ouvrières relevaient la tête et regardaient l'arrivante, les unes avec curiosité, les autres avec ironie et un malin contentement. Marta sentit ses joues et son front s'enflammer sous les regards de ces plus de vingt paires d'yeux.

C'était une affreuse torture, mais elle ne dura qu'à peine une seconde. La patronne de l'établissement et sa fille cessèrent de couper du tissu. Elles attendaient visiblement que leur ancienne ouvrière parle la première.

— Madame ! — dit Marta en s'adressant à Szwejcowa. — Il y a deux jours je me suis emportée, inconsidérément... j'ai mal pris ce que vous m'avez dit, et répondu impoliment. Je vous demande pardon. Si

c'est possible... je voudrais retravailler chez vous.
De même qu'il n'y avait eu précédemment d'étonnement visible sur le visage de Szwejcowa, on n'y lisait pas à présent de triomphe. Elle sourit suavement et hocha la tête obligeamment.
— Ah ma chère madame Świcka ! — commença-t-elle d'une voix suave, mielleuse. Moi je ne suis pas fâchée, pas du tout fâchée... et quelle importance, bonté divine, d'entendre quelque impolitesse... endurer une vilaine parole. Le Rédempteur ne nous a-t-il pas commandé de répéter matin et soir : « et pardonne-nous nos offenses comme nous pardonnons aussi ! ». Je désobéirais à la parole divine si j'étais fâchée contre vous, madame Świcka... mais vous accepter dans mon établissement je ne le peux, je regrette beaucoup, je ne le peux vraiment plus car à votre place, Madame Świcka, j'ai depuis hier une autre ouvrière...
Prononçant cette dernière phrase, elle indiqua de ses ciseaux une jeune femme assise à l'ancienne place de Marta.
— Notre établissement jouit, Dieu soit loué, de la meilleure réputation... et avec cela nous n'utilisons pas de machines qui détruisent si affreusement les forces et compromettent la santé des personnes qui travaillent. C'est pourquoi les ouvrières se pressent chez nous, se pressent. Un véritable défilé. Il ne se passe pas de journée sans que deux ou trois personnes ne se présentent pour demander du travail. Il ne manque pas d'ouvrières, Dieu soit loué, non il n'en manque pas, mais nous ne pouvons en prendre trop, car ma fille et moi ne souhaitons pas nous surcharger de travail sans nécessité. Et donc maintenant que nous sommes au complet, même plus qu'au complet, une place pour vous madame Świcka...
— Mais peut-être, Maman, qu'on pourrait tout de même trouver un travail pour madame Świcka — chuchota la vieille fille laide en se penchant vers sa mère.
Depuis un moment elle observait Marta avec attention et intéressement. Dans ses petits yeux qui louchaient un peu était apparu quelque chose ressemblant à de la pitié.
Mais Szwejcowa haussa les épaules.

— Non — dit-elle — non, il n'y a pas de travail ! Nous ne pouvons tout de même pas, pour prendre madame Świcka qui nous a quittées volontairement, congédier mademoiselle Zofia[73] engagée hier !

Entendant ces dernières paroles, la femme assise à l'ancienne place de Marta leva la tête de son ouvrage et jeta un regard presque terrorisé à la patronne de l'établissement.

— Alors vous ne me reprendrez pas ? — demanda Marta. — Je ne peux plus avoir aucun espoir ?

— Aucun, chère madame Świcka, aucun ! Je regrette beaucoup, mais la place est déjà prise… je ne peux pas.

Marta fit un signe de tête à peine perceptible et sortit de l'atelier. En ouvrant la porte elle entendit derrière elle bruisser des chuchotements très bas et des gloussements encore plus bas. Elle comprit qu'elle était l'objet de railleries ou de vaines commisérations de plus d'une vingtaine de personnes, et sentit derechef s'enflammer sa poitrine et son front. Mais une fois dans la rue, une seule et unique pensée s'empara immédiatement d'elle :

« Je ne peux tout de même pas rentrer ainsi les mains vides ! Pour aujourd'hui il me faut absolument chauffer davantage la pièce, et pour demain préparer un plat avec de la viande pour l'enfant… sinon… elle va tomber malade… »

Pendant un moment elle marcha comme si elle ne savait pas bien où aller ; elle tournait à gauche et à droite, s'arrêtait au milieu du trottoir ; elle réfléchissait, la tête basse. Ensuite, déjà plus fixée, elle s'engagea tout droit dans la rue Długa. En marchant elle arrêtait son regard plus longuement et avec plus d'attention sur les vitrines des boutiques. Elle s'arrêta devant l'une d'elles. C'était une joaillerie, pas très grande et ne payant pas de mine. C'était apparemment ce type de boutique que cherchait la jeune femme car, après un moment de réflexion, elle ouvrit la porte vitrée surélevée de quelques petites marches par rapport à la rue. L'extérieur de la boutique l'avait trompée. Elle n'était pas

---

[73] Sophie.

aussi modeste qu'elle n'en avait l'air. En effet, dans une pièce assez spacieuse, se trouvaient quantité d'articles en or et pierres précieuses. Tout simplement, sa véritable richesse ne sautait pas aux yeux des passants en raison d'une mise en valeur déficiente, ou bien encore par volonté délibérée. Que le fruste aspect extérieur de la boutique résultât d'une volonté délibérée du propriétaire, on pouvait s'en douter en le voyant travailler personnellement au milieu de ses assistants et certainement d'apprentis. C'était un homme trapu, rougeaud, grisonnant, au sourire bienveillant et aux petits yeux couleur marron dénotant une grande astuce. En voyant la femme entrer il se leva et demanda poliment ce qu'elle désirait.

— Veuillez m'excuser si je ne suis pas au bon endroit — dit Marta.
— J'ai pensé que vous pourriez peut-être m'acheter un objet en or…
— Pourquoi pas, chère madame, pourquoi pas ? — répondit le joaillier, avec ses yeux pleins d'astuce qui s'allumaient. — De quel objet s'agit-il ?

La réponse se fit attendre un moment. Marta se tenait au milieu de la boutique, regardant fixement le sol. Ses traits, d'une pâleur marmoréenne, étaient figés et tendus. On eût dit qu'elle avait achevé une discussion engagée avec ses propres entrailles et qu'elle s'efforçait justement d'en tirer le dernier mot, censé exprimer quelque résolution conquise de haute lutte.

— De quel objet s'agit-il ? — demanda derechef le joaillier, jetant un regard un peu impatient à son travail en cours.
— De mon alliance — répondit la femme.
— Une alliance ! — répéta le joaillier en traînant sur le mot.
— Une alliance — chuchotèrent tout bas les assistants du joaillier en relevant la tête.
— Une alliance — prononça encore une fois Marta, retirant de dessous son gros châle une main transie et ôtant de son doigt fin la bague en or.

Ce faisant elle chancela sur ses jambes et, à l'instar d'une personne proche de l'évanouissement, d'un geste instinctif chercha quelque chose pour s'appuyer.

— Asseyez-vous madame, asseyez-vous chère madame ! — s'exclama le joaillier ; son sourire bienveillant disparut de ses lèvres sans laisser de traces. Un des assistants du joaillier avança un tabouret à la femme. Mais Marta ne s'assit pas. Elle venait de vivre un des moments les plus difficiles, peut-être le plus difficile de tous, jalonnant son éprouvant cheminement sur les chemins de l'indigence. En ôtant de son doigt l'alliance en or il lui sembla se séparer une fois encore, et pour toujours, du seul homme qu'elle eût aimé sur terre, de son passé heureux, inoubliable. Son cœur se serra convulsivement, la tête lui tourna. Mais ce moment était déjà passé. Par un effort de volonté elle se ressaisit, retrouva tous ses esprits et tendit l'alliance au joaillier.

— Est-ce indispensable ? Mon Dieu, est-ce indispensable ? — demanda le joaillier sur un ton apitoyé.

— C'est indispensable — répondit brièvement et sèchement la femme.

— Ah ! Si vous y tenez absolument, mieux vaut alors me vendre cet objet à moi plutôt qu'à un autre. Vous en obtiendrez au moins son juste prix.

Ce disant, il était déjà à sa table couverte de boîtes à couvercle de verre contenant des articles d'orfèvrerie et jetait l'alliance sur une petite balance en laiton. Les deux métaux se heurtant émirent un son pur et prolongé.

— L'or est de bon aloi — murmura le joaillier.

Marta détourna son visage des plateaux qui oscillaient. Elle contemplait à présent un spectacle auquel elle n'avait pas prêté attention jusqu'ici. C'était un spectacle très simple. Des deux côtés de la table allongée étaient assis cinq jeunes gens, âgés de quinze à vingt-cinq ans, tenant de délicats outils à la main. Les uns taillaient et polissaient des pierres précieuses de différentes tailles, les autres fondaient de l'or aux flammèches qui léchaient le bord de petits trépieds en fer ; l'un d'eux dessinait des modèles de chaînettes, de bracelets, de broches, d'épingles, de boîtiers de montres et autres semblables objets ouvragés. Marta rivait son regard à tour de rôle sur chaque paire de mains se mouvant à la table allongée. Ses yeux, éteints il y a un instant, se mirent à briller d'un ardent éclat. S'y lisaient une fiévreuse curiosité, un désir proche de la convoitise. Quelques minutes de cette observation lui avaient permis de remarquer davantage de détails sur l'art de l'orfèvre, de mieux saisir ses caractéristiques et sa nature, que ce qu'aurait pu remarquer et saisir pendant de longues heures un autre observateur en d'autres circonstances.

— Chère madame — se manifesta le joaillier derrière sa table — votre alliance vaut trois roubles-argent[74] et demi.

Cette voix détourna Marta de l'observation des ouvriers ; elle s'approcha rapidement de la table derrière laquelle se tenait le joaillier.

— Monsieur ! — dit-elle. — Ces messieurs sont donc vos assistants ?

— Oui, madame — répondit le joaillier, un peu étonné par cette question saugrenue.

— Et certainement vos apprentis...

— Oui, madame, en partie aussi mes apprentis.

Marta sondait de ses yeux étincelants le visage de l'homme debout devant elle.

— Ne pourriez-vous pas me prendre avec vous comme apprentie et assistante ?

Le joaillier écarquilla ses petits yeux.

— Vous, madame ! Vous, madame ! — bredouilla-t-il. — Comment cela... pourquoi... mais...

— Oui, moi — répéta la femme d'une voix assurée. — Je n'ai aucune ressource pour vivre... je constate que le travail de joaillerie n'a rien en soi qui dépasserait mes forces ; il me semble en effet pouvoir l'accomplir correctement car il faut pour cela du bon goût et j'ai eu en son temps la possibilité de développer en moi cette qualité... Il vous faudrait certes me former au début, mais cela ne durerait pas longtemps... je vous assure que je travaillerais dur et apprendrais vite... j'accepterais d'ailleurs un salaire minime, peu importe lequel... peu

---

[74] Le rouble-argent contenait 18 grammes d'argent pur.

importe…

Le joaillier était revenu de son étonnement. Il avait compris à quoi voulait en venir la femme venue lui vendre son alliance. Cependant, des rides assez marquées apparurent sur son front bas, la confusion le fit cligner de ses yeux vifs.

— Voyez-vous, chère madame — commença-t-il — en fait je n'ai pas vraiment d'apprentis dans mon atelier ; ces messieurs sont déjà formés, habilités…

Marta jeta un coup d'œil du côté de la table à laquelle étaient assis les ouvriers. L'un d'eux, le dessinateur, venait justement de se lever et de sortir dans la pièce voisine.

— Je sais dessiner — dit Marta. — C'est-à-dire — corrigea-t-elle aussitôt — je sais dessiner suffisamment pour exécuter des modèles pour articles de joaillerie.

Prononçant ces paroles avec une sorte d'empressement fiévreux, elle s'avança vers la table allongée et s'assit à la place que venait de quitter le dessinateur-joaillier. Les jeunes gens travaillant à la table bougèrent un peu leurs chaises, interrompirent leur travail et observaient avec un étonnement mêlé d'ironie la femme qui s'installait au milieu d'eux. Le joaillier quant à lui l'observait sans ironie, mais avec un grand étonnement également. Elle se saisit d'un crayon et se mit à dessiner sur un quart de feuille blanche qu'elle trouva devant elle. Un silence complet régnait dans la boutique. La rougeur s'était installée sur le visage penché de la femme, sa poitrine respirait lentement et profondément, sa main sûre, sans le moindre tremblement, griffonnait sur le papier des traits légers, brefs ou prolongés.

Le dessinateur qui était sorti il y un instant dans la pièce voisine revint dans la boutique mais, voyant sa place prise, s'arrêta sur le seuil. C'était un homme d'une vingtaine d'années, habillé avec soin, les cheveux calamistrés et la petite moustache bien lissée. Il s'enfonça les mains dans les poches, s'appuya négligemment contre un coin du mur, et, un petit sourire sur les lèvres, échangeait des regards amusés et entendus avec ses compagnons.

— Mais, chère madame… — se manifesta le joaillier, un peu

agacé.

— Tout de suite, tout de suite ! — répondit Marta sans quitter des yeux son ouvrage.

Après un moment, elle se leva et tendit au joaillier le papier sur lequel elle avait dessiné.

— Voici un modèle pour un bracelet — dit-elle.

Le joaillier planta son regard sur le dessin. Le modèle était fort joliment exécuté. Il se composait d'une couronne de feuilles larges et bien formées, agrafées par une boucle ronde, lisse, sur laquelle s'enroulaient simplement deux pédicules.

Un bracelet exécuté selon ce modèle possèderait réunies deux qualités majeures d'articles de ce genre : la simplicité et l'élégance.

— C'est beau ! Il n'y a pas à dire ! Très beau ! — disait le joaillier en hochant la tête d'un côté et de l'autre en regardant le dessin avec la mine d'un connaisseur satisfait.

— C'est beau ! Très beau ! — répéta-t-il, mais avec un peu de gêne cette fois. — Vos dessins pourraient m'être très utiles, mais… mais…

Il se tut et, se creusant manifestement la tête pour exprimer sa pensée de façon appropriée, il se passa la main dans sa dense, grisonnante tignasse.

Le jeune homme debout à la porte continuait de sourire.

— Mon Dieu — dit-il, haussant les épaules — si vous hésitez à engager cette dame comme dessina… comment dire… comme dessinatrice…

Le garçon de quinze ans assis à la table pouffa de rire. Le jeune homme aux cheveux calamistrés poursuivait :

— Si vous hésitez à satisfaire la demande de cette dame à cause de moi, ne vous faites aucun souci, je vous prie, Vous savez bien que de toute façon je ne vais plus travailler chez vous au-delà de quelques semaines, ayant la certitude que d'ici là j'obtiendrai un emploi au bureau des constructions de la ville de Varsovie…

Il disait cela avec un peu d'ironie et une complète décontraction. On voyait que pour cet homme la boutique du joaillier n'était qu'une étape sur le chemin de postes plus élevés et plus lucratifs.

— Oui, oui — dit le joaillier. — Je sais bien que vous allez me quitter bientôt... mais je ne peux cependant...
— Combien payez-vous ce monsieur ? — le coupa Marta.
Le joaillier indiqua le montant du salaire journalier qu'il payait au jeune homme calamistré.
— Je me contenterai de la moitié de ce salaire — dit la femme.
Cette fois le joaillier se passa les deux mains dans sa tignasse.
— Ouh là là ! — s'exclama-t-il, passant d'une table à l'autre. — Vous me torturez vraiment les méninges.
Il jeta un regard en passant sur le modèle de bracelet dessiné par Marta.
— C'est beau ! Il n'y a pas à dire ! Très beau !
— Ouh là là ! — répéta-t-il, tandis que ses yeux malins parcouraient la boutique avec inquiétude. Il luttait visiblement avec soi-même, ou plutôt luttaient en lui l'envie d'avoir une ouvrière de qualité et très bon marché, et la crainte d'introduire dans son établissement une innovation sans précédent.
Il s'arrêta au milieu de la boutique et, regardant ses assistants, prononça sur un ton interrogatif :
— Alors ? Quoi ?
Il se posait probablement ces laconiques interrogations à soi-même, mais, en guise d'évidente réponse, son regard rencontra ceux des quatre ouvriers assis à la table. Leurs visages exprimaient un peu d'étonnement, mais surtout beaucoup plus de moquerie. Quant au jeune homme aux cheveux calamistrés, il se mit à rire presque ouvertement et, comme s'il avait envie de le faire à gorge déployée, bondit en arrière pour se réfugier dans la pièce voisine.
Pourquoi ces gens souriaient-ils et riaient-ils ?
Il serait difficile de répondre à cela, ou plutôt il y aurait beaucoup à dire. En tout cas le joaillier sembla trouver dans ces sourires une confirmation de ses craintes et réticences. Il fit un geste expressif des deux mains et, regardant Marta, s'exclama :
— Mais, chère madame ! Vous êtes une femme !
Cette exclamation était un cri du cœur. Y vibrait même le regret

d'un commerçant qui, pour des raisons indépendantes de sa volonté, perdait une bonne affaire.

Marta sourit.

— Je suis une femme — dit-elle. — Oui, c'est vrai. Et alors ? Je sais dessiner des modèles…

— Bien sûr ! Oui, bien sûr ! — s'exclama le joaillier en se passant les mains dans les cheveux et s'asseyant au milieu de ses assistants. — Mais, voyez-vous madame, ce serait une nouveauté, une totale nouveauté… Moi, je l'avoue, je n'aime pas trop les nouveautés !... Comme vous le voyez, chez moi travaillent de jeunes gens… le monde est mauvaise langue… vous comprenez ?

— Je comprends — l'interrompit Marta. — Et vous remercie pour ces éclaircissements qui pour moi ne représentent aucune nouveauté. Achetez-vous mon alliance ?

— Oui, chère madame, je l'achète…

Il se leva brusquement de sa chaise, courut à son autre table, ouvrit un tiroir et resta un instant devant, un peu pensif.

— Voilà l'argent — dit-il, tendant à la femme deux billets.

Marta fit un signe de tête et se dirigea vers la porte. Déjà sur le seuil, elle se retourna sur le joaillier.

— Vous m'avez dit que mon alliance valait trois roubles et demi et m'en avez donné quatre. J'ai donc un demi-rouble en trop.

— Je vous en prie, chère madame — bredouilla le joaillier. — J'ai pensé… j'ai estimé… j'ai voulu… vous m'avez dessiné un modèle…

— Je comprends — coupa Marta — et vous remercie !

C'était la combientième fois déjà, depuis le temps qu'elle avait commencé à traîner sa misère et ses besoins urgents de porte en porte, qu'on lui accordait une aumône en lieu et place d'un travail ?

Marta, après avoir quitté la boutique du joailler, ni ne pleurait, ni n'accélérait, ni ne ralentissait son pas.

Sans larmes, sans sourire et sans soupir, elle se rendit directement à son logement d'un pas égal, métronomique.

Il y a une heure elle avait pensé, après avoir reçu l'argent de la vente de son alliance, acheter encore aujourd'hui du bois pour mieux chauffer la pièce pour la nuit, de la nourriture pour préparer un repas fortifiant à l'enfant. Mais elle ne donna pas suite à ces projets, ne se rendit pas à l'épicerie ; on eût dit que soit elle avait tout oublié de ce monde, soit qu'elle n'avait pas la force d'aller plus loin ou le courage de se rendre ailleurs que dans cette tanière haut perchée, nue et froide, qu'était son logement. Jusqu'à ce jour, chaque fois qu'elle rentrait chez elle, elle montait toujours l'escalier en courant ; aujourd'hui elle l'empruntait avec lenteur, achoppant plusieurs fois sur des marches raides qu'elle n'avait pas vues dans le crépuscule tombant, ou parce qu'elle ne voyait rien devant soi. Muette et froide comme une tombe, elle entra dans la pièce, ne jetant qu'un regard fugace à sa petite fille recroquevillée devant la cheminée, sans lui parler, ôta son châle de sa tête et s'avança vers la couche étendue par terre. Ses yeux embués contemplaient le vide.

— Rebut de la société ! — murmura-t-elle, se laissant tomber par terre et s'allongeant immobile, le visage enfoncé dans l'oreiller, les mains entrelacées sur la tête.

Jancia vint ou plutôt rampa vers l'endroit où sa mère était silencieusement couchée, s'assit au pied de la couche, et de ses maigres bras transis entoura ses genoux levés, y appuyant sa petite tête visiblement lourde.

Un profond silence emplissait la pièce ; seule, tout en bas, grondait et jacassait derrière la fenêtre l'immensité de la grande ville, faisant monter les sourdes vagues de son brouhaha vers cet endroit où, abandonnées semblait-il de Dieu et des hommes, se pétrifiaient sous l'étreinte de l'adversité et peu à peu rendaient l'âme — la femme et l'enfant.

Marta restait allongée sur la dure couche, dans une immobilité minérale, la tête vide, ne ressentant rien d'autre qu'un mortel éreintement. Le travail, exécuté avec compétence et justement rémunéré, est le plus efficace, peut-être le seul efficace, remède contre les maladies du corps et de l'esprit. Mais rien n'épuise aussi vite et aussi foncièrement les forces physiques et morales que de se lancer sur toutes sortes de pistes, rechercher fébrilement et échouer désespérément à trouver du travail.

Maintenant Marta ne voyait plus aucune piste devant soi. Il en restait à vrai dire une, toujours ouverte pour elle, mais celle-là la conduirait là-bas à cet appartement de la rue Królewska, et lui commanderait de dire à cette femme au front flétri et aux cheveux défaits : « Je reviens ! Tu disais la vérité ! Je ne suis pas un être humain, je suis une chose ! ». Mais dans le cœur de la jeune femme il y avait des instincts, des sentiments, des souvenirs, qui la détournaient de cette piste, qui la lui rendaient impraticable. Aussi ne pensait-elle pas à elle, ni à rien d'autre non plus en ce moment. Soudain elle entendit, comme en rêve, se déchaîner une toux rauque. Ce bruit la fit frémir et en un clin d'œil la tira de son immobilité minérale. Elle se redressa en sursaut sur sa couche, et s'assit :

— C'est toi qui as toussé, Jancia ?

— Oui, c'est moi, maman !

La voix de la mère était tremblante et étouffée, celle de l'enfant — basse et rauque.

Elle saisit l'enfant dans ses bras et l'assit sur ses genoux. Elle toucha son front, qui était brûlant, posa la main sur sa poitrine, dans laquelle le petit cœur d'enfant battait avec une force convulsive, déchirante.

— Oh mon Dieu ! — gémit la femme. — Pas cela ! Tout, tout, sauf cela !

Dans le crépuscule avancé elle ne put distinguer nettement le visage de sa fille. Elle alluma la petite lampe et, soulevant la petite fille de quatre ans dans ses bras comme on soulève un chétif nourrisson, elle exposa sa tête à la lumière. Les joues de l'enfant portaient les stigmates rouges de la fièvre, le regard de ses prunelles agrandies exprimait une profonde, bien que muette, doléance. Elle se mit à tousser une deuxième fois et, à bout de forces, inclina sa pesante petite tête sur l'épaule de sa mère.

A minuit la femme avec son châle noir sur la tête descendait quatre à quatre les hautes marches de l'escalier de l'immeuble. Une obscurité presque totale l'enveloppait, et pourtant elle ne trébuchait pas comme il y a quelques heures de cela, n'achoppait pas sur les marches raides et ne s'arrêtait pas en cours de route pour reprendre son souffle. On eût dit, sans que ce fût une vaine métaphore, qu'elle avait des ailes accrochées aux épaules. Elles la portaient en effet, soulevant presque au-dessus du sol sa douleur et son effroi.

A peine une demi-heure plus tard elle revenait, mais pas seule.

La suivait un homme encore assez jeune, en chapeau et belle fourrure. Ils entrèrent dans la pièce et s'approchèrent tous deux de la couche étendue par terre. Sur celle-ci, l'enfant au visage écarlate de fièvre était secouée d'incessantes quintes de toux et de gémissements confus.

Le médecin regarda autour de lui, cherchant sans doute une chaise. Ne la trouvant pas, il s'agenouilla par terre. La femme se tenait au pied de la couche, muette et immobile, les yeux brillant d'un feu lugubre.

— Qu'il fait froid ici ! — dit l'homme en se relevant.

La femme ne répondit rien.

— Sur quoi vais-je écrire ?

Sur l'appui de fenêtre se trouvaient une bouteille d'encre, une plume et une feuille de papier.

Le médecin, plié en deux, rédigea l'ordonnance.

— L'enfant a une inflammation des voies respiratoires, autrement dit une *bronchite*. Chauffez la pièce et administrez scrupuleusement les médicaments.

Il ajouta encore quelques mots et ramassa son chapeau sur le sol.

La femme fouilla dans sa poche et lui tendit silencieusement la main avec l'argent dedans. Le médecin jeta encore une fois un rapide regard alentour et ne tendit pas la sienne.

— Laissez — dit-il, déjà sur le pas de porte. — Laissez ! L'enfant est faible et à bout. La maladie sera longue et il faudra certainement beaucoup de médicaments. Je viendrai demain.

Il partit. La veuve tomba à genoux devant la couche au ras du sol, pressa sa poitrine contre celle de son enfant.

— Mon enfant ! Mon unique enfant ! — murmurait-elle. — Pardonne à ta mère, pardonne ! Je n'ai pas été capable de te chauffer ni de te nourrir, je t'ai livrée en pâture au froid et à la faim ! Tu es faible, à bout... tu es malade... mon enfant...

Elle se laissa tomber, inerte, en bas de la couche, heurta le sol de la tête, plongea les mains dans ses cheveux.

— Oh, que je suis vile, indigne, criminelle !

Une heure plus tard, ramené de la ville, le médicament se trouvait déjà à côté de l'enfant malade, dès l'aube et l'ouverture des boutiques d'alimentation un feu généreux brûlait dans la cheminée et remplissait la pièce d'une chaleur réconfortante.

Les paroles du médecin se confirmèrent. La maladie de Jancia dura longtemps. Le médecin, renouvelant ses visites quotidiennement, venait déjà pour la dixième fois. L'enfant était encore en proie à une forte fièvre ; son exténuante et rauque respiration, semblable au grincement d'une scie, se propageait à la surface du plancher.

Marta se tenait à nouveau au pied de la couche, muette et immobile. Le médecin se tourna vers elle.

— Ne perdez pas espoir — dit-il doucement. — L'enfant peut guérir, mais présentement, et en particulier aujourd'hui, demain, il lui faut des soins exceptionnellement vigilants. Aujourd'hui, il fait de nouveau trop froid ici. La température devrait être relevée d'au moins six degrés, ou plus. Quant au médicament que j'ai prescrit, ramenez-le au plus vite et donnez-le en continu à l'enfant pendant toute la nuit. Il est peut-être un peu trop cher, mais — c'est le seul...

Il partit. Marta se tenait les bras croisés au milieu de la pièce, le regard rivé par terre.

Elever la température de la pièce ! Comment ? Acheter le médicament ! Avec quoi ?

Elle n'avait plus un *grosz* en poche. Au premier jour de la maladie de l'enfant elle possédait quatre roubles et quelques zlotys ; ce trésor fut dévoré par la cheminée où le feu brûlait toute la journée, et par l'alambic de la pharmacie où Marta se rendait en courant plusieurs fois par jour.

A présent, elle ne s'arrachait plus les cheveux, ne tombait plus face contre terre, et ne se battait plus la coulpe avec une insondable humilité. Elle était à peine l'ombre de l'ancienne Marta. Elle avait maigri et son visage jauni s'était recouvert d'un masque de douleur, douleur qui, devenue son état normal, ayant infiltré les fibres les plus ténues de son corps, bouillonnait sourdement et en silence, mais sans arrêt, dans sa poitrine et sa tête. Les lèvres livides de la femme étaient cadenassées, comme chez quelqu'un ayant pris l'habitude de retenir en serrant les dents ses plaintes et récriminations, ses prunelles éteintes promenaient leur regard vitreux tout autour de la pièce.

Peut-être y avait-il encore quelque chose à vendre ?

Non, il n'y avait rien hormis l'oreiller qui soutenait la tête de l'enfant malade, la couverture de laine sous laquelle haletait sa poitrine emplie de râles, deux petites chemises et de vieilles robes d'enfant, dont personne ne donnerait même de quoi acheter un fagot de bois.

La femme baissa les bras, impuissante.

— Que vais-je faire ? — murmura-t-elle. — Que puis-je faire ? Qu'elle meure ! Je m'allongerai à ses côtés et mourrai avec elle !

A ce moment, l'enfant sursauta sur sa couche et émit un faible cri. Dans ce cri vibraient comme un rire joyeux et une indistincte plainte.

— Papa ! — s'écria l'enfant, tendant en l'air ses deux bras maigres et brûlants. — Papa, papa !...

O douleur ! La funeste fièvre avait ramené devant les yeux de l'enfant la figure paternelle, la petite lui avait souri et lui avait exprimé en gémissant sa doléance, l'appelant à son secours.

Marta releva sa tête qui fixait le sol, ses yeux, secs et éteints il y a un instant, s'inondèrent brusquement d'un violent flot de larmes. Elle se tordit les mains et riva son regard embué sur le visage de l'enfant.

— Tu appelles ton père — murmura-t-elle du fond de sa poitrine distendue, palpitante. — Lui aurait certainement pu te secourir ! Lui par son travail aurait gagné de quoi te chauffer et te nourrir avant, et de quoi te procurer des médicaments maintenant…

Elle resta silencieuse un moment. Soudain elle se précipita vers la couche, et se dressa devant elle.

— Ah ! — s'exclama-t-elle. — Moi non plus je ne te laisserai pas sans secours ! Ton père aurait travaillé pour toi… Ta mère — ira mendier !

Une rougeur enflammée recouvrit ses joues jaunies, dans ses yeux brilla la flamme d'une forte résolution.

Elle se couvrit la tête de son châle noir et descendit en courant jusqu'à la loge du gardien. Là, devant le feu où cuisait le repas, se tenait assise une femme avec une grande coiffe et de grosses bottines.

Marta s'arrêta devant elle, essoufflée d'avoir couru.

— Madame ! — s'écria-t-elle. — Par pitié... par charité...

— C'est sûrement pour de l'argent ! — regimba la femme. — Je n'en ai pas, je n'en ai pas, d'où pourrais-je bien en sortir...

— Non, non, pas de l'argent ! Je vais en chercher en ville ! Restez un moment, en attendant, près de mon enfant malade !

La femme fit la grimace, bien que déjà moins méchamment.

— Ai-je le temps, moi, de rester à rien auprès de l'enfant malade de madame...

Marta se pencha, saisit la grande, grosse et dure main de la femme et la porta à ses lèvres.

— Par pitié, madame, par charité, restez un peu auprès d'elle... Elle demande constamment à boire... se jette et sursaute, on ne peut la laisser seule aujourd'hui...

Elle baisait cette main qui, il y a peu de temps encore, administrait des torgnoles à son enfant.

— C'est bon, c'est bon, que faites-vous-là, madame ! J'irai, j'irai et resterai un moment, mais ne vous amusez pas longtemps car dans une heure mon enfant rentre de l'école et je dois lui donner à manger !...

La silhouette sombre de la femme disparut dans le crépuscule sous la voûte de la porte cochère de l'immeuble.

— J'irai... je tendrai la main... je parviendrai à mendier... — murmurait Marta in petto.

Elle sortit en courant dans la rue, s'arrêta, réfléchit encore un instant, et fonça en direction de la rue Świętojerska. Des ailes de feu, dont l'une était la douleur, la seconde l'effroi, la portaient derechef à une vitesse stupéfiante. Aveugle, sourde, insensible aux chocs des passants, indifférente à leurs grommellements et leurs regards, telle un éclair elle fendait la foule qui lui barrait la route et filait par les trottoirs vers l'endroit où se trouvait une des mains charitables qu'elle avait rencontrées.

Elle se retrouva enfin devant la porte cochère, porte qu'en son temps elle avait franchie avec joie, espoir et fierté, respira profondément, pénétra vite dans la cage d'escalier éclairée et d'une main tremblante toucha la commande de la sonnette électrique. La porte s'ouvrit, une jeune, élégante et fringante servante se présenta sur le seuil et en même temps un flot de lumière éblouit l'arrivante tandis qu'un flot de bruyantes conversations heurta son ouïe. Le vestibule était généreusement éclairé, derrière la porte ouvrant sur le salon bourdonnaient, jacassaient, riaient une quinzaine, peut-être plusieurs dizaines de voix humaines.

— Que voulez-vous, madame ? — demanda la servante.

— Je souhaiterais voir madame Rudzińska.

— Ah ! Dans ce cas venez plutôt demain. Aujourd'hui c'est la soirée hebdomadaire de monsieur et madame, les invités viennent seulement d'arriver, madame ne peut s'absenter du salon…

Marta recula dans la cage d'escalier. La servante referma la porte derrière elle. Derrière cette porte habitait une femme véritablement bienveillante, sincèrement charitable. Mais sa main compatissante ne pouvait en ce moment s'ouvrir pour Marta. Et c'était là chose très naturelle. Les mains compatissantes sont généralement sujettes à une cruelle imprévisibilité. Le meilleur des hommes, en effet, ne peut consacrer chaque instant de sa vie à des bonnes actions. Non seulement des engagements urgents et des soucis personnels, mais par ailleurs d'innocentes, prégnantes et même parfois mondaines occupations, détournent la main compatissante vers d'autres buts et activités, l'empêchant d'être un infaillible rempart pour la misère humaine.

Maintenant Marta allait, ou plutôt courait, vers le Krakowskie Przedmieście. Elle avait certainement en tête le bon libraire. Mais à peine se trouva-t-elle devant la porte de la librairie et regarda à travers les vitres qu'elle recula sur le trottoir. Elle avait aperçu dans la librairie plusieurs personnes, quelques dames bien habillées, deux messieurs aux visages gais, choisissant et achetant des livres.

***

C'était entre sept heures et huit heures du soir, et donc le moment où la grande ville, au dedans comme au dehors, bouillonne de l'agitation la plus étourdissante, brille de ses plus riches atours, multiplie presque à l'infini les merveilles de la civilisation qui envahissent l'intérieur des immeubles et les voies de circulation, inondant de vastes espaces de flots de lumière, de musique, de masses humaines, de vacarme. La vie le soir, c'est la moitié de la vie, peut-être davantage pour la population d'une cité dont le ciel pendant de longs mois n'est éclairé par le soleil qu'à peine quelques heures par jour.

Le Krakowskie Przedmieście bouillonnait d'agitation, débordant de vitalité et d'affairement que favorisait le temps clément de cette soirée. Une neige légère de mars était tombée sur le sol encore gelé et avait nettoyé le ciel de ses nuages blanchâtres. A présent le dais céleste se déployait, profond, sombre, étoilé, au-dessus de la ville.

Le grondement incessant des roues, rappelant un orage qui n'en finirait pas, se propageait au milieu de la large avenue. Sur les trottoirs des milliers de têtes humaines se déplaçaient en vagues ondoyantes. On y voyait presque comme en plein jour car, outre les réverbères à gaz densément implantés, de nombreuses vitrines de magasins inondaient de lumière de vastes espaces.

Les trottoirs des principales rues de Varsovie ne sont jamais autant encombrés qu'à cette heure. C'est en effet à la fois l'heure des travailleurs et celle des oisifs. Les travailleurs s'empressent de rejoindre leurs lieux de repos ou de distraction, les oisifs se complaisent dans ce qui est leur élément : le vacarme dans lequel ils s'absorbent, tendant bêtement l'oreille, la variété des spectacles dont ils sont les badauds, le clinquant qui flatte leur vue, et peut-être aussi la mystérieuse pénombre du soir. Au sein de cette foule qui court, se hâte, jacasse, il se trouve certainement beaucoup d'âmes charitables, mais ces âmes sont présentement soucieuses d'autre chose que de charité. Elles sont prises dans le tourbillon universel, la journée qui s'achève les bouscule ; distractions, affaires, sentiments, emportent à cette heure leur imagination, monopolisent leur pensée, orientent leurs pas pressés. Par ailleurs, on voit moins nettement à la lumière artificielle qu'en plein jour les sillons qui creusent le visage de ceux qui souffrent, les lumières des lampes se mirent au fond des prunelles éteintes, imitant l'éclat de la santé et de la vie, le grondement et le brouhaha couvrent les voix des poitrines fatiguées. Et puis les âmes et les mains charitables s'arrêtent avant tout et le plus longtemps là où la misère squelettique fait le plus de bruit avec ses os à nu, regarde le plus atrocement avec ses yeux de cadavre.

Marta se trouvait déjà depuis un quart d'heure sur le Krakowskie Przedmieście.

Depuis un quart d'heure ? Depuis une année, un siècle, depuis la nuit des temps !

Elle ne courait plus à présent, mais avançait lentement, raide, muette, le visage figé et faisant glisser le regard de ses yeux vitreux sur les visages des passants.

Les ailes de feu qu'elle avait aux épaules il y a une heure s'étaient affaissées, elle se sentait derechef envahie par un mortel éreintement. Elle avançait cependant, en suivant les zones de lumière ; dans la pénombre devant elle, au-dessus d'elle, à côté d'elle, entre les étoiles au ciel et les visages humains sur terre, s'élevait et la regardait avec une silencieuse doléance le visage de son enfant. Elle avançait car, à la vue des gens, une pensée accusatrice se fit jour pour la première fois dans son cerveau. Son grief contre eux se mit à faire bouillonner dans sa poitrine toutes les larmes qui s'y étaient condensées et qui à présent se transformaient lentement en un liquide effervescent qui débordait. Pour la première fois elle pensa que ce sont les gens les responsables de son infinie détresse, que ce sont eux qui devraient porter le fardeau de sa vie et de celle de son enfant. A cet instant son sentiment de responsabilité personnelle s'éteignit complètement en elle. Elle se sentait faible comme un enfant, débilitée et lasse comme un être à l'agonie.

« Les forts — se disait-elle — les capables, les heureux, qu'ils partagent avec moi ce que le monde leur donne, avec moi à qui il n'a rien voulu donner. »

Et pourtant elle ne tendit pas encore une seule fois la main.

A chaque fois qu'elle croisait une figure féminine légère, bien faite, élégante, elle enlevait la main de dessous les plis de son gros châle de laine, mais ne la tendait pas, elle ouvrait la bouche, mais restait muette. Sa voix défaillante renonçait avec effroi face au vacarme de la rue, dans lequel elle serait à coup sûr noyée, inaudible, une force invisible heurtait sa main et la rejetait vers le bas.

Etait-ce toujours la force de la honte ?

Et cependant là-bas gémissait la malheureuse, l'enfant malade de la femme pauvre, se jetant sur sa dure couche, appelant son père de sa bouche consumée de fièvre, de sa poitrine rauque et mourante !

Deux dames en manteau de velours, au bras l'une de l'autre, marchaient d'un pas pressé et devisaient joyeusement. L'une d'elle était jeune et belle comme un ange.

Marta se mit sur leur chemin.

— Mesdames ! — prononça-t-elle. — Mesdames !

Sa voix était basse, mais non plaintive. Elle ne savait pas la régler, elle n'avait peut-être pas pensé à la régler selon les tonalités de la mendicité. Aussi les passantes ne comprirent-elles pas le sens de son appel. Dans leur hâte elles la dépassèrent de quelques pas, mais s'arrêtèrent ensuite et l'une d'elle en se retournant demanda :

— Qu'y a-t-il donc, chère madame ? Avons-nous perdu quelque chose ?

Il n'y eut pas de réponse, car Marta rebroussa chemin et partit plus loin, aussi vite que si elle avait voulu fuir à la fois ces femmes et cet endroit où elle les avait interpelées.

Elle ralentit le pas, sur ses joues jaunies, flétries, creusées, étaient apparues des taches de rougeur sanguine. C'étaient les stigmates de la fièvre qui lui brûlait la poitrine. Dans ses prunelles éteintes passaient des éclairs vifs et acérés. C'était le reflet de cet incendie d'idées noires qui lui embrasait le cerveau.

Elle ralentit le pas, s'arrêta derechef. Sur le trottoir marchait un homme, légèrement voûté sous le poids d'une riche fourrure, manifestement trop grande pour lui. Marta riva son regard pénétrant sur le visage du passant. Ce visage était bienveillant, doux, décoré d'une grosse moustache d'une blancheur de lait.

Elle retira derechef une main de dessous les gros plis de son châle, sans toutefois la tendre, et prononça d'une voix plus forte que précédemment :

— Monsieur, Monsieur !

L'homme s'apprêtait déjà à la dépasser ; il s'arrêta néanmoins brutalement, regarda en face le visage de la femme, qu'éclairaient vivement les lumières d'une large vitrine, et comprit ce qu'elle voulait. Il plongea sa main dans une poche de sa redingote, en retira une petite bourse, sembla fourrager dans sa petite monnaie, trouva ce qu'il cherchait, pressa une petite pièce dans la main de la femme et s'en alla. Marta regarda l'obole obtenue et fut prise d'un rire étouffé. Elle avait mendié dix *grosz*.

Le passant chenu et voûté avait la main charitable. Mais pouvait-il savoir quels étaient les besoins de la femme faisant appel à son aide, et l'eût-il su, aurait-il pu, voulu les satisfaire ? Et combien de fois la femme-mendiante devra-t-elle tendre la main avant qu'à partir de pareilles oboles ne se constitue son plus grand trésor du moment — un fagot de bois, un flacon de médicament ?

La femme-mendiante poursuivait son chemin, raide, muette, serrant convulsivement dans sa main sa petite pièce. Elle s'arrêta derechef. Elle ne regardait pas les passants cette fois, mais dirigeait son regard sur une large vitrine transparente, inondée de lumière. C'était la vitrine d'une boutique que la lumière artificielle faisait ressembler à un palais enchanté.

Il était décoré au fond par des colonnes de marbre, au milieu desquelles pendaient les luxueux drapés de rideaux pourpres, des tapis à motifs suspendus aux murs flattaient le regard par les couleurs de leurs roses et le vert de leur gazon, et sur leur fond ressortaient les blanches silhouettes de statues. Sur des socles en bronze se dressaient des chandeliers aux dorures chatoyantes déployant leurs nombreuses branches, des vases et des coupes en argent, des corbeilles en porcelaine et des cloches en cristal recouvrant des groupes de statuettes en marbre. Ce n'était pourtant pas vers toutes ces beautés et richesses que se tournaient les yeux noirs et enflammés regardant de la rue à l'intérieur de la boutique.

Devant une longue table en palissandre que recouvrait, à l'instar de couronnes d'une énorme fleur, un stock de tapis moelleux et à motifs, se tenaient deux personnes. L'une était le vendeur, l'autre l'acheteur. Leur discussion était animée ; le vendeur avait la mine réjouie, celle de l'acheteur était pensive et quelque peu chiffonnée, sans doute en raison du choix qu'il lui fallait opérer entre des articles qui tous étaient des chefs-d'œuvre d'industrie et de bon goût.

La porte vitrée s'ouvrit lentement, une femme en robe noire avec une large bande blanche en bas entra dans la boutique cossue, la tête couverte d'un grand châle noir croisé sur sa poitrine. Des cheveux en désordre dépassant du châle débordaient sur une moitié du front jauni et ridé de la femme ; ses joues étaient marquées de sombres rougeurs, ses lèvres en revanche était presque aussi blanches que la craie.

Au bruit de la porte qui s'ouvrait, les deux hommes portèrent leur regard en direction de l'arrivante. Celle-ci s'arrêta près de la porte, à proximité d'une console à dessus de marbre, placée en dessous d'un grand miroir. Elle s'était introduite dans ce temple du luxe telle un fantôme, et telle un fantôme se tenait contre le mur, immobile, muette.

— Que désirez-vous, madame ? — s'enquit le marchand, baissant un peu la tête et regardant de derrière un bouquet de fleurs artificielles la figure immobile et sombre.

Mais elle, elle ne le regardait pas. Elle avait les yeux rivés sur le visage du monsieur en train d'acheter, lequel, son manteau de riche fourrure négligemment jeté sur les épaules, sa main blanche posée sur un tapis à motifs, la regardait distraitement.

— Que désirez-vous, madame ? — le marchand répéta sa question. Il toisa longuement des pieds à la tête la sombre figure et ajouta sur un ton plus sévère :

— Pourquoi ne répondez-vous pas ?
Elle continuait à regarder l'homme à la riche fourrure.
On eût dit qu'une main cruelle lui déchirait la poitrine et que des flammes lui embrasaient la tête, car sa respiration se faisait de plus en plus rapide tandis que ses joues et son front se teintaient de pourpre foncé. Elle sortit soudain sa main de dessous les plis de son châle et la tendit un peu vers l'avant. Ses lèvres livides, tremblantes, s'ouvrirent et se refermèrent à plusieurs reprises.
— Monsieur ! — finit-elle par prononcer. — Mon bon monsieur ! Pour le médicament de mon enfant malade !
Sa main, maigre et glacée, tremblait comme une feuille, dans sa voix déchirante vibraient maintenant les accents prolongés et plaintifs de la mendicité.
L'homme à la riche fourrure la regarda un instant et haussa légèrement les épaules.
— Madame ! — dit-il sèchement. — N'avez-vous pas honte de mendier ? Vous êtes jeune et en bonne santé, vous pouvez travailler !
Ce disant, il se tourna vers la table en palissandre, sur laquelle étaient étendus des tapis et posées des corbeilles en argent.
Le marchand, le sourire aux lèvres, déroulait encore un tapis. Ils poursuivaient leur conversation interrompue.
La sombre figure féminine se tenait toujours à la porte, comme ensorcelée par une force maléfique et invincible.
Maléfiques en effet paraissaient à cet instant son visage et sa personne. Les paroles qu'elle venait d'entendre étaient la goutte d'eau faisant déborder la coupe de ces philtres toxiques dont elle s'abreuvait depuis si longtemps. Cette goutte était tombée au plus profond de sa poitrine avec la force d'un narcotique mettant ses nerfs à vif, aveuglant sa raison, anesthésiant sa conscience. « Vous pouvez travailler ! ». L'homme qui avait prononcé ces mots pouvait-il, ne serait-ce qu'en partie, savoir quel sens railleur, dénué de pitié, ils avaient par rapport à cette femme qui avait mortellement éreinté son esprit, exténué les forces de son corps, en de vaines tentatives de travail ? Qui avait perdu le respect d'elle-même, s'était à ses propres yeux décomposée en vile

poussière, parce qu'elle n'avait pas la possibilité de travailler ? Cet homme ne pouvait le savoir. Son agissement vis-à-vis de cette femme ne pouvait servir de témoignage à charge quant à la quantité de bonté et de charité contenue dans son cœur. Il se peut très bien qu'il fût bon et charitable, qu'il eût ouvert une main généreuse devant une infirmité débile, une vieillesse décrépite, une maladie foudroyante. Mais la femme qui avait tendu vers lui une main mendiante était jeune, indemne de toute infirmité physique, la maladie ne l'avait pas affectée extérieurement de stigmates visibles pour tous.

Quant à son infirmité morale qui l'avait conduite devant lui, quant à la fièvre dévorante qui depuis si longtemps lui consumait petit à petit la poitrine, transformait en poussière et cendres les meilleurs des sentiments humains, lui embrasait la tête, la remplissant d'une fumée de plus en plus épaisse, suffocante, d'idées noires, toxiques, il en ignorait l'existence. Il ne savait pas, et donc avait dit : « Vous êtes jeune et en bonne santé, vous pouvez travailler ! » Par ces mots il avait énoncé une chose tout à fait juste, et cependant, sans le savoir, il commettait en même temps une atroce injustice.

Il y a quelques mois, même encore quelques semaines, Marta eût peut-être compris tout ce qu'il y avait de juste et de vrai dans les paroles que l'homme lui avait adressées. Mais à ce moment-là, se présentant devant lui, elle eût réclamé du travail, et rien d'autre ; maintenant qu'elle implorait une aumône elle ne perçut dans ces paroles rien d'autre qu'une railleuse injustice.

Les rougeurs enflammées sur ses joues et son front quand elle avait tendu la main avaient disparu sans laisser de trace. Au milieu de la pâleur mortelle ayant recouvert sa face, ses yeux renfoncés, noirs et profonds comme un gouffre, brûlaient comme des volcans. Un volcan également avait éclaté dans sa poitrine qui se soulevait et se comprimait violemment, un volcan de colère, de jalousie et — de convoitise.

De colère, de jalousie, de convoitise ? Pouvait-il donc se faire que Marta, cette enfant d'une paisible, charmante propriété campagnarde, jadis cette épouse respectée, cette mère heureuse, cet être droit, qui au détriment de sa vie ne voulait pas accomplir de tâches dont il ne se sentît capable, que cette travailleuse pleine d'énergie, cherchant par toutes les voies terrestres, à la sueur de son front et dans la douleur de son cœur, un gagne-pain honnête, que cette âme fière qui jadis tendait les mains vers Dieu en l'implorant de lui épargner le sort d'une mendiante, devînt la proie de ces sentiments horribles, infernaux, menant à l'enfer des mauvais désirs et mauvaises actions ?

Et pourtant cela put se faire. Hélas, hélas ! Non seulement cela put, mais cela devait se faire, se faire par la force d'une nature humaine infrangible, éternellement logique, et ne se laissant par rien au monde troubler dans sa logique. Elle n'était pas un ange incorporel, un idéal éthéré, que n'atteignent ni ne renversent les coups de boutoir des bourrasques terrestres, parce qu'il n'en existe pas sur terre. Elle était un être humain, et s'il y a des sommets sublimes dans la nature humaine sur lesquels s'épanouissent la raison, la vertu, le dévouement, l'héroïsme, il y a aussi des fonds abyssaux où guette, dans le calme et en silence, la vermine des dangereuses tentations et des sombres instincts. Aucun être humain ne doit être torturé mortellement, secoué violemment au point que puisse s'ébranler en lui ce fond mystérieux où guettent en silence les prémices du vice. La nature humaine possède des potentialités énormes, mais aussi d'immenses déficiences. Tout être humain doit être doté d'un quota de droits et d'armes correspondant strictement au quota d'obligations et de responsabilités qui lui incombent, sinon il ne pourra réaliser ce qu'il lui faut réaliser, survivre, résister à ce à quoi il lui faut survivre et résister.

L'amertume empoisonnée, qui depuis si longtemps s'accumulait goutte à goutte dans la poitrine de Marta, s'était maintenant soulevée en elle sous forme d'une énorme vague, et avec elle avaient émergé la vermine des tentations et les serpents de la passion, qui auparavant dormaient profondément, puis s'étaient peu à peu réveillés, et à présent l'étaient complètement, se démenant sauvagement.

Le jeune monsieur à la riche fourrure choisissait des tapis, des corbeilles en argent, des vases en porcelaine et des statuettes en marbre. Il achetait beaucoup de choses, il pensait sûrement à l'aménagement d'une belle maison, dans laquelle, peut-être, il devait installer sa jeune épouse.

Lui et le marchand étaient absorbés par leur affaire, oubliant la femme qui se tenait debout contre le mur, immobile et silencieuse comme une pierre tombale. Elle ne quittait pas des yeux la main de l'acheteur, qui tenait un grand et gros portefeuille plein d'argent.

« Pourquoi a-t-il tant et moi rien ? — pensait-elle. — De quel droit m'a-t-il refusé une aumône ? A moi dont l'enfant agonise dans le froid et sans secours, lui qui tient dans sa main une telle richesse ? Il a menti en disant que j'étais jeune et en bonne santé ! Je suis plus que vieille, car j'ai survécu à moi-même. Est-ce que je sais, moi, où est passée l'ancienne Marta ? Je suis affreusement malade, car débile comme un enfant... Pourquoi donc les gens exigent-ils de moi de vivre par mes propres forces, puisqu'ils ne m'en ont pas donné ? Pourquoi donc ne m'ont-ils pas donné de forces, puisqu'ils en exigent de moi à présent ? Lui est un de ceux qui me portent préjudice, un de mes débiteurs ! Il devrait donner ! »

Les pensées de cette femme étaient horribles, déraisonnablement injustes, et pourtant, en même temps et eu égard à elle-même, ô combien allant de soi, ô combien compréhensibles ! Elles avaient pour origine d'un côté ces mêmes préjudices, ces mêmes vicissitudes, ces mêmes débilités et de l'autre les responsabilités et les besoins, engendrés par toutes les folles doctrines qui de temps en temps en se déchaînant dans le monde mettent celui-ci à feu et à sang, par toutes les furieuses passions qui, résultant du manque de justice, perdent elles-mêmes le sens de la justice, et engendrées par les préjudices, portent préjudice.

— Et donc — disait le monsieur qui achetait — trois cents zlotys pour le tapis, cinq cents pour ces corbeilles, le vase de porcelaine deux cents et...

Il sortait l'argent pour payer son dû au marchand, mais soudain s'arrêta.

— Ah ! — s'exclama-t-il — J'allais oublier ! Vous deviez me donner ce groupe en bronze et celui-là...

Le marchand se précipita, souriant, aux ordres.

— Celui-là ? — demanda-t-il.
— Non, l'autre, Niobé avec ses enfants...
— Niobé ? Il me semble que vous vouliez Cupidon avec Vénus ?
— C'est possible, il me faut les revoir de près.

D'une main négligente, visiblement habituée à prodiguer les richesses, il jeta le portefeuille ouvert sur le dessus de marbre de la console, et suivit le marchand au fond de la boutique, où se trouvaient sur des étagères en palissandre, sous des cloches en cristal, des groupes mythologiques de statuettes coulées dans le bronze ou sculptées dans le marbre.

Le portefeuille négligemment jeté s'ouvrit plus largement, quelques billets de différente valeur s'en échappèrent sur le dessus de marbre.

La femme debout contre le mur regardait ces billets de ses yeux de braise. A l'instar de certaines espèces de serpents sur les oiseaux, ces petits papiers multicolores produisaient sur ces prunelles pareilles à des gouffres noirs un charme fascinant.

Quelles idées circulaient dans la tête de la femme lorsqu'elle regardait ainsi la richesse d'autrui ? Difficile d'en faire la somme, plus difficile encore d'en dégager un fil directeur. Ce n'étaient pas des idées, mais un chaos ; la fièvre du corps l'avait engendré, la tempête de l'esprit l'exacerbait. Après deux secondes de cette observation, Marta se mit à trembler de tout son corps, baissant les paupières et les relevant aussitôt, retirant sa main des plis de son châle et l'y replaçant aussitôt ; visiblement, elle luttait encore, mais hélas ! Il n'y avait plus d'espoir pour elle de vaincre ! Cet espoir n'existait plus, parce qu'il n'y avait plus assez de force en elle pour pouvoir s'opposer à l'infâme tentation ; parce qu'il n'y avait plus assez de clairvoyance en elle pour pouvoir comprendre le caractère infâme de cette tentation ; parce qu'il n'y avait plus en elle de conscience, laquelle avait sombré dans l'océan d'amertume accumulé dans sa poitrine ; parce qu'il n'y avait plus en elle de honte, laquelle avait été chassée par le mépris qu'elle ressentait envers elle-même, par la longue série d'humiliations subies et par l'aumône tant de fois acceptée... Il n'y avait plus d'espoir pour elle de vaincre, finalement, parce qu'elle n'était pas consciente, parce que son corps était consumé d'une fièvre née de la faim, du froid, de l'insomnie, des larmes et du désespoir, et son esprit emporté et envoûté par de sombres furies sorties des profondeurs de son être ruiné.

La femme fit soudain un rapide mouvement de la main, l'un des billets disparut du dessus en marbre, et simultanément la porte vitrée s'ouvrit et se referma avec fracas.

A ce bruit violent et inattendu, les deux personnes occupées à choisir leurs groupes mythologiques au fond de la boutique tournèrent la tête.

— Qu'est-ce que c'était ? — demanda le monsieur qui achetait.

Le marchand se précipita au milieu de la boutique.

— C'est cette femme qui est sortie en catastrophe ! — s'exclama-t-il. — Elle a sûrement volé quelque chose.

Le jeune monsieur se tourna également vers la porte.

— En effet — dit-il en souriant et regardant le dessus en marbre. — Elle m'a volé un billet de trois roubles. Je n'en avais qu'un seul, et maintenant il n'y est plus…

— Ah, l'infâme mendiante ! — s'écria le marchand. — Comment cela ? Un vol dans ma boutique ? Et à ma barbe ? Ah, la garce !

Il bondit à la porte et l'ouvrit en grand.

— Un gendarme ! — cria-t-il d'une voix de stentor. — Un gendarme !

— Que voulez-vous, monsieur ? — se fit entendre une voix depuis la rue.

Une plaque jaune étincela sur la poitrine de l'homme qui s'était arrêté sous le flot de lumière jaillissant de la boutique.

— Là-bas — dit le marchand, soufflant de colère et montrant la rue du doigt. — Elle est partie là-bas, une femme qui il y a une minute a volé trois roubles dans ma boutique !

— Et dans quelle direction elle est partie ?

— Par là — dit un passant qui, ayant entendu le marchand, s'était arrêté devant la boutique et indiquait la direction du Nowy Świat. — Je l'ai vue : toute en noir, elle courait comme une folle, ne voyant rien devant elle ; j'ai pensé qu'elle était dérangée !

— Il faut l'attraper ! — disait le marchand au gendarme.

— Naturellement, monsieur ! — s'exclama l'homme à la plaque jaune, se précipitant et criant bien fort. — Holà ! Braves gens ! Arrêtez-la ! Là-bas, la voleuse s'est sauvée en direction du Nowy Świat !

La porte de la boutique se referma, le jeune monsieur reprochait en souriant au marchand de s'être donné tant de peine pour si peu de chose.

Quelques secondes plus tard, la rue quant à elle offrait le spectacle d'une foule tumultueuse.

A l'instar de l'éclair fendant les nuées, la femme en noir fendait la foule des passants, fonçant à l'aveuglette, semble-t-il, en direction du Nowy Świat. Sans doute ne savait-elle pas dans quelle direction elle courait, ni dans quelle direction il lui fallait courir ; elle était inconsciente, à moitié folle. Peut-être qu'à ce moment, ce qui lui restait de conscience lui faisait regretter d'avoir commis un acte honteux, mais c'était fait et une peur démente s'était emparée d'elle. Guidée par son instinct de conservation, elle fuyait les gens, lesquels étaient derrière, devant, autour d'elle ; il lui semblait certainement que sa course rapide, aveugle, échevelée, l'emmènerait là où il n'y en aurait plus…

Les passants qu'elle rencontrait et percutait, au début la suivaient du regard, étonnés et effarés, s'effaçaient même de son chemin, la supposant folle ou pressée par quelque urgente nécessité. Mais bien vite se propagea dans la rue l'appel :

— Arrêtez-la !

Suivi bientôt par cet autre :

— C'est une voleuse !

Ces appels n'étaient pas lancés par une seule voix mais, venant de la même direction que la fuyarde, étaient relayés de bouche en bouche, prenant toujours plus d'ampleur, devenant de plus en plus violents, à l'instar de boulets enflammés lancés par une main gigantesque et roulant le long de la rue dans un grondement croissant. La femme qui commençait déjà à ralentir sa course et s'était arrêtée une seconde, épuisée, entendit les cris malveillants qui la poursuivaient.

S'y ajoutait également, de plus en plus retentissant, le bruit des pas des gens courant sur le pavement du trottoir. Un horrible frémissement la parcourut de la tête aux pieds, elle reprit sa course avec une telle vitesse qu'elle semblait avoir ses ailes aux épaules. Elle les avait à nouveau, effectivement, mais à présent aucune d'elles n'était de douleur, les deux lui avaient poussé de l'effroi.

Soudain elle sentit qu'il lui devenait difficile de courir, non pas par manque de forces — ses ailes d'effroi la portaient presque au-dessus du sol — mais parce que les gens venant en sens inverse avaient commencé à lui barrer la route, tendant les mains pour attraper sa robe. Ses ailes se firent non seulement véloces, mais élastiques, la ballotant dans toutes sortes de directions ; elle évitait avec une étonnante souplesse et avec légèreté les mains des passants, elle les frôlait et cependant leur échappait.

Devant cependant, à quelques pas, ce ne sont plus des personnes isolées qu'elle rencontre, mais plusieurs personnes marchant de front, occupant toute la largeur du trottoir ; impossible de les éviter, une fois arrivée à leur niveau, ils vont l'attraper.

Elle sauta du trottoir ; au milieu de la rue il y a beaucoup de roues et de sabots de chevaux, mais beaucoup moins de piétons, pour ainsi dire pratiquement pas.

Elle courait donc dans la rue, évitant maintenant les roues et les sabots des chevaux avec la même adresse que précédemment les piétons. Mais au même moment où elle se jetait au milieu de la rue, la sombre masse de ses poursuivants s'y jeta également à ses trousses. Qui étaient ces gens ? En tête de ce cortège motile étincelaient des plaques jaunes ; derrière fonçait, criant et riant, la populace urbaine, toujours prompte à participer à toute agitation, et derrière la populace suivaient un peu plus lentement les oisifs des rues, toujours prompts à se chercher de la distraction dans tout spectacle grégaire.

Le flot des fiacres et des voitures s'était quelque peu éclairci. La femme s'arrêta au milieu de la rue et se retourna.

Quelques dizaines de pas la séparaient encore de la masse noire constituée de formes humaines poussant des cris humains. Elle ne s'arrêta pas plus de quelques secondes et fonça derechef droit devant elle. Alors, face à elle, apparut une autre masse noire, en mouvement comme celle qui la poursuivait, mais ayant une autre forme, allongée, haute, surmontée du grand œil allumé d'une lanterne couleur pourpre. Une sonnerie argentine, limpide, puissante, se fit entendre, sonnant longuement, comminatoire et stridente, l'œil pourpre avançait rapidement, les lourdes roues grondaient sourdement, les sabots des chevaux rendaient un son métallique en frappant les rails de fer sur lesquels se déplaçaient les roues.

C'était un énorme omnibus du réseau ferré tiré par quatre grands, robustes chevaux, rempli de passagers, chargé de fardeaux pesant des pouds[75].

La femme courait toujours au milieu de la rue, derrière et devant couraient les deux masses noires, l'une avec des cris railleurs, l'autre avec une sonnerie prolongée, un sourd grondement et un énorme œil pourpre ; elles avançaient toutes les deux droit sur la femme qui s'enfuyait entre elles. Si elle ne saute sur le côté, l'une ou l'autre inévitablement l'engloutira. Elle dévia de sa course, qui était en ligne droite jusqu'à présent, s'arrêta et regarda autour d'elle.

La foule qui la poursuivait se trouvait maintenant à une douzaine de pas à peine d'elle, la même distance la séparait de l'énorme véhicule qui continuait à rouler. Mais la foule se déplaçait plus lentement que le véhicule, qui roulait très vite.

Elle ne courut pas plus loin. Ses forces lui firent défaut, ou bien avait-elle décidé de mettre fin d'une manière ou d'une autre à cette terrible poursuite. Elle était arrêtée poitrine tournée dans la direction d'où arrivait l'omnibus, mais elle tourna la tête dans celle d'où accouraient les gens. Ses yeux brillaient à présent d'une pensée consciente. On aurait dit qu'elle faisait un choix. Quel choix ? De ce côté la honte, la raillerie, la prison, de longs, peut-être infinis, tourments, de l'autre — la mort... une mort atroce, mais subite, foudroyante.

---

[75] Ancienne unité de masse utilisée en Russie, valant 16,38 kg.

Et pourtant, semble-t-il, l'instinct de conservation ne l'avait pas totalement abandonnée ; la mort lui apparaissait plus redoutable que les gens : n'avait-elle pas, en effet, dévié à l'instant sa course de cette ligne droite qu'empruntait cette mort salvatrice pour courir à sa rencontre ?

Oui, mais à présent elle commence à reculer derechef vers cette ligne ; un homme avec une plaque jaune sur la poitrine devança la populace courant derrière elle, tendit la main et effleura le bord de son châle. Elle sauta, s'arrêta sur un des rails. Le visage levé vers le sombre firmament, elle tendit les deux bras vers le ciel. Sa bouche s'ouvrit et émit un cri indistinct. As-tu lancé vers les cieux étoilés une pathétique doléance ou un mot de pardon, ou peut-être le prénom de ton enfant ? Personne n'est parvenu à l'entendre. L'homme à la plaque jaune, d'abord déconcerté par le brusque écart de la femme, se rapprocha à nouveau d'elle et la saisit par un coin de son châle. D'un geste rapide comme l'éclair elle se défit de celui-ci, qui resta dans la main du gendarme, et se laissa tomber par terre.

— Halte ! Halte ! — un horrible cri monta dans la foule.

Mais l'œil pourpre n'entendait pas obéir, continuait sa course aérienne, tandis que les sabots des chevaux sonnaient au contact des rails.

— Halte ! Halte ! — ne cessait de crier la foule terrorisée. Le conducteur se dressa debout sur son siège, se saisit des longues rênes et d'une voix rendue rauque par l'effroi hurla aux chevaux de s'arrêter.

Ils s'arrêtèrent, mais seulement après qu'une lourde roue fut retombée avec un léger toc de dessus la poitrine de la femme étendue par terre.

La foule stationnait dans un silence de mort au milieu de la prestigieuse rue, des visages pâles d'épouvante et des poitrines haletant d'effroi se penchaient sur la sombre forme qui, telle une tache immobile, gisait sur la blanche couche de neige.

La roue de l'énorme véhicule avait broyé la poitrine de Marta et en avait chassé la vie. Son visage était resté intact et contemplait de ses yeux vitreux le ciel étoilé.

© 2024, Eliza Orzeszkowa pour l'original
et Richard Wojnarowski pour la traduction

Édition : BoD - Books on Demand, 31 avenue Saint-Rémy, 57600 Forbach, bod@bod.fr

Impression : Libri Plureos GmbH, Friedensallee 273, 22763 Hamburg (Allemagne)
ISBN : 978-2-3225-5948-0
Dépôt légal : janvier 2025